El crimen de los sabios

MHE

El crimen de los sabios

Un sacerdote. Un científico. Una mujer policía.
Un asesino. Un enigma por resolver.

César Daniel Delgado

Mundo Historial Editores

Mundo Historial Editores

Título original:
El crimen de los sabios

Primera edición: marzo, 2019
2019, César Daniel Delgado
2019, Mundo Historial Editores
Bogotá, Colombia
www.redactores.org

Dirección editorial:
Donaldo Alonso Donado Viloria

Corrección de estilo:
Donaldo Alonso Donado Viloria

Diseño de portada:
Andrea Leal.
Fotografía: Monumento griego
por Couleur en Pixabay.

Diseño y diagramación:
Andrea Leal

Derechos reservados:
César Daniel Delgado®

ISBN: 978-958-48-5948-8

Impresión y acabados:
Nomos Impresores

Impreso en Colombia

Quien nada duda, nada sabe.

Proverbio griego

Los grandes espíritus han encontrado siempre
violenta oposición por parte de las mediocridades.

Albert Einstein

Los hechos

Las referencias científicas, bibliográficas, mitológicas, a lugares y personajes históricos (incluso canciones) son reales.

1

Domingo, 14 de marzo.

Yeshú, el hijo de Myriam, lo miraba fijamente desde la pared de enfrente.

En la cara del padre James Licht se reflejaban las radiaciones blancas y azules emitidas por la pantalla de alta definición de cristal líquido de su computador portátil, dándole un aspecto fantasmal en la tenue oscuridad que empezaba a caer en la mediana habitación.

Sus miradas se encontraron, y el viejo sacerdote se detuvo a contemplar su cara, perfectamente tallada en madera y decorada con las pinturas más finas que el artista pudo utilizar. Después recorrió con sus ojos el cuerpo maltratado, la sangre que manaba de sus pies, de sus manos, del torso y de la cabeza coronada por una extraña aureola espinosa, que sembraba más espanto en quien la miraba que en el hombre que la usaba.

Volvió a fijarse en el rostro.

Era triste y solitario.

De pronto se fijó en los ojos del crucificado. Azules como el cielo primaveral. Era inmensamente extraño, aunque nunca imposible, que un hombre de su origen tuviera *todas* las características físicas de lo que la cultura occidental consideraba, tal vez superficialmente, un tributo a la belleza.

Una imagen atractiva para millones de fieles, pensó.

Siguió digitando.

El sonido plástico, casi rítmico, que producían sus ya arrugados dedos sobre el teclado era la única señal de vida que podía encontrarse en aquella habitación moderna, enclavada en uno de los pisos superiores del viejo monasterio ubicado en las afueras de la ciudad. En una de las esquinas se encontraba una cama doble, más por comodidad que por la esperanza de compartirla con alguien. Por la ventana se podían apreciar los hermosos paisajes verdes, amarillos y caobas que brindaba el terreno a donde la ciudad no había llegado con sus edificios, sus casas y su esmog.

Casi dos paredes estaban ocupadas por una hermosa estructura en madera lacada, que llegaba hasta el alto techo, pintada de un color blanco hueso y de donde colgaba la única fuente de luz del cuarto. La biblioteca personal del padre James Licht. Íntima, sería un adjetivo más apropiado. Los volúmenes que allí guardaba eran tesoros de papel y guardianes del conocimiento, que se habían convertido en un escape casi mesiánico a la rutinaria, pero no por eso incómoda, vida dedicada a la madre Iglesia. Siempre tenía a uno o más de esos tesoros en la que llamaba "Etapa de absorción", en la que leía con rigurosidad crítica cada una de las frases que conformaban cada página, cada hoja, cada libro. Esa devoción a la lectura analítica lo había convertido en uno de los pocos sacerdotes-investigadores de la organización clerical. Eran famosos sus ensayos y artículos en revistas, en lo que abarcaba temas como la ética, la filosofía, la teología y la historia, todos debidamente relacionados con el fenómeno religioso.

El altar donde llevaba a cabo "la absorción" estaba fabricado con la misma madera de la biblioteca, lo que no podría considerarse mera casualidad, ya que el padre James había mandado a fabricar las dos estructuras al mismo carpintero. Claro que le gustaba pensar que esto era una muestra de rigor ritual y de reverencial armonía hacia sus libros. Era el escritorio donde ahora descansaba su computador portátil y en donde podía trabajar cómodamente gracias a una silla ergonómica de paño que le permitía soportar sus labores en óptimas condiciones durante largos ratos. Estaba sentado contra la pared frontal a la cama, donde colgaba un Cristo que lo miraba interrogante, que completaba así el centro ritual de "la absorción".

Dos golpes secos sonaron en la puerta.

Corrió la silla hacia atrás, apoyó sus manos en los muslos y se levantó rápidamente, con unos movimientos ágiles que no demostraban sus sesenta y cuatro años de edad. A pesar de todo el ejercicio físico que realizó en su juventud, aseguraba que tal vitalidad la debía a su constante actividad cerebral. Dio cinco pasos, también con soltura y, antes de abrir la puerta, aprovechó para oprimir el interruptor. Se activó de inmediato la lámpara que colgaba del techo e inundó el cuarto con un esplendor amarillo.

—Buenas noches, padre —dijo el joven novicio desde el otro lado de la puerta.

Sostenía en sus manos una bandeja de plata que contenía dos platos y un vaso de vidrio. La cuchara, el cuchillo y el tenedor estaban perfectamente alineados sobre una servilleta de tela blanca. El padre tomó la bandeja mientras miraba fijamente al muchacho que le traía la cena, como todas las noches.

—Muchas gracias, muchacho —la voz gruesa y segura resonó en la habitación—. Que Dios te bendiga. Que pases una buena noche.

—Hasta mañana, padre.

Siempre recibía sus tres comidas diarias en la habitación, a donde llegaba puntualmente alguno de los jóvenes que se preparaba para llegar a ocupar los sagrados cargos de la Iglesia. Era frecuente que cada día el padre contemplara hasta tres caras distintas, no porque el monasterio tuviera una muchedumbre de alumnos, sino porque la mayoría renunciaba a las misas, los rituales, las vestiduras y la castidad, para aprovechar de otras formas la juventud pasajera.

Se volvió a sentar frente al escritorio. Tomó la cuchara y, mientras revolvía la sopa, soplaba suavemente para disminuir la temperatura de su comida. Siguió escribiendo, o más bien digitando, mientras saboreaba al mismo tiempo la deliciosa sopa con trozos de papa y maíz acompañados con el inigualable aroma y sabor de las hojas de cilantro.

Estaba concentrado en terminar su más reciente artículo, que sería publicado la semana siguiente en una revista católica respaldada por varias de las mejores universidades del país. Consistía en un ensayo donde recomendaba una lectura apropiada de los evangelios del Nuevo Testamento, dándole de forma categórica una patada al docetismo. James Licht era un profuso admirador de Jesús, del hombre de carne y hueso, de su inteligencia, de su sabiduría, y como tal quería rescatar su perfil histórico, tan escondido bajo las capas espesas del dogma y la ortodoxia creadas por los concilios de Nicea, Constantinopla, Éfeso y Calcedonia, reuniones que se parecían más a asambleas de accionistas de una gran corporación multinacional, que a consejos de sabios en busca del beneficio espiritual y ético de la sociedad.

También hacía varias afirmaciones que, aunque ciertas, habían sido relegadas al campo de los supuestos herejes. En ellas mostraba contundentemente cómo la vida mortal de Jesús, toda su vida, había sido reinterpretada y relatada a la luz de la resurrección (no reencarnación), por lo que todas estas narraciones no eran meros hechos históricos que podían tomarse al pie de la letra, sino mejor aún, relatos con un tinte de mitología y simbolismo que buscaban mostrar al lector, y a los creyentes, que las profecías del Antiguo Testamento se habían cumplido en la persona de Jesús. Así era como la presencia en los textos de los pastores, los reyes magos y el nacimiento en Belén, entre muchos otros aspectos, eran accesorios intencionados que buscaban crear concordancia entre los vaticinios de la mitología judía y el cristianismo naciente.

Volvió a mirar a Jesús crucificado, que parecía aprobar su trabajo.

De pronto, como si de sus ojos azules se desprendiera una fuerza oculta y misteriosa, sintió un inusitado y fuerte dolor de cabeza que le revolvía su masa cerebral, al mismo tiempo que su estómago daba vueltas con tal fuerza que le hizo retorcer todo su cuerpo. Apretó con todas sus fuerzas el borde del escritorio, tratando de transmitir su dolor a la madera inerte. El tormento en su abdomen empezó a ceder, pero no para su alivio, sino para convertirse en una sensación extraña, o mejor dicho, una ausencia de sensación, ya que sus manos, sus brazos y sus piernas empezaron a dormirse lentamente.

La respiración era cada vez más lenta y su aliento cálido era casi putrefacto. Algunas gotas saladas de sudor brotaban en su cabeza canosa a punto de quedar desierta de cabello, pero no lo comprendía, ya que sentía un frío glacial que empezaba a teñir de blanco su piel trigueña. Mientras iba desvaneciéndose en la silla, fijó su mirada en la bandeja de plata. Aún le quedaba un poco de sopa. Entonces lo comprendió.

Su vida estaba sentenciada.

Pero tenía algunos minutos antes de que la sombra de la muerte se apoderara totalmente de su cuerpo. Siempre quiso comprender qué sentiría el día que su corazón parara y su cerebro dejara de dar señales a su organismo. Ahora lo estaba sintiendo, y contrario a lo que siempre creyó, experimentaba una intensa rabia. Pero también vio una luz de esperanza.

Solo una persona en el mundo podía hacer que esa luz se convirtiera en un faro que guiara a la humanidad e inmortalizara su nombre.

2

El Audi parecía una bala de plata soportada por cuatro neumáticos que rodaban velozmente sobre el asfalto de la autopista central de la ciudad. La niebla que gobernó la madrugada empezaba a desaparecer con los primeros rayos del sol matutino, acompañando a las primeras personas que salían de sus casas hacia sus sitios de trabajo, quienes se resguardaban en abrigos y bufandas para mitigar el gélido aire del siempre aburrido lunes.

El conductor del lujoso automóvil aprovechaba la temporal soledad de las vías para sacar el máximo beneficio del coche recién comprado en la feria anual que se realizaba en el centro de exposiciones. Se había levantado muy temprano para poder sobrellevar cualquier contratiempo, costumbre que aplicaba no solo en su casa, sino también en su trabajo y en su vida, porque desde que conoció la Ley de Murphy no dejaba nada al azar y tenía siempre un plan B para todo.

Tal vez por eso seguía soltero, aunque a sus cuarenta y tres años sentía que todavía tenía esperanzas de conformar una familia.

Metió la quinta marcha y hundió el acelerador hasta alcanzar los ciento diez kilómetros por hora. Consultó peligrosamente su reloj mientras paseaba por una recta que terminaría dos mil metros más adelante para formar una curva a la derecha. Las seis y cuarenta de la mañana. Alcanzó en pocos segundos la curva que lo llevaría directamente a la entrada principal de su segundo hogar. Mejor dicho, su primer hogar. A unos cinco metros de la carretera se alzaba un portón gigantesco compuesto por numerosas barras verticales de acero que representaba el acceso triunfal a lo que podría parecer una mansión paradisíaca de recreo de algún importante empresario del país. Hermosos álamos evitaban que la vista de cualquier extraño se colara hacia la parte interna del lote y le daban un toque de elegancia y estilo a aquel sitio. La única posibilidad de adentrar la mirada era a través de los espacios que quedaban entre las barras de acero de la puerta principal.

El Instituto Nacional de Neurología y Fisiología era una organización privada que contaba con el patrocinio de diversas universidades y empresas, y con algunas ayudas extras del Estado. Había sido fundado hacía veinticuatro años por un viejo médico neurólogo que tras un largo y casi eterno período de desempleo decidió crear su propia máquina de hacer dinero, haciendo lo que más le gustaba: encontrar la cura a cientos de rarezas médicas sin respuesta que existían en el campo de la ciencia del cerebro. Al principio fue tratado como un loco desquiciado; hasta imbécil lo llamaron. Lo cierto es que logró granjearse una buena reputación en sus primeros años, gracias a los resultados maravillosos que obtuvo, los cuales le valieron una donación de casi diez millones de dólares de un magnate de las finanzas que tenía en su familia algunos casos médicos bastante extraños. Después vinieron los tiempos gozosos. Todos los profesionales de la neurología querían trabajar allí, las universidades se peleaban por colaborar con investigaciones y con alumnos, y el Estado ganaba cierto reconocimiento al permitir y apoyar en su territorio a la organización científica más reconocida del hemisferio.

El doctor Alan Downey oprimió un pequeño botón que hacía parte de un llavero que llevaba junto a las llaves de su carro y de su casa. La puerta empezó a moverse hacia adentro, dándole paso libre hacia el edificio principal. Arrancó suavemente y se dirigió por el único camino. Unos quinientos metros después llegó al parqueadero para empleados, donde estacionó correctamente su vehículo en el espacio número 14-11. Descendió del automóvil y dirigió una mirada orgullosa hacia el edificio del frente, una caja inmensa de cinco pisos con paneles plateados, brillantes, que reflejaban la luz del sol matinal. Parecía pequeño para un centro de investigación de tal reconocimiento, pero pocos sabían, como él, que había otros cinco pisos, aún más grandes, debajo de la superficie.

Se dirigió apresuradamente hacia la entrada principal, donde con su dedo índice derecho obturó sobre un lector que emitía una luz roja. En una pantalla se confirmó su identidad y pudo ingresar. Pasó junto a algunos detectores de armas y otros utensilios peligrosos. Otra puerta. Algunas cámaras lo rodeaban desde varios puntos en el techo. Otra luz roja. Colocó el dedo pulgar izquierdo y enseguida tuvo que digitar una contraseña de seis números sobre un teclado virtual que apareció en la pantalla. La puerta se abrió e ingresó a la recepción.

Por fin vio un rostro humano.

—Buenos días, doctor Downey —era la voz chillona de la recepcionista.

—Buenos días, Tynna —y le hizo, por enésima vez, una aclaración—. Ya sabes que mi nombre es Alan. Alan Downey.

—Disculpe, es la costumbre.

—Lo entiendo. No sé quién introdujo la ley de que cuando consigues un título lo debes añadir a tu documento de identificación y a tu firma —suspiró—. Pero bueno, me conformo con que me digas señor.

—Entendido, señor Downey —tampoco le agradaba mucho el título, pero por lo menos ya había ganado una batalla.

Odiaba con todas sus fuerzas que lo llamaran doctor. Si bien era cierto que era médico cirujano y hace cinco años había recibido su *Philosophiae Doctor* en neurociencia y fisiología de la Universidad de New York, eso no le cambiaba el nombre ni le daba un estatus de superioridad ante la sociedad. Pensaba que el nombre de una persona era sagrado, símbolo de respeto e identidad. Los títulos eran válidos en la Edad Media. Ya no.

Entró en el espacioso ascensor y oprimió el botón que poseía un extraño relieve con la silueta del número cuatro. Romano, no arábigo. Una de las excentricidades del viejo fundador. Mientras la caja de metal subía rápidamente, bajó la mirada para verificar su vestido y sus zapatos. Ambos estaban casi impecables. El saco y el pantalón azules oscuros resaltaban la camisa celeste y la corbata roja, mientras los zapatos negros relucían a cien metros de distancia. Mientras observaba un pequeño raspón en su zapato derecho, pensó que no se veía tan alto, aunque con un metro y ochenta y cinco centímetros de altura casi siempre miraba a los demás por debajo de sus hombros. El ascensor se abrió y él se dirigió directamente a las puertas de cristal que daban paso al Departamento de Investigaciones Especiales, seguramente el más importante del instituto. Él era su director.

Ingresó, no sin antes poner su dedo pulgar derecho en otro lector, y caminó entre aquel laberinto de escritorios, mesas de ensayo, computadores y hasta sofás para dormir, y alguno que otro juego de mesa. Los genios trabajaban en ambientes muy extraños, pero muy productivos. No había nadie en aquel piso. "Es muy temprano", pensó. Se acercó a su oficina, sacó las llaves de su chaqueta e introdujo la más grande en el seguro.

—Buenos días, señor Downey.

—¡*Mierda*! —el grito que lanzó fue estruendoso, en un español perfecto. Las llaves se le cayeron al suelo. Alan provenía de una familia latinoamericana, pero debido a sus estudios tuvo que viajar a los Estados Unidos, donde perfeccionó su segunda lengua. Ahora trabajaba fuera de su país natal, en otro donde el inglés reinaba, así como los dólares—. ¡Lucy, casi me matas del susto!

—Discúlpeme, no era mi intención —se saludaron con ademán cortés y amistoso—. Veo que no ha olvidado su lengua natal.

Alan sonrió e ingresó a la oficina.

Lucy Burton era su asistente personal, médica neuróloga, una de las pocas mujeres que se habían atrevido a tomar tal opción profesional. En la universidad fue reconocida en varias ocasiones por sus trabajos académicos bastante profundos y había sido laureada por su tesis de grado, lo que le había significado una propuesta de trabajo imposible de rechazar. Quien la llamó el mismísimo día de su graduación era actualmente su jefe. Alan Downey. Él siempre pensó que la inteligencia y la belleza física eran posibles de encontrar simultáneamente en una mujer, y lo confirmó en repetidas ocasiones en sus épocas de estudiante. Lucy era bastante inteligente. Y un excelente ser humano. Suficiente para él.

Se sentó en su gran escritorio, encendió el computador y mientras esperaba que se cargara el sistema, revisó algunos compromisos y actividades que tenía planeadas para la semana. En la pantalla apareció un cuadro con el emblema del instituto, ingresó su contraseña de veintidós caracteres y esperó un rato más. Después abrió su correo electrónico y esperó a que se descargaran los mensajes que había recibido durante el fin de semana. Dos minutos después se dio cuenta de lo inevitable. Tenía cuarenta y tres correos nuevos. Entre el maremágnum de mensajes pudo reconocer un remitente del cual esperaba noticias alentadoras. Su apellido era Alper, un investigador externo que buscaba la colaboración de Downey para iniciar un proyecto de gran alcance en el campo de la neurología.

Pero fue otro mensaje el que llamó su atención.

Conocía al remitente, pero solo eso. Un conocido. No le cabía en la cabeza por qué demonios le escribía. Lo había visto quizás tres o cuatro veces en su vida y habían cruzado una que otra palabra. Pensó que tal vez le estaba enviando material de entretenimiento. Sonrió solo. Era imposible. Una persona de su tipo no haría tales cosas. Seguramente era importante.

Se dispuso a salir de la duda.

Abrió con gran curiosidad el mensaje que le enviaba el padre James Licht.

Alan leyó cinco veces el mensaje y no podía creer lo que decía. Probablemente era una broma pesada de algún joven maniático de la informática, pensó. Estuvo petrificado durante muchos minutos frente a la pantalla del computador, algunas veces leyendo, otras mirando sin objetivo definido las letras e iconos que aparecían en el monitor. Quería ocuparse en las tareas y afanes diarios del instituto, pero su mente no lo dejaba concentrarse en otra cosa que no fuera ese casi críptico y oscuro mensaje magnético. Sus palabras eran serias, pero al mismo tiempo familiares.

El miedo empezó a recorrer su espigado cuerpo y, lo peor de todo, es que no tenía la más mínima idea de lo que debía hacer. Se sintió avergonzado, porque toda su vida estaba basada en una serie de decisiones, en alto porcentaje, correctas, pero sobre todo ágiles. En fin, la vida es una serie de decisiones que las personas toman, pensó. Casi siempre había elegido la alternativa correcta cuando se enfrentaba a un sinnúmero de posibilidades. Pero en este momento no tenía alternativas. Ni siquiera una. Sentía una gran presión en su cabeza que no lo dejaba pensar con claridad. Un sonido agudo lo golpeó imprevistamente en la cabeza.

Agarró el teléfono.

—Alan, necesito que vengas inmediatamente a mi oficina —el director parecía indispuesto—. Y por favor trae el informe del test de laboratorio del proyecto Chadar.

—Buenos días, señor director —respondió en un tono casi inaudible.

—Oh, buenos días. Apúrate por favor.

—Señor, en este momento tengo un problema. Bueno, en realidad son dos.

—Alan, por favor —ya empezaba a gritar—. No estoy para que me des quejas. Necesito que vengas ahora mismo...

—Señor, el informe no está listo —lo cortó finamente—. Hubo un problema con los sensores cerebrales del escáner dos, pero los técnicos ya están trabajando en eso. Parece que hubo una falla en la red eléctrica y los sensores se alteraron. No se preocupe, esta tarde lo tendrá listo.

—De acuerdo —Alan sabía cómo atajarlo—. Y ¿qué es lo otro?

—¿Perdón?

—Me dijiste que tenías dos problemas. ¿Cuál es el otro?

—No se preocupe, es algo personal. Sin importancia —quería creerse sus propias palabras.

—Perfecto —colgó enseguida.

El director era una de esas personas que habían llegado a la cúspide de una organización, no tanto por sus conocimientos y su inteligencia científica, sino por su acerada habilidad para conseguir que sus empleados trabajaran arduamente, valiéndose de diversos métodos: dureza, presión y acoso. Parecía que a los miembros de la junta directiva les gustaba mucho el estilo poco humano del director, ya que los resultados financieros no iban nada mal y el reconocimiento de la sociedad científica mundial era enorme. De todas maneras, Alan pensaba que el instituto necesitaba a una persona amante de la ciencia, abierta al cambio, dispuesta a romper miles de paradigmas y, sobre todo, un altruista empedernido. Como él. Amaba la independencia y desde temprana edad se dio cuenta de lo que quería hacer en la vida, habilidad poco frecuente en la mayoría de las personas. Recordó su niñez.

Su padre era contador de una famosa empresa de producción de tubos. Alan se levantaba de lunes a viernes a las cinco de la mañana y su padre siempre lo acompañaba a vestirse, a desayunar y lo llevaba en su automóvil hasta la entrada del colegio. Después el señor Downey se iba a trabajar. Alan llegaba en la tarde a su casa, hacía las tareas, jugaba con sus amigos e incluso con su madre, Helena Russell, que pasaba mucho tiempo en casa. Cuando llegaba la noche se iba a la cama, pero casi nunca veía el regreso de su padre, sino que como un fantasma desconocido volvía a ver su cara a la mañana siguiente. Si tenía la oportunidad de verlo llegar en las noches, lo sorprendía la permanente cara cansada, la ropa arrugada y la vejez que solo produce una vida rutinaria y predecible. Pero no era todo. Los fines de semana lo veían hacer cuentas, escribir y borrar números, mientras él y su madre leían, jugaban y reían. Esos eran los únicos recuerdos de su padre. Desde ese momento supo con toda claridad que el hombre que le dio la vida no era un ejemplo que él quería seguir.

El señor Downey murió súbitamente una noche de abril. Alan tenía quince años cuando su padre lo dejó. Un infarto acabó con la vida de ese lejano pero cariñoso hombre que nunca jugó al fútbol con él ni le habló de cosas fantásticas. Fue extraño, porque era un hombre joven y de excelente estado físico. Después, Alan y su madre se enteraron, gracias al médico que realizó el acta de defunción, de que la causa repentina de la muerte de Arthur Downey era una curiosa enfermedad producida por ambientes y situaciones dañinas que saturaban el cerebro y somatizaban en muchas formas físicas peligrosas: el estrés.

Por personas como el director del instituto y su junta directiva es que Alan había perdido a su padre. Personas hambrientas de dinero, ansiosas por conseguirlo a cualquier precio, organizaciones en busca de su propio beneficio a costa de cualquier costo.

Su madre había sido su maestra y protectora. Ella fue el motivo por el cual amaba la ciencia y la curiosidad por buscar la verdad. Pero la perdió igual que su padre. Hace solo cinco años. Pero contrario a la desaparición de su padre, la de ella no había sido precipitada por la vejez o la enfermedad.

Volvió a leer el mensaje, ya con su mente despejada.

Alan:

Sé que te parecerá extraño que te escriba, mucho más con la importancia y urgencia que van ligadas a este mensaje. No te preocupes, más temprano que tarde sé que descubrirás que todo tiene sentido y que la lucha que estás a punto de comenzar es digna de tu grandeza.

He guardado este mensaje en mi computador durante varios años, esperando nunca tener que enviártelo, ya que solo las inevitables garras de la sorpresiva muerte podían obligarme a que lo hiciera para no perder el tesoro de la verdad que he desenterrado. Sí, querido Alan, lo que estás pensando es cierto. Debo estar muerto.

Te contaré: he dedicado casi toda mi vida al servicio de la Iglesia, pero con un enfoque crítico y humano, siempre en busca del beneficio de la humanidad. Gracias a esta pasión he ganado mucho reconocimiento, pero también el doble de enemigos. La dicha de un hombre es el infierno de otro.

He querido mostrarle al mundo y a la Iglesia lo equivocados que están con personas como yo. Hemos sufrido maltrato y desprecio durante toda la historia humana. Pero esta discriminación nunca ha tenido fundamento. Yo he descubierto el gran error que ha cometido la madre Iglesia.

Para hallar la verdad, escucha mis palabras atentamente. Perdóname por ser tan indirecto y críptico, pero debo tomar las medidas más drásticas para evitar que este mensaje sea descifrado por una persona distinta. No es paranoia. Estoy totalmente seguro de que muchas personas se sentirán amenazadas con lo que he descubierto y, si tienen la oportunidad, querrán matarme.

En la búsqueda de la verdad también he seguido de cerca a las mentes más grandes y abiertas del mundo, en las cuales he encontrado la más enérgica colaboración y humanidad. Creo que eres una de esas mentes, aunque no lo reconozcas, y por eso hoy creo que eres el encargado de quitarle la eterna venda de los ojos a la humanidad. En ti puedo confiar ciegamente.

P.D.: en el archivo adjunto que te envío empieza el camino hacia la verdad. Estoy seguro que tu sabiduría y tus conocimientos podrán solucionar las claves del camino.

Que la semilla de occidente renazca y perdure eternamente.

Con cariño,

James Licht.

Alan tenía que confirmarlo. Abrió el cajón inferior de su escritorio y sacó la guía telefónica de la ciudad. El teléfono celular, con sus innumerables aplicaciones y facilidades tecnológicas, le podría entregar la información que buscaba, casi de inmediato, pero sólo utilizaba el aparato para hablar con otras personas, por lo que la fuerza de la costumbre incrustada en su cerebro evadió esta opción mágica y lo condujo al antiguo método de buscar datos de contacto. Pasó las numerosas páginas blancas y llegó a la letra M. Pasó su dedo índice verticalmente por las columnas de letra pequeña, pasó tres páginas más y encontró el nombre que buscaba. Parecía que les gustaba bastante la publicidad, ya que era el aviso más grande de la página, en negrilla y mayúsculas. Se limpió el dedo que tenía negro de tinta.

Agarró el teléfono y marcó el número.

Tres timbres. Nada. Cuatro. Escuchaba su corazón en ambos oídos.

Después del sexto timbrazo alzaron la bocina.

—Monasterio San Nicolás Tavelic, buenos días —parecía ser un muchacho.

—Buenos días. Estoy buscando al padre James Licht. ¿Podrías comunicarme con él? —Alan temblaba sin parar.

Hubo silencio durante unos eternos cinco segundos.

—Un momento —fue lo único que dijo.

"Esto es muy raro", pensó Alan. Algo no andaba bien.

Escuchó que volvía a sonar el timbre. Le habían pasado la llamada a alguien. Esperaba que fuera el viejo Licht.

—Buenos días, ¿con quién tengo el gusto? —una voz más añeja y suave le devolvió el alma al cuerpo.

Como había recordado antes, sus encuentros con el padre Licht podían contarse con los dedos de una mano. Habían charlado algunos minutos en esas oportunidades, y le sorprendió la energía pura y sincera que emanaba de ese hombre. No recordaba mucho su voz, pero le pareció reconocerla al otro lado de la línea.

—¿Padre Licht? Gracias a Dios está bien, solo quería saber si...

—Disculpa hijo, no soy James —su voz era pausada, tranquila, lo llenaba de serenidad—. Soy el obispo Lars Manning. El director del monasterio. ¿Y tú eres?...

—Alan Downey. Estoy buscando al padre Licht. ¿Sabe dónde se encuentra?

—Alan Downey —repitió el sacerdote en tono dudoso—. Creo haber escuchado ese nombre antes. ¿Podrías decirme dónde?

—Tal vez en la televisión o en los periódicos, padre. Trabajo en el Instituto de Neurología y Fisiología. ¿Sabe algo del padre Licht?

—Hijo, lo único que sé es que salió el fin de semana hacia otra ciudad. Si eres amigo de James sabrás que le gusta viajar mucho. No le gusta la autoridad, por lo que nunca avisa a dónde va, cuándo sale, cuándo llega, en fin —suspiró—. ¿Puedo ayudarte en algo?

—Padre, necesito hablar personalmente con él. Es urgente. Tengo que saber si se encuentra bien —no pudo ocultar su afán.

El obispo se sorprendió.

—Espera. ¿Crees que le pasó algo?

—No sé. Tal vez —prefirió no contarle nada—. Es que teníamos una cita planeada esta mañana y no llegó —mintió, no supo por qué—. Usted sabe que es muy estricto con sus compromisos, y por eso estoy preocupado.

—Tienes razón. Trataré de hallarlo y si tengo éxito me comunicaré contigo.

—Está bien. Gracias, padre.

Después de despedirse y colgar, Alan no sabía explicarse lo que había hecho. Le había mentido al obispo y no sabía cuál era la causa. ¿Quizás miedo? ¿Temor? ¿Angustia? Pero, ¿miedo de qué? Volvió a pensar que le habían jugado una broma. Pero, por más que lo pensaba y lo meditaba, no lograba convencerse de ello. El mensaje era preocupante. Algo dentro de su cabeza, tal vez el instinto, le dijo que debía buscar ayuda. Si el obispo Manning no sabía nada de la suerte de James Licht, situación bastante probable gracias a las andanzas del viejo sacerdote, tenía que utilizar otros medios para encontrarlo.

Solo se le ocurrió un camino para resolver su duda. Si el padre en realidad estaba muerto, el asunto era responsabilidad de las personas que tenía en mente, mucho más si se trataba de un asesinato. ¿Asesinato? ¿En qué demonios estaba pensando?

Volvió a tomar el teléfono y con cierto temor marcó el número que pensaba.

3

El obispo Manning había escrito en un pequeño trozo de papel el nombre del hombre que lo acababa de llamar. "Qué extraño", pensó. No dejaba de sorprenderle el tipo de amigos que frecuentaba el padre Licht.

Otro científico.

Al parecer éste era médico y trabajaba en el Instituto de Neurología. ¿Qué tendrían que hablar un sacerdote y un médico neurólogo? El padre James Licht gozaba de perfecta salud, de eso estaba casi seguro. ¿Serían solamente amigos cercanos? No. James no era muy sociable y sus reuniones con personas de ciencia iban más allá. Eran estrictamente laborales. Si es que sus tareas podrían denominarse así. ¿Qué habrá querido contarle al inoportuno Alan Downey? No le importaba.

Tomó su teléfono celular y tecleó un número.

Le contestaron muy rápido.

—Habla Manning. Acaba de llamar un tipo preguntando por Licht. Según él, tenían una cita esta mañana y obviamente James no pudo asistir —escuchó atento las instrucciones que le daban desde el otro lado de la línea—. Sí, me dijo que se llamaba Downey. Alan Downey. Sí, también me pareció conocido. Sí, trabaja en el Instituto de Neurología. No, solo estaba preocupado. No sabe nada del asesinato. Le dije que le avisaba si llegaba a encontrarlo. No se preocupe, todo ha salido perfectamente. No es un problema.

4

Los dedos se le entumecieron mientras sostenía el auricular contra la oreja derecha. Lo apretaba con una fuerza descomunal proveniente de un estado de nerviosismo de tal magnitud, que no podía poner orden a todas las ideas que acudían velozmente a su cerebro. Sentía el plástico negro contra su recién afeitada barba de color castaño. Cuando escuchó el primer timbre, su corazón empezó a aumentar las pulsaciones, como cuando el pitazo inicial da la señal de arranque a un partido de fútbol o las luces rojas de los semáforos se apagan para indicar la largada en una carrera de autos.

Comenzó a pensar lo que iba a decirle a la persona que le contestara. No encontraba ni siquiera la primera palabra con la cual debía iniciar la conversación. ¿Qué iba a decir? "¿Podría decirme si el padre Licht está muerto?". ¿Debía saludar? Ahora no podía pensar en pequeñeces. Bueno, saludar nunca era una pequeñez. El segundo timbrazo lo devolvió a su oficina y produjo una leve falta de aire en sus pulmones. ¿Qué estaba sucediendo en el mundo? ¿Desde cuándo asesinaban a personas inteligentes y progresistas? Pensó que desde el inicio de los tiempos. ¿Cómo es que un viejo a punto de morir, lo último que hace es enviarle un mensaje a un científico medio loco que apenas conoce? Definitivamente, la vida era una serie finita de sucesos que en su mayoría era bastante impredecible, pero siempre acorde con el camino que cada cual había escogido seguir. Pero si eso era cierto, Alan no entendía cómo encajaba esta serie de hechos extraños en lo que él esperaba fuera su vida restante. Lo único que había hecho era estudiar, trabajar y pensar para ayudar a la humanidad con soluciones reales, tangibles, científicas, pero nunca vacías de amor. Gracias a su oficio y al estudio, pero también a la vida, había descubierto que lo que el cerebro piensa repetidamente, indudablemente se convertía en realidad. Pero no recordó haber pensado nunca tener que lidiar con un muerto viviente que le hablaba desde el más allá.

Se le vino a la mente una frase de una canción: *Time is like a fuse, short and burning fast.*

El tercer pitido le produjo un desespero tremendo que lo llevó a despedazar el lapicero que sostenía en su mano izquierda. ¿Por qué demonios se demoraban tanto? Pasó la mano por su cabeza y su frente tratando de masajear lejanamente su masa encefálica y de este modo reducir la opresión que sentía. Se apresuró a oprimir el botón blanco del teléfono para terminar la llamada, pero sintió que le contestaban. Logró calmarse un poco.

—Buenos días... —fue lo único que alcanzó a decir. No podía creer lo que escuchaba.

—*Está comunicado con el Comando Central de la Policía Nacional. En estos momentos todos nuestros operadores se encuentran ocupados* —cerró los ojos y apretó sus sienes mientras escuchaba—. *En un momento será atendido. Disculpe las molestias.*

¿Disculpe las molestias? Alguien había sido asesinado, o por lo menos eso pensaba, ¿y lo único que pueden hacer para ayudar es disculparse? La música de fondo que siguió le produjo una rabia inmensa. No podía imaginarse la cara del dueño de alguna tienda que estuviera siendo asaltada en ese momento y que, tratando de evitarlo, tomara un teléfono con gran habilidad sin permitir que sus agresores se dieran cuenta, marcara tres números esperanzadores y se encontrara únicamente con esa voz robótica que le anunciaba, no solo indiferencia e ineficacia, sino también la muerte. Bastante triste.

Alan escuchó por tres minutos más unas notas desesperantemente repetitivas. No aguantó más. Se decidió a hacer algo, esta vez en serio. Colgó el teléfono, se levantó de su cómoda silla y se dirigió a la puerta, pero se detuvo en seco. Olvidaba algo. Se devolvió al computador y sacó una impresión de la carta del padre Licht. Seguro que tendría que mostrarla. Se quedó pensando unos segundos y sacó otra impresión. Necesitaba un plan de contingencia, como siempre. Apagó el computador y se dirigió a la puerta para salir, llevando en sus dedos las dos hojas que acababa de imprimir. Caminó apresurado por el corredor que atravesaba todo el piso. Al fin pudo ver a todos los genios y científicos del instituto trabajando silenciosamente. No se detuvo a saludarlos a uno por uno, como lo hacía desde que era el jefe del departamento. Le gustaba hablar con todos, saber lo que hacían, qué no les gustaba, cómo se comportaban en casa y hasta qué preferían comer en el almuerzo. Sabía el nombre completo de cada uno, sus títulos, premios y también como estaba conformado su núcleo familiar. Mantuvo la mirada fija en el piso y siguió caminando hacia el ascensor. Una voz lo detuvo. No quiso mostrar afán.

—Señor Downey, ¿se demora? —se volvió para ver quién reclamaba su presencia.

—Lucy, tengo que salir ahora. No sé a qué hora vuelva. ¿Necesitas algo? —su asistente estaba siempre atenta a sus salidas.

—Solo quería recordarle la reunión de esta tarde con los muchachos del laboratorio —Alan trataba de recordar. Miró hacia el techo mientras acariciaba su quijada—. Señor, la reunión. Proyecto Chadar.

—Oh sí, disculpa. Ando un poco desubicado. Si no vuelvo después del mediodía, cancélala —pensó un momento—. Es más, si no vengo cancela todo lo que tenga para hoy. Te estaré llamando.

—Está bien. ¿Algún problema?

—Nada importante. Adiós —le sonrió y se dirigió a las puertas que daban acceso a las oficinas.

Caminó con la vista puesta en sus zapatos negros, mientras trataba de limpiar su mente para planificar mejor lo que iba a hacer. Abrió las puertas de cristal y caminó por el piso de mármol brillante del vestíbulo del cuarto piso. Trató de reconocerse en el reflejo distorsionado que le llegaba a la retina, pero las grandes baldosas no hacían sino mostrarle una silueta deforme y negra, que en lo único que coincidía con el cuerpo del médico era en su gran tamaño. Oprimió el botón de la pared y esperó unos segundos a que llegara el ascensor. Esperaba que en el Comando Central de la policía le dieran alguna razón del padre Licht. Era el único camino que se le ocurría tomar en ese momento. Si ellos ya sabían que el sacerdote estaba muerto, esperaba que el mensaje que había llegado a sus manos sirviera para esclarecer el deceso. ¿Y si no tenían idea alguna de James? Lo más probable es que con la carta se alertaran y comenzaran una investigación. Era lo más razonable y lógico que podía hacer Alan. Comunicar lo que tenía en sus manos a la gente apropiada. No podía quedarse con esa gran duda. Decidió no preocuparse más. Tomó aire profundamente y cerró los ojos hasta que el ascensor llegó y las puertas se abrieron.

Mientras descendía por las entrañas de esa estructura de última tecnología, seguía tratando de calmarse y relajando su enorme cuerpo. Salió a toda velocidad, en una marcha atlética que le hubiera merecido el oro olímpico y atravesó los diversos equipos de detección que solo eran importantes a la hora de entrar al edificio. La salida era mucho más fácil. Se encontró de nuevo con el sol de la mañana, que cayó directamente sobre su cara y le causó un encandilamiento que le impedía distinguir nada a dos metros de distancia. Se acercó con la misma velocidad que traía hacia su hermoso automóvil. Se acomodó rápidamente y encendió el motor, que emitía un sonido rítmico y mecánico casi inaudible. Arrancó y salió a toda velocidad por las puertas reales del escondido instituto.

Tomó la autopista principal y condujo casi instintivamente por las vías desoladas de las afueras de la ciudad. Su cabeza estaba metida en un lío tremendo y dejaba a la intuición el manejo del acelerador, el freno y el volante. Quería llegar lo más rápido posible al comando de policía. Sabía muy bien dónde quedaba. No es que fuera un gran conocedor de las rutas y de los sitios de interés, pues pasaba bastante tiempo metido en su trabajo. Unos años antes tuvo que ir a aquel sitio para realizar una labor escalofriante. Recordarlo le producía una sensación de miedo y tristeza en el pecho. Volver a ese lugar, después de tanto tiempo, no le parecía una coincidencia, y aunque ir hasta allá era la única opción que tenía en mente, lo más probable es que no se encontrara con algo bueno, pues su experiencia no podía sugerirle otra cosa. Tal vez por esa misma vivencia era que guardaba la esperanza de que pudieran darle alguna razón en ese lugar.

Cruzó un puente que se alzaba sobre el gigantesco río que atravesaba en sentido sur- norte a la ciudad entera. Cuando se llegaba al punto medio de aquel viaducto no se podía avistar ninguna de las dos orillas de ese camino acuoso de color lechoso sobre el que navegaban numerosos yates y lanchas. Era como tener un océano artificial dentro de los límites de la ciudad. Alan miró a su derecha y, más allá de una curva que tomaba el río, divisó las grandes y verdes montañas orientales que se alzaban majestuosas bordeando la metrópoli como una muralla natural con decenas de picos, miles de árboles y cientos de quebradas. Por un leve momento se dibujó una sonrisa en su cara.

Llegó a una calle angosta bordeada a ambos lados por unos árboles amarillos y delgados que producían un camino real hacia una plaza principal. Por el carril izquierdo, en dirección contraria se desplazaban numerosos vehículos que parecían todos del mismo color. No importaba si eran grandes, medianos o pequeños, todos estaban cubiertos por una capa de polvo anaranjado que semejaba una tremenda oxidación metálica, en los vidrios, las latas y las llantas. El único lugar limpio y transparente que había en los autos lo conformaban dos medias lunas yuxtapuestas que se dibujaban en los vidrios panorámicos. Alan recordó que a unos kilómetros más allá de la plaza principal empezaba el camino rural hacia los campos, donde se sembraba todo tipo de frutas y verduras, y donde la tierra de color rojo intenso se metía inexplicablemente en todas las casas, en los zapatos, los pantalones y en los coches que transitaban por ahí.

Cuando llegó a la plaza principal dirigió su mirada hacia el hombre de bronce montado sobre un caballo que muchos años atrás había luchado por la libertad y el bienestar de todo un país. Pensó que él podría hacer exactamente lo mismo. Pasó junto al palacio de la alcaldía de la ciudad y giró a la derecha, donde se encontró con una calle colonial dominada por casas inmensas de tres pisos de alto, con balcones de madera verde y portones del mismo color, por donde fácilmente podía entrar un elefante obeso. Aminoró la velocidad, ya que el piso de piedras naturales hacía temblar un poco su lujoso auto. En medio de la calle encontró un buen lugar para estacionar y acomodó su auto con gran habilidad en un espacio justo y cercano a la entrada principal del edificio de enfrente. Se bajó con celeridad y vio las interminables escaleras verdes que conducían a la entrada siempre abierta del Comando Central de la Policía.

Muchas personas entraban y salían de aquel sitio, tratando de ayudar a resolver los miles de males de convivencia que aquejaban a la sociedad. El color más frecuente en ese ejército de personas era el verde olivo, identificación plena del uniforme de las fuerzas policiales nacionales. Subió las escaleras mientras veía rostros tristes, acongojados, desalmados y uno que otro indiferente. Ninguno de felicidad u orgullo. No le brindaron muchas esperanzas todos esos rostros humanos. Por fin llegó al vestíbulo y se encontró con un policía enorme, que con la sola presencia infundía gran temor. Si ibas a hacer algo allá, mejor que fuera bastante serio.

—Buenos días, señor. ¿En qué le puedo ayudar? —dijo una voz de barítono desde lo más profundo del pecho del policía.

—Buenos días. Quiero averiguar por una persona —no sabía cómo explicarse—. Estoy buscando a alguien...

—¿Un desaparecido?

—Bueno, tal vez. No lo sé. ¿Con quién puedo hablar? —ya estaba asustado.

El policía lo miró sospechosamente durante diez segundos.

—Señor, si alguien desapareció, puede dirigirse al segundo piso, a la oficina de la derecha. Búsqueda de personas.

—Gracias —caminó hacia las escaleras que conducían a los pisos superiores. Pero no se dirigiría hacia el segundo piso. Él sabía perfectamente a dónde tenía que ir.

Llegó sudando al tercer piso, desde donde podía divisar el patio central del gran edificio gubernamental, que incluía una lujosa fuente de agua rodeada de hermosos arreglos florales y árboles frutales. Caminó por el corredor que conducía a unas oficinas llenas de humo y de personas de uniforme. Entró con cautela y se encontró de frente con una vieja secretaria que atendía a los visitantes, sentada detrás de un escritorio de madera repleto de papeles y utensilios de oficina. La mujer apartó la mirada del computador y la dirigió hacia Alan Downey, que miraba para todos lados en busca de ayuda.

—¿Busca algo? —la voz concordaba perfectamente con su aparente edad.

—Disculpe. Este es el departamento de homicidios ¿cierto?

—Sí, es correcto. ¿Qué necesita?

—Necesito averiguar por una persona. Quisiera saber si han hecho algún levantamiento o les ha llegado el cuerpo de alguien —la mujer lo miró dubitativa—. ¿Podría ayudarme?

—¿Conoce algo sobre un asesinato? ¿Qué información tiene? —la anciana empezaba a incomodarlo.

—Solo sospecho algo. Una persona desapareció y quiero descartar opciones. Necesito saber si ha muerto.

—¿La persona está reportada como desaparecida?

Alan no sabía qué decir.

—No sé. No creo. Por favor, ayúdeme. ¿Con quién puedo hablar?

—Mire, señor...

—Downey. Alan Downey.

—Señor Downey, para poder ayudarle, la persona debe estar reportada como desaparecida. Además, si no posee información contundente, no puedo hacer nada.

Alan no quería mostrarle la carta del sacerdote.

—Está bien —se resignó—. Solo le pido un favor. La persona que estoy buscando se llama James Licht —tomó un papel y un lápiz que había sobre el escritorio y anotó el nombre—. Es un sacerdote. Si llegan a tener alguna información sobre él, le agradecería que me avisara —añadió sus datos en el papel.

La mujer lo miró pensativa.

Alan le dirigió una sonrisa.

—De acuerdo, le avisaré tan pronto sepa algo.

—Gracias.

Alan se devolvió cabizbajo y rendido por el mismo camino que había tomado hasta allí. Las opciones se le agotaron y lo único que deseó fue que el padre Licht se encontrara sano y salvo en cualquier lugar del planeta. De alguna forma, más temprano que tarde, este asunto debería tener una respuesta y esperó que fuera lo más conveniente tanto para el sacerdote como para él mismo. Bajó las escaleras muy despacio, esperando que el tiempo le calmara los nervios y la angustia que tenía amarradas en su cabeza, que no dejaban de atormentarlo desde esa mañana. Solo le quedaba volver al instituto para seguir trabajando en los misterios más profundos del cerebro y las neuronas, aquellas células de extraña forma que se conectaban con impulsos eléctricos para mover su cuerpo, su corazón y hasta para producir las más geniales ideas. Mientras descendía al primer piso escuchó un ruido seco, repetitivo y cada vez más cercano, como si un caballo desbocado lo persiguiera para aplastarlo.

Miró hacia los escalones que ya había dejado atrás y reconoció la fuente de tal sonido: unos tacones negros y puntiagudos sobre los que se alzaban unas piernas tonificadas envueltas en medias veladas negras que se escondían bajo una falda café que se cerraba sobre una cintura provocativa. La blusa blanca y escotada quedaba opacada por el hermoso rostro adornado con una cabellera castaña y unos ojos azules como el mar. Alan quedó un tanto petrificado, pero trató de disimular la atracción que sintió, y siguió caminando, con el convencimiento de que una mujer así nunca lo perseguiría a él.

—¿Señor Downey? —la voz era melodiosa y sugestiva.

—Eh... —su cerebro produjo un pequeño rubor carmesí en sus mejillas y lo volvió tartamudo—. Sí, sí. Soy yo.

—Gracias a Dios lo encontré. Soy la agente Linda Brown —le alcanzó la mano derecha y Alan la estrechó suavemente mientras la miraba fijamente a los ojos—. Necesito que hablemos.

Le gustó la última frase.

—Qué raro es encontrar una mujer en este sitio —recordó a la anciana que lo había atendido antes—. Quiero decir, tan joven.

—Gracias. Señor Downey, por favor sígame —Alan no dudó en hacerlo.

Volvió a subir las escaleras, lo que hizo que no sintiera el más mínimo cansancio cuando regresó a las oficinas de donde había salido. Entró y observó de nuevo a la anciana metida en sus papeles y hablando por teléfono. Sus miradas se cruzaron y Alan le sonrió con hipocresía. Mientras caminaba junto a Linda e ingresaban a una oficina pequeña y muy bien decorada, la agente decidió empezar.

—Señor Downey, voy a ser directa. Alcancé a escuchar la conversación que sostuvo con la secretaria del departamento. Oí que pronunciaba el nombre de James Licht. ¿Por qué lo busca?

Alan pareció sorprendido, pero decidió ser sincero.

—No sé si deba contárselo, pero lo haré. Tal vez usted podría ayudarme a encontrarlo.

Linda siguió callada y atenta.

—La verdad es que sospecho que al padre James Licht le pudo haber ocurrido algo grave. No sé si murió, desapareció o sigue vivo, pero hay algo raro con respecto a él.

—¿Y qué le hace pensar eso?

—Señorita Brown, esta mañana recibí una carta del padre Licht. Mejor dicho, un correo electrónico. Aquí tengo una copia —sacó de su chaqueta una de las hojas que había impreso y se la enseñó.

Linda Brown leyó detenidamente el mensaje y puso la misma cara que Alan creyó haber puesto esa mañana cuando hizo lo propio. Esperó que la hermosa mujer dijera algo, pero durante unos minutos su mirada solo se enfocaba sobre las letras negras que escribió James Licht.

—¿Ahora sí me entiende? —dijo Downey, tratando de conversar.

—Esto es asombroso. Y escalofriante —suspiró dos veces—. Esto nos puede ayudar bastante, señor Downey. Con esto podemos empezar a aclarar todo este asunto.

Alan no comprendió el gran interés que mostraba la agente.

—¿A qué se refiere, señorita? ¿Cuál asunto?

—Pues a la tragedia del padre Licht. Eso es lo que usted quiere, ¿no?

—Por supuesto. Pero le repito: es cierto que recibí este mensaje, que parece muy grave y extraño, pero esto no demuestra que el padre esté muerto o le haya sucedido algo. Eso es lo que quiero averiguar. Por eso vine aquí. Tal vez el padre esté en una isla tomando whisky, mientras que algún loco maniático quiso hacerme una broma. No lo sé. Lo único que quiero saber es cómo está James.

Linda lo comprendió. Quiso aclarar el asunto.

—Lo entiendo, señor Downey. Lo ayudaré —respiró hondo y siguió—. Este caso parecía bastante complicado. Y ahora aparece usted como un ángel con esto —levantó la carta.

—No le entiendo.

—Señor Downey, lamento informarle que esa carta es verdadera.

—¿Cómo? ¿Y usted cómo lo sabe?

—Lo que le voy a decir es ultrasecreto. No puede salir de estas cuatro paredes. Nadie fuera de estas oficinas lo sabe. Por favor, cálmese —sirvió un vaso con agua y se lo alcanzó.

—Dígame, ¿qué pasa?

—El padre James Licht fue asesinado brutalmente anoche.

Un rayo gélido atravesó el cuerpo tieso de Alan Downey. Lo había imaginado todo, incluso un asesinato. Pero lo que llamó más su atención y lo que paralizó todos sus músculos fue esa pequeña pero enorme palabra: brutalmente. Al fin encontró la respuesta a sus dudas, pero era una respuesta que nunca habría querido escuchar. El viejo Licht, el que había sido asesinado, solo quiso comunicarse con él antes de morir. Las cosas empezaban a tornarse bastante serias, pero haría todo lo posible por desenmascarar al asesino y llevarlo al infierno en la Tierra.

5

La vida puede cambiar en un minuto. Los planes son útiles hasta que las circunstancias voltean todo patas arriba y nos hacen retomar las preguntas más básicas de la existencia. Preguntas que se pierden en la bruma de la cotidianidad y que siempre son las más reveladoras del destino humano. La vida es tan sabia que casi siempre envía señales claras, pero el cerebro decide ignorarlas.

—¿Cómo? —Downey no podía creer las palabras que había escuchado. Un torrente de ideas llegó precipitadamente a su cabeza. Se imaginaba al sacerdote tratando de escapar de las garras de algún lunático que lo amenazaba con un cuchillo de carnicero en busca de sus entrañas. Lo veía arrastrarse moribundo y pesado tratando de alcanzar el computador para digitar una dirección electrónica, mientras manchaba el teclado con un líquido espeso y oscuro, hasta que la muerte ganaba la batalla y el sacerdote se desvanecía en el suelo frío que lo aguardaba indiferente para descansar en paz. Esa sí que era una buena expresión para describir lo que sentiría ahora James Licht: descansar en paz.

—Tranquilo, señor Downey. Lo mejor es que me acompañe a la oficina del capitán Bazzani. Le daremos todos los detalles del caso.

Alan se levantó como un zombi de la silla y caminó hacia donde lo dirigía Linda, mirando sin rumbo fijo hacia el piso y tratando de explicarse lo que había ocurrido. Llegaron ante una puerta de madera que tenía un vidrio opaco en el que se podía leer en letras doradas el nombre del dueño de aquel sitio: capitán Charles Bazzani. Jefe del Departamento de Homicidios. Un cargo que nunca le agradaría tener.

Linda se dispuso a tocar la puerta pero se detuvo y se dirigió a Alan.

—Debo hacerle una advertencia. Por ningún motivo haga comentarios acerca del capitán. Le molesta mucho que hablen de sus peculiaridades —Alan se extrañó—. Ya me entenderá.

Le pareció curioso ese tipo de alerta, pero sintió una gran curiosidad por conocer al capitán Bazzani. Le agradaban las sorpresas y amaba la inquietud. Linda tocó la puerta y desde el otro lado se oyó una voz circense que provocó una risa leve en Alan. Esto se ponía cada vez mejor, pensó. La mujer giró el pomo suavemente y empujó la pesada puerta hacia adentro. Alan asomó su cara y logró ver a un tipo algo gordo, de baja estatura y con un bigote bastante extraño.

—Capitán, le tengo buenas noticias —Linda era muy directa—. Tenemos pistas del caso del sacerdote Licht —esperó la respuesta del capitán, pero éste no dijo nada. Alan entró en la oficina e hizo un ademán de saludo al capitán—. Capitán, le presento al doctor Alan Downey. Es nuestro informante.

Alan alargó su brazo y dispuso su mano derecha para saludar a Bazzani, acto que el capitán contestó cortésmente apretando muy fuerte la mano del médico, mientras lo miraba con la cabeza bastante inclinada hacia arriba, como un niño observando a su padre. Bazzani lo miró detalladamente tratando de identificar plenamente al médico.

—Usted me parece... conocido...

—Mucho gusto, capitán —miró a Linda y después otra vez al cómico capitán—. Y llámenme Alan. Odio que me digan doctor. Bueno, tal vez me ha visto en algún periódico opinando sobre medicina —agregó.

—Siéntense, por favor —dijo el capitán—. Cuéntame... Linda, ¿es verdad que... tenemos pistas sobre la... muerte del padre... Licht?

Para completar su extraña figura, la cabeza del capitán estaba adornada por una pequeña mata de pelo de color negro artificial, compuesta por un mechón que le nacía sobre las orejas y otro poco que parecía una maraña de hilo negro en la parte superior del cráneo. Sobre el espeso bigote aparecía una nariz similar a la del famoso Cyrano de Bergerac. Y por lo visto, ahora tenía uno de esos desesperantes ataques de hipo que eran difíciles de eliminar si no se conocían las técnicas apropiadas. Linda tenía razón, era inevitable no decir algo sobre el capitán.

—Así es, capitán. El doctor Downey —Alan carraspeó intencionadamente—, el señor Alan Downey recibió hoy un mensaje del padre Licht. Es impresionante. Por lo menos ya sabemos cómo utilizó el computador que tenía en su escritorio. Aquí lo tiene —le alcanzó el pedazo de papel a Bazzani, que lo leyó detenidamente y sin aparentes sobresaltos.

Bazzani miró de reojo a Alan, dejó el papel sobre el escritorio y cruzó sus dedos, mientras el hipo seguía moviéndole la garganta con un ritmo elocuente.

—Y bien, señor... Downey, ¿por qué cree que... el padre Licht le escribió... a usted?

—No tengo la más mínima idea. Lo conocía, pero no era lo que podría considerarse un amigo. Hablamos algunas veces pero nunca fuimos íntimos compañeros. Él mismo dice en la carta que me parecerá extraño que me escriba, y sí que lo es —Bazzani lo miró incrédulo.

—¿Cómo cree usted... que puede demostrar... que esto es un mensaje original... del padre? ¿Cómo sé yo... que no es una burla suya?

—Muy sencillo...

—Disculpe —Linda interrumpió a Alan—. Capitán, usted y yo sabemos que este caso es secreto y que nadie lo conoce, excepto algunos miembros exclusivos de la policía. El señor Downey vino al comando con este mensaje, preguntando por Licht sin tener ni idea de lo que le ocurrió. Es más, yo le acabo de contar que en realidad fue asesinado.

—Además ¿cómo cree que yo me pondría a inventar algo así? Si ni siquiera era amigo mío —Alan se enojó—. Por favor, lo único que quería era encontrarlo. Pero como está muerto, lo único que queda es buscar al asesino.

A Bazzani no le agradó la idea, pero al final decidió aceptarlo.

—Perfecto. Si este mensaje... es cierto, deberíamos... tratar de solucionarlo y así... tal vez podamos hallar algo... importante —El capitán miró a Alan—. Bueno, señor Downey... creo que nos ha ayudado mucho... gracias por su... colaboración. Con esto, la agente Brown tendrá... con qué iniciar la... investigación.

—Pero, ¿cómo piensa descifrarlo? —Alan se alteró.

—La agente Brown... es bastante buena.

—Capitán, por favor —Linda se adelantó—. Soy casi nueva en este departamento y mi experiencia podría calificarse de nula. Además, el mensaje va dirigido al señor Downey y, según Licht, es el único que lo puede solucionar. Deje que el señor Downey me colabore en esto. No perdemos nada.

Bazzani pensó unos segundos.

—Está bien. Pero lo único... que le pido, señor Downey... es que mantenga el más... absoluto hermetismo con respecto a esta... operación. Como dijo la agente... el caso no se le ha informado... a los medios de comunicación... ya sabe, no queremos generar un... caos frente a este problema tan... grande. No queremos entorpecer... la investigación. Estará usted acompañado... por la agente Brown... Ella es la encargada del caso... y me reporta a mí directamente.

—Está bien. ¿Y qué debemos hacer ahora? —Downey quería empezar a hacer algo.

—¿Qué le parece si para empezar le mostramos como murió James Licht? —dijo Linda—. Si tenemos más información, será más fácil seguir adelante, ¿no le parece?

—Qué más da.

El capitán extrajo una carpeta plastificada de su escritorio con el título *Top secret.* El médico pensó que si no tuviera esa inscripción, tal vez sí sería totalmente secreta. La abrió y desplegó cinco fotografías sobre la mesa. A primera vista lo único que se apreciaba era el color tenebroso de la sangre voluntaria y violentamente derramada de un organismo. Linda le alcanzó la foto principal, la que en una sola toma encuadraba toda la escena mortal del asesinato. Alan estuvo a punto de llorar. Sintió un leve descanso dentro de sí, ya que no vio restos de carne y vísceras regadas por el piso, como había imaginado. Solo a un hombre solitario, muerto y tieso.

Reconoció enseguida la cara del padre James Licht. Estaba sentado sobre una silla bastante cómoda, aunque ya no tenía sentido si era confortable o no. Sus brazos estaban echados hacia atrás y pudo comprobar que tenía las muñecas amarradas sobre la parta baja de su espalda. La quijada hacía pleno contacto con su esternón y la boca permanecía levemente abierta, tratando de realizar el último intento de hablar y delatar al asesino. Otra cuerda, más robusta, rodeaba el torso del padre y lo aseguraba contra la silla. Detrás del muerto se apreciaba una cama grande y blanca que semejaba un pedazo de cielo para cobijar al sacerdote y llevarlo al paraíso, y a su izquierda se veía lo que parecía ser un viejo escritorio que sostenía un pequeño computador portátil sobre el que se veía a Cristo en la misma situación que Licht. Ambos habían muerto por manos asesinas y mentes incomprensivas.

Pero lo que más impresionó a Alan fue el charco de sangre que había debajo de los pies del sacerdote e inundaba el piso bajo la silla. La sotana no dejaba ver el sitio exacto de la herida fatal y solo permitía dejar a la imaginación la verdadera causa de ese desastre.

—¿De dónde proviene la sangre? No se puede ver la herida.

—Fue una cortada —Linda respondió.

—Pero debió ser muy profunda. Hay bastante sangre —en sus numerosos años como médico jamás había visto tanta sangre junta.

—Imagínese toda la sangre... que puede salir si le extirpan el... —un ataque de tos, para completar, asaltó a Bazzani.

—¿El qué?

—El pene —completó Linda.

—Así es —dijo como pudo el capitán, mientras se limpiaba la boca.

Alan no podía creerlo. ¿Estaban hablando en serio? ¿Habían castrado como un perro al padre James Licht? ¿Qué clase de hijo de puta sería capaz de hacer eso? No podía hablar. Pero tenía que saber más.

—¿Por qué? ¿Por qué lo mataron así? —"Qué pregunta tan estúpida", pensó Alan.

—Esa es la gran pregunta, señor Downey, ¿por qué? —le contestó Linda.

—Pero, hay algo que no encaja. ¿Dónde lo mataron?

—En el monasterio donde vivía. San Nicolás Tavelic. ¿Por qué?

—Me imagino que el dolor debió ser tremendo. ¿Cómo es que nadie lo escuchó gritar? No tiene una cinta ni nada para taparle la boca. Debió pegar un alarido aterrador ¿Y nadie lo escuchó? ¿No es extraño? —Linda se había cuestionado lo mismo.

—Al parecer fue... sedado antes de que... lo asesinaran.

—Es una hipótesis, muy probable. Nuestros forenses están investigando —Linda completó la afirmación de su jefe.

—¿No les parece muy fácil? Una persona entra al monasterio, duerme a Licht y después lo asesina. ¿Qué tipo de seguridad es esa? No me digan que no se han planteado esto —Alan comenzaba a parecer un detective—. Mire, capitán, aquí hay algo extraño y creo que el obispo Manning está metido en todo esto.

—Explíquese.

—Esta mañana llamé al monasterio para averiguar por James. Tenía que confirmar si era cierto lo que decía su carta. Hablé con el obispo Manning y me dijo que no sabía dónde demonios estaba el padre. Dijo que había salido de viaje. No sé a ustedes, pero a mí me parece bastante extraño su comportamiento.

—Lo entiendo, Downey... ayer en la noche recibimos... una llamada del monasterio... del obispo Manning... Dijo que había encontrado a un sacerdote... asesinado en su cuarto... Nos contó que todas las noches se reunían para... discutir diversos temas religiosos... y no sé qué más. Ayer, como de costumbre... fue a visitarlo... y lo encontró así —señaló la foto—. Anoche hicimos el levantamiento... del cadáver y le pedí... al obispo que mantuviera... todo en secreto para no... dañar la investigación. Le dije que si alguien... llamaba preguntando por James... inventara una excusa... como la que le dio a usted... Y le pedí que me informara...

—¿Y lo llamó?

—No. Hasta ahora no... se ha comunicado. Me imagino que lo... hará pronto.

—De todas maneras, me parece muy extraño —Alan no estaba tan convencido.

—No se preocupe... todos allá son sospechosos... Tiene razón, fue muy fácil. Le aseguro que... llegaremos al final de esto.

—Eso espero.

Linda cambió el tema.

—Bueno. Ahora que ya sabe lo que nosotros sabemos, señor Downey, ¿podría explicarnos esta carta? Por ejemplo, ¿a qué se refiere Licht cuando dice que el mundo está equivocado con personas como él?

—No tengo la menor idea. Como les dije, no lo conocía muy bien. Solo sé que investigaba mucho y escribía en varias revistas y publicaciones científicas. Me imagino que por ese rol que desempeñaba despertó envidias o enemigos en la Iglesia.

—¿Y eso de que ha seguido a las mentes más grandes del mundo?

—No lo sé. Ya les dije que no entiendo por qué me escribió.

—Pero hay algo en que nos puede ayudar. Ese archivo adjunto que nombra Licht, ¿dónde está?

—Lo tengo en mi computador. Junto al mensaje que me envió. No lo he abierto.

—Pues, señor Downey, tenemos que empezar ahí. ¿Qué le parece si nos vamos? —le agradó la propuesta de Linda.

—Perfecto. Vamos.

Se levantaron de sus sillas, pero la voz chillona del capitán los frenó.

—Downey. La última frase: *Que la semilla... de occidente renazca y... perdure eternamente. ¿Qué significa?*

—No lo sé. Debe ser algún tipo de despedida del padre Licht. Si nos disculpa, tenemos mucho que hacer.

Se apresuraron hacia la puerta, como un par de viejos amigos dispuestos a emprender la batalla más grande de sus vidas. Alan tenía una responsabilidad con James Licht: recuperar lo que había descubierto y por lo que seguramente había sido asesinado. No lo sabía con certeza, pero la confianza que depositó el sacerdote en él no podía tirarse al bote de la basura. Tenía que convertirse en el salvador de su legado.

—Una última cosa... Linda, mantenme informado. Es muy importante.

—Claro, jefe.

Se dispusieron a salir finalmente. Pero Alan olvidó por completo la advertencia de Linda y no pudo evitar hacer un comentario.

—Capitán, mi madre utilizaba un truco bastante efectivo para quitar el hipo. Tomaba un pedacito de papel higiénico y lo humedecía con agua fría. Me lo colocaba en la frente y, como por arte de magia, se iba ese maldito intruso. Sería bueno que lo intentara. Adiós.

—Hasta luego, señor Downey.

Salieron corriendo en busca de la verdad.

6

Una pequeña sonrisa que dejaba asomar las encías y la parte superior de los dientes se dibujó en la cara de Alan Downey, que miraba a Linda con la esperanza de que la hermosa dama le devolviera el mismo gesto de complicidad y acuerdo. Pero se encontró con unas cejas encorvadas, una mirada de sorpresa y una boca abierta que le insinuaron algo malo. Por lo visto había cometido una estupidez gigantesca que había reducido en grado importante la confianza que quería cultivar en Linda.

"¿Qué pasó?", pensó.

Como si tuviera algún don telepático, Linda leyó su mente.

—¿Qué acabas de hacer? ¿No te dije que no dijeras nada acerca del capitán?

Alan parecía sorprendido. Ya iban descendiendo por las escaleras del edificio en busca de algún medio de transporte que los llevara al instituto para descifrar el mensaje del padre Licht.

—¿A qué te refieres? ¿A lo del hipo? —Linda asintió mientras llegaban al primer piso—. Pero si sólo le quería hacer un favor...

—Tú no entiendes nada —Linda lo reprendió—. ¿No pusiste cuidado a lo que te dije?

—¿Qué tiene de malo compartir el conocimiento? Un ataque de hipo es desesperante...

—No es un ataque —Alan se calló enseguida—. Sigamos. En el camino te contaré.

Salieron a la calle colonial y Alan le señaló con el dedo índice el automóvil plateado que relucía entre las demás latas de sardinas con llantas.

—Guau, parece que la medicina es bastante rentable —dijo Linda en tono amigable.

Alan no apreció el comentario.

—Cualquier profesión lo es. Lo único que tienes que hacer es ser el mejor de todos.

—Me encanta tu modestia —desde que la miró a los ojos por primera vez, Alan sintió una energía atractiva y sincera que emanaba de ese espectacular cuerpo. Era como si fueran amigos de toda la vida. De una vida pasada. Al parecer Linda sentía lo mismo, y la confianza y la camaradería empezaba a nacer entre ellos.

Encendió el carro y se adentró por las calles de la ciudad, tomando rumbo hacia el instituto. No era un tipo elocuente, mucho menos con las mujeres, pero esta vez sentía unas ganas tremendas de sobrecargar sus cuerdas vocales. Quería tomar revancha por todas las ocasiones pasadas en que había permanecido en silencio ante una mujer hermosa. Pero este deseo actual era natural, fluía sin necesidad de llamarlo.

—Y cuéntame, ¿cómo que no es un ataque?

Linda pensó unos segundos. Cayó en la cuenta.

—Ah, sí. El capitán Bazzani lleva más de veinte años en la policía. Es uno de los más exitosos del cuerpo. Bueno, eso es lo que cuenta todo el mundo en las oficinas. Dicen los viejos empleados que desde que llegó a la policía ha tenido ese extraño episodio de hipo. Nadie lo ha conocido sano, quiero decir, sin ese ruidito que le corta las frases —Alan rio—. Los amantes de los chismes y las conspiraciones le han contabilizado un promedio de treinta y cinco hipos por minuto.

—Qué caso más extraño. No conocía una enfermedad de esas características —Alan había estudiado enfermedades bastante exóticas—. Y créeme que he visto y tratado cosas inimaginables. Esto podría llamarse el síndrome Bazzani —Ambos rieron amistosamente.

—Bastante raro, ¿cierto?

—Sí, pero no tanto —Linda parecía interesada—. Durante años he estudiado e investigado casos que podrían ser sacados de una historia de Verne. El cerebro es una máquina poderosísima —seguía con la vista fija en la carretera—. Por ejemplo, imagínate que te encuentras con tu madre o tu hermano y de pronto tienes la impresión de que se trata de impostores, unos malditos estafadores que tienen la misma apariencia que ellos. Unos dobles idénticos, pero realmente son tu familia verdadera. ¿Qué harías? —Linda no sabía qué decir—. Ese es el síndrome de Capgras. Todo, por un mal funcionamiento de una pequeñita parte de tu cerebro.

—¿En verdad existe? —Alan asintió. Linda se inclinó un poco hacia el médico.

—Y eso no es todo. Ahora supón que vas a un museo y al observar los cuadros y las esculturas empiezas a sentir náuseas, sientes el corazón acelerado en tu boca y todo se enreda en tu cabeza, produciéndote un vértigo infinito. Incluso te desmayas. Todo porque tu cerebro no tolera una sobrecarga de belleza artística —Linda no lo podía creer—. Ese es el síndrome de Stendhal, en honor al famoso escritor Henri Beyle, alias Stendhal —Alan se sentía a gusto hablando de lo que más amaba en la vida. La ciencia del cerebro—. Así como estos dos, hay muchos casos que no creerías si no los vieras directamente.

Linda empezaba a admirar al hombre que manejaba el automóvil. Hablaba con una propiedad y una soltura muy características. Su voz gruesa y alta podía atraer un salón con cientos de alumnos, que sumada a la claridad y expresividad que demostraba lograban impactar desde el primer momento. Quiso conocer al hombre, no tanto al médico.

—Y dígame, señor Downey...

—Alan, por favor.

—Y dime, Alan. ¿Cómo es que una persona como tú llega a convertirse en un reconocido doctor en neurociencia?

—¿Cómo sabes que soy doctor?

—Dejaste los datos con la secretaria del departamento, ¿recuerdas?

No le gustaba tal recuerdo.

—Y, ¿cómo es una persona como yo? —respondió Alan.

—No sé —Linda empezó a jugar con su cabello liso—. Joven, con un auto lujoso —frunció el ceño irónicamente—, con una profesión bastante rara, que conoce personas extrañas...

—Todo fue por mis padres.

7

Mientras anotaba en su cuaderno, estrictamente ordenado, el nombre del profesor de la cátedra de neurociencia de la universidad de New York, empezó a recordar su tierra natal. Le pareció bastante curioso que aún siguiera estudiando. La mayoría de los jóvenes de su país terminaba la vida estudiantil después de un pregrado e incluso antes, cuando finalizaban el colegio, si es que tenían la suerte de asistir a alguno. A él no le bastó con un cartón de médico cirujano, ni con la especialización en neurofisiología, ni con los múltiples cursos que tomó. Ahora estaba a punto de terminar su doctorado y listo para empezar el último curso del programa.

El hombre que estaba parado dándole la espalda al tablero hablaba sobre la importancia del cerebro y de los hombres y mujeres que se encontraban sentados en los pupitres escuchándolo atentamente. Su cabello totalmente blanco le brindaba un aire de sabiduría a sus palabras. Antes de comenzar quería conocer a cada uno de sus aventajados alumnos.

—Bueno, ahora quiero que cada uno me diga con total sinceridad, ¿por qué escogieron este camino en la vida? ¿Por qué quisieron dedicar su vida al estudio de la máquina más poderosa del universo?

Mientras Alan pensaba y organizaba las ideas que tenía en la cabeza se dio cuenta de que lo que había creído durante mucho tiempo era mentira. No se había decidido por la neurología por gusto. Aunque disfrutaba con inmensa alegría su profesión, no había sido una elección tan subjetiva.

—Cuando era niño vi un accidente de tránsito. Un hombre cayó de su moto y como no tenía casco, se quebró el cráneo. Toda la masa cerebral salía de su cabeza... —Alan escuchaba indiferente al primer tipo que habló: un imbécil con unas gafas de borde negro y un cabello pegado al cráneo mediante un extraño gel. ¿Por qué no podían ser inteligentes y normales al mismo tiempo?

Empezó a dibujar mamarrachos en el cuaderno.

—Mi papá era neurólogo y me enseñaba muchas cosas grandiosas... —dijo una muchacha sin emociones. "Basura", pensó Alan.

El profesor, toda una eminencia en el mundo, empezaba a mostrar signos de desilusión; sus ojos y mejillas se movieron silenciosamente para demostrarlo. Alan lo miró desde la parte de atrás del salón y trató de descifrar lo que el profesor expresaba con su cara. "Estos muchachos están perdidos. Qué desgracia", fue lo que Alan pensó que quería decir el profesor. Emitió una leve carcajada.

—Y tú... ¿por qué ríes?

—Disculpe, profesor. Solo pensaba en lo que usted iba a decir —Alan se sonrojó.

—Cuéntame, Alan —lo sorprendió. ¿Cómo sabía su nombre? Le agradó suponer que su trabajo ya era muy conocido.

—Creo que mi historia es muy diferente a la de todos aquí —el profesor se sentó sobre el escritorio y le prestó total atención—. Creo que fue por mis padres —unas leves risas se escucharon—. Mi papá murió muy joven. Nunca compartimos una tarde juntos, solo lo veía trabajar. Murió de un infarto producido por estrés laboral. Desde ese momento quise saber cómo funcionaba el cerebro, cómo absorbe todo lo que sentimos del mundo exterior y cómo puede convertirlo en algo físico, tangible, real. Me intrigó de forma abrumadora —una leve sonrisa se empezó a dibujar en el rostro del profesor—. No me podía explicar cómo es que una situación, un problema, una emoción, podían generar tanto caos. Eso fue por mi padre. Mi mamá siempre me inculcó el amor por la ciencia, me enseñó el grandioso mundo de la razón, del análisis, del poder de la verdad, del conocimiento. Creo que eso me llevó a explorar la cabeza del ser humano.

Las risas fueron generales. El profesor se sintió agradecido.

—Pero también tuve otra experiencia —agregó—. Cuando estaba en el colegio siempre soñaba con convertirme en un gran médico. Lo imaginaba constantemente y no lo podía sacar de mi cabeza. Estaba convencido de ello. Cuando llegué a la universidad y me gradué, me di cuenta de que todo lo que había soñado se había convertido en realidad. Todo era verdad, incluso mejor de lo que había soñado. Cuando decidí hacer la especialización, solo tenía una opción: el cerebro. Quería saber cómo es que nuestros más profundos sueños y convencimientos se convierten, sin duda alguna, en realidad.

El profesor pareció conmovido por las palabras de Alan.

—¿Sabes? Creo que además de compartir una nación como tierra natal, ambos llevamos en la cabeza, y en el corazón, un amor inigualable por el cerebro —el profesor lo dijo sinceramente. Después contó su propia historia. Era algo sobre un tipo que sufría de epilepsia. Cuando el profesor, en ese entonces un niño, quiso saber por qué el hombre se comportaba de tal forma, convulsionando y arrojando espuma por la boca, solo recibió una respuesta que cambió su vida: "Él no puede elegir lo que hace".

—Gracias —dijo el maestro en su natal español, dirigiéndose a todo el salón, pero especialmente a Downey.

Alan se sintió orgulloso. De su profesión, de su país, de él mismo.

8

—Tu antiguo profesor y tú, ¿son del mismo país? ¿De cuál? —dijo Linda.

—De Colombia.

—¿Eres de Colombia? —Linda parecía anonadada.

—Sí, no te asustes. Para ser más exacto, nací en Bogotá, la capital. Viví hasta los veinticinco años allá, hasta que tuve que viajar para hacer mi especialización.

—Hablas perfectamente el inglés. ¿Qué hace un latinoamericano en estas tierras? —tenía tantas preguntas—. Tu nombre no es latino...

—Es sencillo. Mis abuelos paternos eran alemanes. Debido a la Segunda Guerra Mundial tuvieron que salir corriendo hacia otro continente. La fortuna y el azar los llevaron a desembarcar en las costas del norte de Suramérica. Llegaron a un puerto hermoso: Cartagena de Indias. De allí pasaron por las montañas de los Andes y lograron llegar hasta Bogotá. Se sintieron muy bien y vivieron felices, tanto que decidieron radicarse con sus hijos. Después mi padre conoció a mi madre, que es de esta ciudad, pero viajó a Colombia a realizar unos estudios.

Siempre le agradaba contar la historia de su familia.

Sin saber la razón, su memoria le trajo imágenes del museo más bello del mundo, el del Oro, de Bogotá. La balsa muisca y el poporo quimbaya eran sus piezas más representativas. "El cerebro trabaja de formas misteriosas", pensó.

—Algún día tendré que conocer tu país...

—Colombia es linda, como tú —le explicó a la agente que su nombre, Linda, en español tenía un significado que concordaba muy bien con su forma de ser. Esto último no se lo dijo directamente—. Y ahora dime: ¿cómo una mujer como tú se convierte en una agente especial de la policía? —Alan también quería saber.

—No me lo vas a creer. También es por mis padres.

—Bueno, ya tenemos algo en común.

—Pero su influencia no fue tan positiva como la tuya. Mi padre biológico murió antes de que yo naciera. Fue asesinado por unos ladrones que querían robarle un dinero en la calle. Cuando yo tenía dos años, mi madre se casó con otro hombre, mi padrastro. Era un tipo holgazán, borracho, jugador. Un completo hijo de puta. Acostumbraba a llegar borracho todas las noches y lo único que hacía era descargar su furia interna golpeando a mi madre. Ella sentía un miedo terrible hacia él, pero tomó valor y decidió demandarlo. La justicia lo llevó a juicio y fue encerrado, pero duró solo unos cuantos meses en la cárcel. Le rebajaron la pena por buen comportamiento y por confesar su delito. Vaya justicia. Cuando salió, volvió a la casa, pero mi madre no lo quiso recibir. Entonces cogió un cuchillo y la asesinó. Hasta hoy no se sabe nada de él.

—Lo siento —fue lo único que se le ocurrió decir a Alan.

—No te preocupes. Por eso decidí convertirme en policía. Quería tener la autoridad y la fuerza para castigar a malditos como él. Así como al maldito que asesinó a Licht.

—¿Cuánto llevas en esto?

—No me lo vas a creer. Este es mi primer caso oficial. He trabajado en varios casos, pero solo como asistente o auxiliar. Nada serio. Pero todo lo he hecho bien, así que ayer, cuando surgió todo este lío, el capitán Bazzani decidió darme el caso.

—Parece ser un tipo bastante bueno.

—Así es. Ha confiado mucho en mí.

Hubo un prolongado silencio mientras se movían por la carretera principal, a pocos metros de la entrada del instituto. Fue preciso que se presentara ese momento para que ambos pudieran reflexionar y digerir las palabras que habían escuchado. Alan giró el volante hacia la derecha y frenó justo en la entrada triunfal del Instituto Nacional de Neurología y Fisiología.

—Trabajas en un palacio. Cualquiera estaría dichoso.

Alan sonrió de nuevo.

Mientras ingresaban por las puertas que se abrieron automáticamente, Linda escudriñó con agilidad todos los árboles, la pequeña calle, el parqueadero y todo el paisaje alrededor del instituto. También estudió a Alan. Iba impecablemente vestido.

La conversación había sido larga pero rauda. Le agradó bastante.

Gracias a ese ligero y divertido rato no se dieron cuenta del auto que los estaba siguiendo.

9

Linda estaba realmente alelada. Todos los aparatos y monitores de colores psicodélicos le trajeron a la mente una de las naves espaciales de *Star Wars*. Ojalá no se encontrara con un *Darth Vader* experto en el cerebro. Afortunadamente iba acompañada de un conocedor de ese sitio, la única razón por la que reconocía que todo eso era real y no un laberinto artificial de algún parque de diversiones.

Llegaron al cuarto piso, el de Alan, y atravesaron juntos el corredor principal. Algunos científicos levantaron sigilosamente sus miradas, otros los vieron por encima de sus anteojos, tratando de deleitar sus cerebros con una figura esbelta, provocativa y bastante sugestiva que en ese ambiente investigativo estaba en vías de extinción. Downey sintió, sin necesidad de comprobarlo, que los ojos se dirigían exclusivamente a su acompañante. Entraron en la oficina del director de Investigaciones Especiales sin decir una sola palabra.

Alan tomó una de las sillas del recinto y la acercó a la que él acostumbraba usar para dedicarse a trabajar. Con un ademán le indicó a Linda que se sentara junto a él. Ella aceptó agradecida y Alan se dispuso a encender de nuevo su computador. Después de unos minutos aparecieron en la pantalla todos los mensajes que Downey había recibido. Incluidos unos nuevos que habían llegado mientras estuvo ausente.

—Mira, aquí está —tocó con su índice derecho la pantalla, señalando el mensaje de James Licht.

—Tienes razón. Lo envió ayer —Linda sacó una pequeña libreta y empezó a tomar algunos datos importantes—. En la noche. Solo unos minutos antes de que recibiéramos la llamada de su muerte. Ábrelo.

Alan obedeció y abrió el mensaje.

Linda reconoció al instante que era idéntico al que el médico había llevado al comando de policía. Recordó algo.

—Creo que dejamos el mensaje impreso donde Bazzani.

—No es problema. Aquí tenemos el original. Y tengo otra copia en mi chaqueta.

Alan la sacó y se la entregó a Linda.

—Bueno, solo nos queda una cosa por hacer —Linda empezaba a entusiasmarse.

—¿Qué?

—Abrir el archivo adjunto.

—Está bien. Tienes razón.

Con su mano temblorosa dirigió el cursor hacia el vínculo que los dirigiría por un camino del cual no conocían nada. ¿Qué quería Licht que ellos descubrieran? ¿Por qué Alan Downey era el elegido? ¿Qué extraña maldición estaba encerrada en ese mensaje que había provocado la muerte violenta del sacerdote? ¿Quién se sentiría amenazado por ese descubrimiento? Lo único agradable de todo el asunto es que Downey había conocido a alguien especial. Pero su cabeza no dejaba de buscar respuestas. ¿Cómo es que James Licht confiaba tanto en él? ¿No se habría equivocado? ¿Qué cosa podría ser tan grave como para que tuviera que esconderla celosamente como prevención ante un inesperado ataque asesino?

Trató de calmarse y dejarlo todo al azar. El padre estaba muerto y ya no podía hacer nada por resucitarlo. Eso solo sucedía en los relatos fantásticos. Si no podía ayudar a descifrar lo que Licht había escondido, pues qué demonios. No era el fin del mundo. Decidió observar sin ningún compromiso lo que James le había enviado. Abrió el archivo anexo al críptico mensaje. En el monitor aparecieron unos caracteres extraños, como si un hombre de las cavernas hubiera tenido acceso al computador de James Licht.

Ingrese la contraseña

λ.α.γ.f.ε.π.μ.ι.δ.λ.η.

Alan no podía creerlo. Ingrese la contraseña. Pero, ¿cuál contraseña? Debajo de esa orden estricta aparecían unos garabatos que, aunque extraños, eran bellos y estructurados. Y un poco más abajo, un espacio donde debía escribir la clave que le daría acceso al conocimiento verdadero. Eso es redundante, pensó. El conocimiento solo debería llamarse conocimiento si es verdadero. Olvidó por completo que no se encontraba solo en esa situación.

—¿Qué demonios es eso?

—Maldita sea. No tengo ni idea —dijo en su idioma.

—¿Perdón?

—Disculpa. No sé. Nos pide una contraseña. Parece que el padre amaba las claves.

—Recuerda que dijo que tomaría las medidas más drásticas para evitar que alguien más lo leyera. Pero, ¿qué son esos muñequitos? No me digas que en neurología también usan estos dibujos —dijo inocentemente Linda.

Alan no pudo evitar la risa.

—Eso es lo mejor que he escuchado en mucho tiempo —la miró de frente—. Es sencillo. Son letras griegas. Separadas por puntos...

—Es una pista, ¿no?

—Es lo más probable.

—Y, ¿no sabes lo que significan? —Alan negó con la cabeza—. Pero si Licht dice que solo confía en ti. Que tú puedes hacerlo. Si no conoces esto, ¿cómo es que Licht te lo envía?

—Tienes razón. Pero no sé lo que significa esa fila de letras. Solo sé que son del alfabeto grie...

Se calló inmediatamente.

—¿Qué pasa? —Linda lo miraba, mientras los ojos del médico se perdían en el infinito.

—La última frase, ¿cómo dice?

—¿La última frase del mensaje?

—Sí. Léela, por favor.

—*Que la semilla de occidente renazca y perdure eternamente* —a Linda le pareció algo trivial.

Alan sonrió.

—¿Por qué te ríes? ¿Qué pasa?

—Esto es genial. ¿Sabes quién es la semilla de occidente? ¿La semilla que brotó y creó todo lo que somos hoy? ¿La fuente de todo nuestro conocimiento, nuestro desarrollo humano, social, técnico...?

—Por favor, habla ya.

Alan no lo podía creer. Lo había tenido ante sus ojos, pero no había leído atentamente. Esto empezaba a tener algo de sentido.

—Grecia. Los antiguos griegos. La civilización más importante que ha tenido el planeta Tierra durante toda su historia. El pueblo que influenció a todo el mundo occidental y expandió su lengua, creó la democracia y la política, fue pionero de la educación, de la filosofía, las artes y, lo más importante, de las ciencias.

—Impresionante, pero ¿qué tiene que ver con todo esto? —Linda contestó.

—Al parecer, el padre Licht tenía cierto gusto por la civilización griega. Por eso el saludo final en su carta. Y ahora, estas letras del alfabeto griego. Utilizó las letras minúsculas. Las colocó en este orden: lambda, alfa, gamma, digamma, épsilon, pi, my, iota, delta, lambda y eta. Todas las conozco bien, excepto digamma. Es una letra obsoleta.

—Disculpa, hay algo que no entiendo. Si eres un médico neurólogo, experto en todo lo que tiene que ver con el cerebro, y es por eso que todo el mundo te reconoce, ¿cómo es que Licht sabía que tú conocías esto?

—Las letras griegas se utilizan mucho en las ciencias: las matemáticas, la física, el cálculo, la astronomía, la medicina, todas utilizan el alfabeto griego para identificar variables, constantes, funciones matemáticas y muchas cosas más. Podría decirse que es el idioma de la ciencia. La letra my es el coeficiente de fricción en física mecánica, pero también la media de una variable aleatoria, en el cálculo de probabilidades. A pi lo has visto como una constante numérica que se utiliza en la geometría. Eta es el símbolo de la eficiencia. Delta, en mayúscula, se asocia con un cambio o diferencia entre dos magnitudes o valores. Sigma, en mayúscula, es el símbolo de una sumatoria, y en minúscula representa la desviación estándar. Lambda es un parámetro del proceso de Poisson, pero también representa la densidad lineal de carga en física eléctrica. Son estos unos pocos ejemplos del alcance de la escritura griega en nuestra cultura.

—Cada vez me pareces más intrigante —callaron por un momento. Linda prosiguió—. ¿Y crees que eso puede ayudarnos a resolver esta clave? ¿Qué pueden significar todas esas letras? Todavía no entiendo por qué Licht sabía que conocías esto.

—Parece que ambos somos admiradores de la cultura griega.

Linda se sorprendió.

—¿Cómo? ¿Y no te parece extraño que Licht supiera eso? ¿Mucho más cuando se conocían muy poco?

—Sí, es muy raro.

Estuvo pensando durante un largo rato, tratando de encontrar la respuesta a sus dudas. No sabía si pensar en cómo resolver la clave o en vislumbrar cómo Licht supo de su interés por los griegos.

Linda observó una carta que estaba encima del escritorio. Tenía un membrete con un extraño logotipo y unas letras grandes: INNF. Instituto Nacional de Neurología y Fisiología. Algo se iluminó en su cabeza.

—Pueden ser iniciales, ¿no crees?

Linda le mostró las iniciales del instituto y su significado, que Alan conocía muy bien.

—No lo había pensado de esa forma. Puede ser...

—Y, ¿sabes griego como para saber la palabra que corresponde a cada letra?

—No, no llego tan lejos.

—¿Entonces qué hacemos?

—No sé. Habría que buscar a algún experto en griego. Algo complicado, ¿no?

—Eso es casi imposible —Linda seguía mirando las letras en la pantalla—. Oye, la quinta letra, ¿Cómo se llama?

—Épsilon.

—Se parece a una e, ¿cierto?

—Sí, es cierto —estaba con los ojos cerrados y las manos rodeando la nuca, tratando de pensar—. Es porque podría decirse que es uno de sus antepasados...

Alan se reincorporó y volvió a mirar las letras. Vio una luz en el camino.

10

Las llaves producían un sonido metálico y agudo que retumbaba por todo el pasillo solitario, mientras los dedos temblorosos trataban de encontrar la pieza que encajaba correctamente en la cerradura. Miró a ambos lados en busca de alguna presencia inesperada que pudiera echar a perder sus planes. Al parecer nadie se encontraba rondando por ahí, pues existían miles de cosas diferentes y mucho más divertidas que andar en aquel lugar. Sintió un alivio temporal.

Encontró la llave que buscaba.

Introdujo el objeto irregular bañado en oro de fantasía dentro de la cerradura y movió sin éxito su muñeca derecha, en un ademan tosco que podría ser visto desde una distancia lejana como un mal de Parkinson localizado. Con su mano izquierda haló la puerta hacia su propio cuerpo y la llave giró ciento ochenta grados en sentido horario, produciendo un golpe seco al otro lado de la gruesa madera. La cerradura cedió un poco más. Esta vez la llave hizo un círculo completo. La luz proveniente del sol que vagaba por los cielos orientales salió de la habitación e iluminó el pasillo de baldosas negras y cafés. La cara del obispo también se llenó de júbilo.

Entró sin hacer un solo sonido delatador y selló la puerta con total suavidad. La habitación estaba perfectamente limpia, los pisos brillaban como espejos y la madera circundante se nutría del sol matinal. Todo había sido arreglado. Lo que hace tan solo unas horas antes parecía un cuadro representando el apocalipsis, era ahora un modelo de orden y pulcritud. Así era mejor. En su larga vida nunca había presenciado de forma tan cercana un cuerpo humano al que le había sido arrebatada su alma eterna. Siempre había una primera vez para todo, pensó.

Tenía que encontrar la información que tanto buscaba.

Pensó que la mejor opción debía ser la biblioteca. Tomó la silla que estaba junto al escritorio y la acercó a la estructura lacada para poder alcanzar los estantes superiores. Se paró sobre la silla y escudriño minuciosamente cada libro, cada hoja, cada página. En algún lugar debería haber algo. Lo que sea. Una pista, una clave, un dato importante. Le sorprendió encontrarse con novelas de ficción, literatura medieval, pergaminos con caracteres extraños, poemas norteamericanos, obras de realismo mágico y títulos religiosos que jamás había escuchado. No encontró nada importante.

Revolcó la cama, el escritorio, trató de ingresar al computador personal, pero nada le devolvió los frutos que pretendía hallar. Se sentó exhausto en el borde de la cama y trató de pensar un poco. No podía creer que el padre James Licht no hubiera dejado algún rastro de su trabajo en algún rincón de la habitación, el único espacio terrenal en el que pasaba sus horas de vida mortal. Miró a Jesucristo y oró para conseguir alguna ayuda celestial que le ayudara a terminar su labor.

Volvió a mirar los ojos azules del nazareno.

Algo pasó por su cabeza pero dudó que fuera una posibilidad. Se levantó y se acercó al Jesucristo crucificado que estaba empotrado en la pared. No perdía nada con intentarlo. Trató de quitarlo de la pared pero parecía fundido con ella.

11

Se sintió un poco aliviado al darse cuenta de que la autopista era lo suficientemente concurrida como para pasar desapercibido. Había seguido con gran precisión al Audi. Acechar era una de sus fortalezas. Las innumerables noches y días que había pasado espiando y asesinando le brindaban una confianza tremenda. Era su profesión, en la que se destacaba como uno de los mejores. Por eso este caso podía considerarse sencillo para un profesional como él. Solo tenía que seguir ciertos protocolos y procedimientos que nunca fallaban en un ser humano desconocedor de la maldad humana. Conocía muy bien cómo se comportaba un hombre normal y por eso podía predecir hábilmente sus movimientos y atacarlo en el momento adecuado.

Estacionó su auto cerca de la entrada del instituto. Se quitó el guante de cuero negro de la mano derecha y marcó un teléfono desde su celular. Observó su cara en el espejo retrovisor. No aparentaba ser lo que realmente era. Tenía el pelo muy corto, al estilo militar, y unos ojos negros profundos y amenazadores.

Comenzó a hablar mientras seguía mirándose.

—Soy yo, señor, Plutons. No se dieron cuenta —se alegró de su habilidad—. Sí. El hijo de puta fue hasta el comando de policía y salió poco después con una preciosura. Deliciosa... Oh, no lo sabía. Es una diosa. Ahora están en el instituto. Usted me conoce, señor, nunca lo he decepcionado. Le estaré informando. Si usted me lo pide, los borraré de la Tierra sin dejar rastro. Es lo que más amo hacer.

Guardó el celular en la chaqueta y volvió a ponerse el guante. No le gustaba que notaran la marcada ausencia de su dedo meñique.

12

Linda había dado en el punto, sin querer. Bueno, eso esperaba Alan. Le comentó a la agente que las letras y las palabras que conocemos actualmente provenían de una evolución constante y de una mezcla sin precedentes de diversas lenguas antiguas. El sánscrito, el egipcio, el hebreo, después el griego, el latín y finalmente el español y el inglés. Por eso es que las palabras que utilizamos, le explicó, tienen raíces griegas y latinas, por lo que una persona conocedora de estas lenguas puede inferir fácilmente el significado de una palabra aparentemente extraña. Por ejemplo, filosofía viene de los términos griegos *philein*, amor, y *sophía*, sabiduría. Amor a la sabiduría.

—Como existe una relación cercana entre el griego antiguo y nuestro alfabeto actual, se pueden realizar equivalencias entre las letras de cada uno de ellos —Alan le explicaba como un niño—. Entonces, conociendo las letras que nos dio Licht, podemos deducir las correspondientes en nuestro abecedario.

—Entonces, ¿qué esperamos? —le espetó Linda impaciente.

—Está bien. Empecemos.

Alan tomó una hoja de papel y una bocanada de aire. Volvió a mirar las letras que aparecían en la pantalla.

$$\lambda.\alpha.\gamma.\digamma.\varepsilon.\pi.\mu.\iota.\delta.\lambda.\eta.$$

—De acuerdo. Lambda es el abuelo de la letra ele. Alfa, que es la primera letra del alfabeto griego, también es la primera nuestra. La hermosa gamma es pariente de la ge. Esta que parece una efe —señaló con el dedo—, la obsoleta digamma, pues es nuestra actual efe —"Obvio", pensó Linda—. Épsilon, es la letra e...

Siguió con su clase de griego, hasta que finalmente le mostró el resultado a Linda.

—Aquí tienes el resultado de la evolución gramatical.

L. A. G. F. E. P. M. I. D. L. H.

—L... A... G... F... E... P... M... I... D... L... H... —Linda deletreaba con sus labios levemente abiertos—. ¿Hache? Pero no entiendo. Todas las letras griegas son muy parecidas a las actuales, incluso en su nombre, pero la última... —esperó que Alan le dijera el nombre—. Esa, eta, parece una ene pero dices que ahora es una hache. ¿Por qué?

—Porque Licht nos dio letras minúsculas. Esa es eta minúscula. Eta mayúscula es exacta a nuestra hache. Parece una trampa de Licht para los novatos. Lo mismo pasa con my. A primera vista se diría que es una u, pero my mayúscula es una eme perfecta.

A Linda le agradó la respuesta. Alan parecía saber bastante del tema.

—Bueno, creo que ya lo resolvimos. Ahora solo nos queda ingresarlo en ese espacio y esperar que sea la respuesta correcta —Linda compartió la opinión del médico.

Digitó casi ritualmente, utilizando únicamente su dedo índice derecho para evitar la activación de alguna letra intrusa sin querer. Antes de oprimir el botón para ingresar la cadena de letras que había descifrado, miró a Linda y esperó que le dijera algo. Solo recibió un leve movimiento vertical de cabeza que simbolizaba un espaldarazo de aprobación. Estaba nervioso, no solo por develar el gran misterio que se ocultaba detrás de esa extraña clave, sino por mostrarle al mundo, y a él mismo, una vez más, su gran capacidad para resolver problemas y enigmas sin aparente solución. Se sentiría supremo, casi un dios, al demostrarle a una mujer como Linda que sus raciocinios eran correctos.

Pulsó el botón para ingresar la clave.

En la pantalla apareció un mensaje nada extraño. Muy familiar.

“Contraseña inválida”. Su corazón experimentó un extraño remolino de emociones. Las pulsaciones subían y bajaban con un patrón desenfrenado. Su deducción, iniciada por Linda, había sido correcta y no podía existir error. ¿Había pasado algo por alto? Volvió a mirar las letras que había trazado en el papel. Tal vez fuera lo que estaba pensando.

—¿Inválida? ¿Por qué? —Linda también se sentía frustrada.

—Ojalá sea lo que estoy pensando. El padre Licht nos dio letras minúsculas, pero yo ingresé las letras en mayúsculas.

Ingresó de nuevo la contraseña, esta vez con la esperanza de que las letras “pequeñas” le devolvieran la confianza en su propio cerebro.

"Contraseña inválida". Revisó de nuevo las letras que daba como pista el sacerdote y las comparó con las suyas. Eran correctas. Entonces, ¿por qué la contraseña no era aceptada? Devolvió su memoria y empezó a razonar de nuevo. El resultado era el mismo. Parece que su cabeza, así como la de la agente, ya estaba condicionada a seguir ese camino. Linda seguía callada, pero miraba con mal genio las letras que había dibujado Alan, viendo cómo su primer caso se le escurría como un jabón aceitoso entre las manos. Todo terminaba allí. La única esperanza de encontrar lo que Licht había enterrado y por lo que seguramente había sido asesinado se apagaba lenta, esperando ser avivada de nuevo, pero segura de su extinción total.

Alan recordó las palabras previas de Linda: "Pueden ser iniciales". Tenía razón, pero no lo había tomado tan en serio. Los puntos que acompañaban a cada una de las letras no podían ser meros ornamentos semánticos. Quizás el padre Licht quería que descifraran las iniciales y después dedujeran el significado de cada una de ellas. Esto era acorde con el secretismo del sacerdote. Le comentó sus pensamientos a Linda.

—Tienes razón. Y, ¿sabes lo que significa cada letra?

—Ese es el problema —Alan no veía la solución.

Trató de rememorar todas las experiencias académicas y sociales que había tenido con respecto a la antigua Grecia. Estaba claro que la clave debía tener relación con el pueblo más importante de la historia. La despedida de Licht lo iluminaba todo de esa forma. Recordó que su interés había nacido cuando estaba en el colegio, el día que leyó *La Ilíada*, de Homero, donde vivió junto a los aqueos el asalto a Troya con el gran caballo de madera. Una historia fantástica, llena de simbolismo y belleza. Después conoció a Sócrates, Platón y Aristóteles, pero también a Zeus y sus hijos. Cuando su madre descubrió por casualidad la dedicación que mostraba por los griegos, se convirtió en su maestra personal. La antropología había servido para que tuvieran una vida cómoda y tranquila, ya que el salario de Arthur no alcanzaba para cubrir las necesidades básicas del hogar. Le regalaba libros, le daba clases de mitología, filosofía, historia y ciencia. Incluso le hacía exámenes orales para comprobar su aprendizaje, los cuales pasó casi con un récord perfecto. Alan asistía a cuanto curso o actividad cultural existía en la ciudad relacionada con los griegos. Cuando salió de su país a realizar sus estudios avanzados, junto con su madre, se encontró con más oportunidades de enriquecer su cerebro con una de sus mayores pasiones. Se acordó del curso que tomó en la universidad de New York mientras hacía su doctorado, en el Instituto para el estudio del Mundo Antiguo. De pronto, una chispa de sabiduría destelló en su cerebro.

13

Alan había deducido casi de forma científica y estadística que los rostros humanos, los cuerpos que los complementaban y las prendas y accesorios que usaban las personas tenían un patrón determinado dependiendo de la profesión que cada una de ellas realizaba. En la universidad se podían distinguir fácilmente los clanes de ingenieros, de músicos, de filósofos, de médicos. Y era bastante sencillo, ya que el campus parecía una pequeña nación independiente, en alto grado pudiente, casi como el Vaticano; pero a diferencia de este, en las aulas y cafeterías convivían diversas culturas intelectuales que surcaban el pensamiento y se reflejaban en la apariencia de los estudiantes.

En el salón donde se encontraba a punto de iniciar la clase de historia de la Grecia antigua se aglomeraba una diversidad de colores y de apariencias morfológicas. Alan distinguió una reunión de hombres de cabello largo y enmarañado, con ropas algo ausentes de la acción del vapor y barbas ralas e irregulares. Seguramente eran los encargados de desentrañar el pasado para así entender el presente. Al otro lado del salón, un grupo de jóvenes hablaba en tono alto, en busca de atención, pero parecía vestir al compás de la moda juvenil de la época. Sus caras fueron calificadas por Alan como hipócritas y pedantes. Y en la primera fila se encontraban sentadas cuatro mujeres, de mediana estatura, que al parecer discutían la conveniencia de que la actriz del momento se casara con un atractivo deportista. Le agradaba la diversidad, pero no le gustó que el curso fuera accesible a cualquier estudiante de la universidad. Se encontraría con gente que no compartiría su visión de la vida y el mundo.

El profesor llegó muy puntual, como de costumbre, y empezó a hablar acerca del examen de la semana siguiente. Todo el curso, excepto Alan, alegó carencia de tiempo para dedicarse a repasar, pero el maestro no estaba pidiendo opiniones. Estaba notificando. De su maletín extrajo un volumen bastante pesado. Alan creyó irónicamente que era el *Codex Gigas.*

—Damas y caballeros. Les recuerdo que el tema de nuestra próxima evaluación será el mito de Hércules y sus doce trabajos.

Uno de los alumnos quiso saber cuál era el libro que había sacado, ya que era frecuente que lo utilizara en clase. Podría ser una buena fuente para estudiar.

—Sencillo, señor Thomson. El libro insignia para los amantes de la antigua Grecia. La biblia del historiador de la cultura helena —levantó el bloque de papel y mostró la carátula hacia todos los espectadores—. ¿Alcanzan a leer?

Alan leyó con gran esfuerzo: *La Antigua Grecia. El pueblo más importante de la historia.*

—Cualquier persona que se ufane de saberlo todo sobre los griegos debería conocer este tesoro al pie de la letra.

Alan lo conocía. Y muy bien. En su casa había una copia de aquel libro. Pero había algo que no sabía.

—Es tan importante que ha servido de referencia a la gran mayoría de escritores e historiadores de los griegos. Tanto es así, que se ha creado entre los expertos una forma de citar a este libro, un nombre casi simbólico, histórico... —tomó un marcador y escribió unas letras en el tablero.

14

Todo encajaba con total simetría. La despedida, la pista, el libro más importante de la historia griega. Le contó a Linda lo que había descubierto. La agente parecía impresionada, con su boca abierta y sus palabras escondidas en su garganta.

La Antigua Grecia. El pueblo más importante de la historia.

Alan se dispuso a escribir la clave en el espacio indicado, pero pronto se dio cuenta que algo hacía falta. Estaba seguro del título y de la referencia bibliográfica y aquí había algo más. Una letra más.

L. A. G. F. E. P. M. I. D. L. H.

—Todas las letras encajan en el título. Pero hay una efe adicional —Alan no vislumbraba hasta donde llegaba la genialidad del sacerdote. Se empezó a desesperar de nuevo. Se rascaba la cabeza y repasaba todos sus pensamientos a la velocidad de la luz, tratando de hallar la pieza faltante.

"Piensa, Alan, piensa", decía entre dientes.

"No pudo dejarlo todo al azar. Alguna pista tiene que haber".

Su cerebro no le falló. Volvió a leer la carta del padre Licht. Una palabra, tan sencilla, tan corta pero tan llena de significado le devolvió la calma al sistema nervioso. Estaba incluida también en la última frase de James. Se regañó a sí mismo por no leer con total atención. Las palabras tienen un significado valioso.

—Lo tengo —fue lo único que dijo.

—¿Qué significa? —Linda le tomó la mano derecha.

—*Que la semilla de occidente renazca* —elevó un poco su voz con gran felicidad en sus labios—. *Renazca*. Creo que es otra pista. El padre quiso que la cultura griega renaciera, que volviera a la vida...

—Como si se hubiera extinguido… —"Como la letra digamma, la efe griega", pensó Alan.

— Exacto. Sólo quería darnos un mensaje, que lastimosamente está en tiempo pasado.

Escribió mientras hablaba al mismo tiempo: *La Antigua Grecia fue el pueblo más importante de la historia.*

15

Algo tenía que esconder detrás de esa figura. Trató de separarla de la pared, introduciendo sus uñas en los diminutos espacios que el pegante no había ocupado y haló con todas las fuerzas que su longeva vida le había guardado amablemente. Un crujido resonó en la habitación y algunas astillas de madera cayeron el suelo, pero Cristo seguía adherido a la cruz y esta a la pared blanca. Quiso comprobar que sus acciones tenían alguna validez, golpeando con sus nudillos el ladrillo cubierto de cemento y pintura que rodeaba al rey condenado, para descubrir algún sonido hueco. Justo a los lados del judío se escuchaba un eco grave que se diferenciaba del ruido seco de las otras zonas que componían la habitación.

Recordó haber visto algo en el escritorio. Lo abrió y sacó un destornillador de acero inoxidable que pudo clavar detrás de la cruz de madera. Como Arquímedes, realizó una palanca bastante efectiva con la cual levantó al mundo. Elevó al hombre que representaba al mundo ante los ojos vigilantes del reino de los cielos. El hijo de José, el picapedrero, cayó de bruces contra el suelo brillante y su cara se deformó inevitablemente, mientras el obispo se jactaba de su gran fuerza física, pero más de su ingenio. Era un escondite perfecto, pero algo obvio para unos ojos críticos y escrutadores.

La cruz caoba que quedó marcada en la pared desierta mostraba una textura diferente a los ladrillos naranjas que se apilaban para brindar privacidad y alojamiento a cada uno de los sacerdotes del monasterio. Con las yemas de los dedos palpó el material e identificó sin problema la madera de cedro que empezaba a mostrar signos de deterioro debido a la humedad y al paso del tiempo. Al parecer, el padre Licht no había sido tan listo en este caso. Empujó con un poco más de fuerza y se alegró de comprobar que un golpe de mediana fuerza podría derribar aquella pared falsa incrustada intencionalmente para guardar un secreto monumental. La ansiedad que gobernó su cuerpo fue un bálsamo para sus huesos añejos y sus músculos flácidos y sedentarios.

Agarró la silla por el espaldar y ubicó una de las patas apuntando directamente al centro de la madera que surgía de la pared. La estrelló con gran potencia y la varilla que servía de soporte al asiento se clavó en la madera, haciendo que estallaran varios pedazos revueltos con polvo y pintura. Se echó hacia atrás y repitió la maroma. Cuando hizo la quinta arremetida contra el cajón secreto, la madera cedió y los trozos grandes cayeron al suelo, dejando a la vista una oquedad oscura y tenebrosa. Parecía la tumba de un ser humano diminuto. El polvo invadió la sala y opacó la vista ya menguada del viejo obispo. No fue un obstáculo para que se acercara sigilosamente y metiera sin prevención sus dedos arrugados. En esa caleta cabrían uno o dos libros de mediano tamaño. Pero ahora no había absolutamente nada. "Maldita sea", pensó Manning.

De pronto logró ver una inscripción en lo profundo de la caja secreta. No lo podía creer. Se limitó a repetir las palabras grabadas en la madera.

Conócete a ti mismo

16

La decepción embargó el cerebro del médico, ya que esperaba encontrarse con un documento extenso que explicara con el más mínimo detalle el descubrimiento del sacerdote. Solo se estrelló contra una simple página que estaba adornada con unas frases que parecían versos medievales que ocultaban con gran pericia la verdadera intención del autor. Parecía que el padre había tomado todas las precauciones para asegurarse que únicamente el elegido pudiera encontrar la verdad. Una verdad que ni siquiera sabía de qué se trataba. Porque el mensaje que tenía ante sus ojos era solo el comienzo de una gran aventura.

Linda estaba bastante excitada de emoción. Nunca había creído en las conspiraciones, los secretos y los asesinatos de conveniencia, pero seguramente a partir de ahora tendría más cuidado con todas las personas que la rodeaban y que podían verse afectadas por su trabajo. El encubrimiento de la verdad siempre ha sido un móvil para los asesinos. Tal vez por ser bastante dura y traumática como para repartirla por el mundo.

Alan imprimió una hoja con el mensaje que había aparecido gracias a la clave secreta de Licht. Todo indicaba que ese lugar no era el más apropiado para seguir con la búsqueda que planteaban los versos.

—¿Qué te parece? —Alan le pasó la hoja a Linda.

—Bastante enigmático. No entiendo una sola frase. Pero ya demostraste ser el experto, así que por qué no me dices qué es todo eso.

—Te propongo que salgamos de aquí a buscar...

La puerta de la oficina se abrió con una velocidad meteórica y golpeó con el pomo la pared posterior. El médico retrajo sus manos y levantó la mirada en un acto reflejo de nerviosismo, mientras la agente Brown identificaba con la mirada al hombre que acababa de ingresar. No parecía tener cara de buena persona. Las cejas negras y pobladas parecían darle un tono beligerante los ojos grises que se ubicaban a lado y lado de una quijada pronunciada. El hombre los miró a ambos, reteniendo con felicidad sus pupilas en la parte superior de la falda café.

—Señor director...

—Alan, por fin volviste —se dio cuenta de la figura que estaba al lado del médico—. Oye, no me habías contado que ahora trabajaban diosas contigo —las mejillas halaron el labio superior y mostraron unos dientes manchados por la nicotina.

—Mucho gusto —Linda ofreció su mano y una mirada amenazadora—. Agente Linda Brown. ¿Y usted es?

—Doctor Freddie King. El jefe de todo lo que ves. ¿A qué debemos su encantadora visita? Espero que no estemos en líos legales.

—No se preocupe, señor. Es por un asunto personal, nada que tenga relación con el instituto —Alan le contó todo lo que había pasado.

—Discúlpame Alan, aunque el asunto parezca tan aterrador como lo pintas, no es de mi incumbencia. Ni del instituto. Solo me interesa que estés metido en lo tuyo —quiso decir "en lo mío" —. Así que puedes dejar que la policía se encargue de todo —miró a Linda para transferirle la orden claramente—. Y ponte a trabajar por el amor de Dios.

La temperatura corporal empezó a hervir la sangre de Alan.

—Señor, usted no ha entendido. Hubo un asesinato, de una brutalidad enorme. Y yo puedo ayudar a solucionarlo. Discúlpeme usted, pero esto es más importante que cualquier trabajo que exista en el mundo...

—Alan, por última vez, deja que la policía se encargue. Tu deber es estar en este edificio durante seis días a la semana, quince horas diarias y hasta más si a mí se me da la gana. Para eso te pagamos sagradamente un salario bastante amplio, ¿no te parece?

—Señor King, precisamos de la ayuda del doctor Downey para esclarecer el caso —Linda quiso defenderlo.

—Mire señorita Brown, haga con su caso lo que quiera. A mí me da lo mismo que hayan matado a un maldito vendedor de seguros para la vida eterna. Haga lo que quiera, pero Downey hace lo que yo diga...

—¿Sabe qué, señor King? Me largo de acá —Alan estaba exaltado, agarró su computador y algunos libros que mantenía consigo—. Haga lo que quiera con su instituto, pero a mí me respeta... —se dirigió a Linda—. Vámonos de acá.

Se dirigió a la entrada de la oficina y salió disparado. Linda lo escoltaba sin decir palabra.

—Espera Alan —King no esperaba la respuesta del médico—. Te necesito acá. Eres muy importante para el instituto...

—Querrá decir "para usted" —se detuvo y lo miró a los ojos—. ¡Váyase a la mierda, maldito explotador!

El grito retumbó en todo el piso. Las máquinas dejaron de funcionar, las voces se perdieron en el aire y las manos que jugaban sobre los teclados dejaron de moverse. Una fuerza que crepitaba por el suelo congeló los músculos de todos los científicos que habitaban las oficinas, los laboratorios y los corredores. Alan no reparó en la vida inerte que creó con su voz y siguió caminando con el cerebro a punto de explotar y con una mujer detrás suyo.

Entró en el ascensor junto a la agente y cerró los ojos mientras se percataba del gran peso que se había quitado de la espalda. Sentía un alivio celestial. Había sacado a flote todo lo que sentía por el director, el maldito director. Cuando llegó a su auto se sentó y trató de calmarse un poco más. Ya había tomado una decisión. Era un desempleado más, pero con la seguridad que le brindaban los jugosos ahorros que había conseguido gracias a su condición célibe y austera, podría vivir con holgura durante algunos años.

Encendió el carro y miró a Linda.

—Perdóname, no acostumbro a comportarme así.

—A veces necesitamos decir lo que sentimos —sus palabras fueron sinceras.

Mientras salía a la carretera algo llegó a su mente.

—¿Cómo lo habrá sabido? —se hablaba a él mismo.

—¿A qué te refieres?

—El hijo de puta de King dijo que yo ya había vuelto. ¿Cómo supo que había salido antes?

—Algún informante interesado.

Linda tenía razón. Tal vez Lucy le había comentado algo.

Se sintió alegre de no tener más responsabilidades que con James Licht. Y con Linda. Ahora podía dedicarse a resolver sin afanes el mensaje del sacerdote.

—¿A dónde vamos, Alan?

—Al parecer tenemos que buscar un libro. Creo que es lo primero que pide Licht. Así que tomaré la ruta tres para llegar a la biblioteca pública.

Linda leyó de nuevo el mensaje y estuvo de acuerdo con Alan.

—Alan, tengo una pregunta. Según lo que dedujiste en la clave, el padre quiso que la cultura griega renaciera. Como si esta hubiera desaparecido. Pero tú mismo dijiste que la antigua Grecia es la mayor influencia en la sociedad occidental. Es casi imposible que desaparezca su legado, ¿no te parece?

—Tienes razón, también lo había pensado —era cierto—. De verdad me escuchaste.

—Me interesa el tema. En este caso, claro.

—Bueno, cuando descifremos el mensaje, tal vez lo sepamos.

Linda lo leyó en voz alta:

Aquí comienza el camino a la verdad,
que distorsionada en el gran libro debes hallar.
Doce fueron los autores que plasmaron la fe y la moral,
y con el Depósito de la Fe nos dieron la estocada final.

Para saber qué pasaje buscar, recuerda que,
así como la Paloma es el principio y el final,
Zeus y sus hijos Hermes y Apolo, juntos deben estar,
usa también la Mente y quita la Piedra para descubrir la verdad.

Con cuatro columnas soportan su rechazo,
pero bases equivocadas son,
porque lo que allí escrito está,
mal interpretado los hombres han.

Cuando encuentres el pasaje,
busca la relación carmesí.

En ΓΔΔ *un registro debes buscar,*
usando el número lo encontrarás.

—Es sencillo —Linda quería especular—. El mensaje lo escribió un sacerdote y hace referencia al gran libro. Debe ser la Biblia, ¿no crees?

—Es lo que primero se me ocurre también. Pero, ¿a qué se refiere con los doce autores? Créeme, soy pésimo para la historia religiosa.

—Y, ¿quién no lo es? Es la primera condición para ser un fiel creyente religioso.

Alan rio, pero se calló de inmediato. Le pareció una reflexión bastante acertada.

—Me imagino que algo tendrá que ver con los doce apóstoles de Jesús. Ya sabes, los que debían llevar el mensaje de salvación a toda la humanidad. Comunicar la fe que había construido Jesús y su padre, Dios. Así lograrían la protección de la humanidad.

—Pero según entiendo, ellos no escribieron la Biblia. Ni siquiera los evangelios del Nuevo Testamento —Alan empezaba a escarbar en su cerebro lo poco que sabía—. Tal vez ni siquiera existieron o fueron menos que doce. El número doce solo sirve para hacerlo concordar con las tribus de Israel del Antiguo Testamento. Ya sabes, el Nuevo es donde se cumplen las profecías del Antiguo.

—Guau. No lo sabía. Si eres pésimo para esto, no me imagino lo que sabes acerca del cerebro.

Alan volvió a reír.

—Bueno, tal vez en la biblioteca nos ayuden con esto.

17

Mientras veía a Alan correr hacia el ascensor perseguido por una fémina inolvidable, trató de relajarse y tomar aire. Por lo menos ya no tendría un enemigo cercano. Al más preparado para quitarle el puesto. No esperaba que renunciara, pero por lo menos no lo volvería a ver más en la vida. Eso esperaba.

—¿Qué están mirando? Sigan en sus asuntos —los estupefactos empleados seguían petrificados—. Les das la mano y después les sales a deber —lo dijo en voz alta, tratando de ensuciar a Downey.

"Esto no se quedará así, maldito hijo de puta", dijo entre dientes.

18

Plutons siguió al coche plateado por toda la autopista principal. Las órdenes habían sido claras y las había recibido con gran gusto. Solo esperaba que se dieran todas las condiciones para poder atacar y así demostrar su inigualable superioridad.

Los tortolitos no se imaginaban que estuvieran siendo vigilados tan de cerca por unos ojos peligrosos y observadores. Y era mejor que no lo supieran, porque el miedo sería mortal.

19

—Creo que deberíamos tratar de resolver el mensaje antes de llegar a la biblioteca. Tenemos que ganar tiempo —Linda rompió el silencio que se encerraba en el auto. El ruido citadino no podía penetrar las latas y el vidrio del carro de Downey.

Alan parecía absorto en sus pensamientos.

—¿Me escuchaste, Alan?

—Oh, discúlpame. ¿Decías algo?

—¿Qué piensas? —Linda trató de encontrar los ojos del médico, que apuntaban inmóviles hacia el asfalto gris de las calles.

—Estaba tratando de hallar la solución. Pero no puedo ver nada. La Biblia es el candidato más cercano, pero el tema de los doce autores no encaja por ninguna parte. Y lo que sigue tampoco.

—¿El segundo párrafo? —Linda ojeó las frases.

—No. Me refiero a la cuarta frase: *Con el Depósito de la Fe nos dieron la estocada final.* Me parece curioso que escriba con mayúsculas esas dos palabras. ¿Y qué quiere decir con que "nos dieron" la estocada final?

—¿Se referirá a los sacerdotes? ¿Sabes si pertenecía a algún grupo u organización distinta a la iglesia?

—Solo sé que nada sé.

Linda sonrió. Había escuchado aquella frase en alguna parte.

El automóvil corría a toda velocidad, esquivando buses y latas que no podían competir con el automotor del médico. Dobló a la derecha en una esquina donde se alzaba un edificio de sesenta y tres pisos bañado en plata y enchapado con vidrios azules y verdes que evitaban que la luz ingresara hacia las oficinas. La calle empezó a inclinarse al cielo y Downey tuvo que disminuir la marcha para aprovechar la fuerza del vehículo, más que su velocidad. La pendiente de casi cincuenta y cinco grados estaba encerrada por numerosos edificios amarillos como la arena de la costa Atlántica, que producían un temor poco infundado en los peatones y conductores, quienes tenían la impresión de que esas espigadas estructuras podían colapsar en cualquier momento sobre la vía y generar una catástrofe apocalíptica. Linda miró al cielo y observó las nubes blancas que viajaban por una pista inmaculada de color azul.

Cuando llegó al final de aquella pendiente, Alan volvió a aumentar la velocidad e ingresó a uno de los túneles que atravesaban las montañas orientales de la ciudad. Las luces gaseosas de tono oxidado hicieron que redujera su afán de nuevo. Los ventiladores gigantes que había colgados en el techo del túnel producían un ruido ensordecedor que prohibió de forma tajante el intercambio de palabras entre los pasajeros del coche. Durante veinte kilómetros tuvieron que aguantar el sonido de las aspas y la mediana oscuridad que reinaba en aquella vía que irrumpía en las entrañas de la tierra. Linda pensó que nunca lo lograrían, pero al fin pudo ver a la distancia una luz blanca que le brindaría una tranquilidad enorme, así como un aire más limpio.

Cuando salieron del túnel divisaron la zona industrial y académica de la ciudad.

—Qué alivio. Casi no salimos.

—Estás un poco pálida. ¿Te sientes bien? —Alan la ojeó con un gesto ágil.

—Sí, gracias.

—Solo fue un túnel. No me quiero imaginar si tuviéramos que tomar los otros tres.

—Nunca lo he hecho. Ni lo haría. ¿Los has tomado alguna vez?

—Sí. Una sola vez.

—Deberías tener un buen motivo...

—Ya lo creo. Tuve que salir de la ciudad. Iba para el cementerio.

20

El sol empezaba a esconderse en el horizonte, mientras el cielo se bañaba de diversas tonalidades. En el cenit, el blanco semejaba una enorme oquedad que podía transportar a cualquier hombre hacia una dimensión desconocida. Al bajar la cabeza aparecían diversas clases de rojos y naranjas que se combinaban mágicamente para producir el violeta que llegaba hasta la línea que dividía el cielo y la tierra. Millares de cruces, losas ovaladas y una que otra figura humana de piedra estaban dispersas uniformemente por todo el campo verde que estaba adornado con algunos puntos amarillos y rojos que desprendían un aroma nefasto. El olor de las flores de la muerte.

El automóvil negro y alargado que llevaba el féretro se detuvo en una curva. Todos los demás coches, que eran tres, se ubicaron detrás y los hombres y mujeres con vestidos negros y caras tristes se apearon. La puerta trasera se abrió hacia arriba y dejó a la vista un ataúd caoba. Alan tomó una de las cuatro manijas que colgaban a los lados de la caja y con la ayuda de tres familiares lejanos logró levantarla para dirigirse a la última morada del cadáver.

Entre aquel campo infinito abarrotado de lápidas pudo observar a un hombre vestido totalmente de negro, con un gorro extraño y un libro entre sus costillas y su antebrazo. Junto a él, una montaña de tierra negra y húmeda se apilaba al lado de un profundo hueco que esperaba ansioso ser alimentado por la carne en descomposición. Lo había visto antes, pero esta vez le pareció un poco abatido. Era lógico. En una situación como esa no podía mostrar otra cara.

Dejaron el ataúd sobre un rectángulo formado por unas varillas de acero inoxidable que conformaban un mecanismo rústico que trasladaría la caja con seguridad y a un ritmo lentamente desgarrador hacia las profundidades de la tierra. Los dolientes se reunieron junto al cadáver encerrado y se dispusieron a escuchar al sacerdote que oficiaría el sacramento de despedida.

Alan odiaba ese tipo de actos. Quería llevar en su cerebro, durante el resto de su vida, la imagen dinámica y sonriente de su madre, pero los funerales y los interminables ritos de despedida, lo único que lograban era impregnar la mente con una imagen imborrable: un cuerpo tieso y una cara inexpresiva. Alan no quería tener esos recuerdos de su madre, por lo que no estuvo en la velación y nunca quiso ver la cara de su madre muerta. Decidió alejarse del lugar.

Mientras caminaba entre las tumbas y leía los nombres de las personas que ya habían partido, dirigió su mirada al esplendoroso cielo mientras le daba la espalda a la pequeña multitud que se congregaba alrededor al cuerpo de su maestra. Con las manos en los bolsillos trató de preguntarle al sol por qué se había llevado a su madre tan cruelmente. Cerró los ojos y escuchó los pájaros que cantaban en los árboles cercanos, pero también oyó los sollozos de sus familiares y las palabras del sacerdote.

—Dale Señor el descanso eterno... —dijo James Licht, esperando la respuesta correcta.

No tenía la noción del tiempo como para saber cuánto tiempo había permanecido de pie mirando al infinito, mientras una lágrima mojaba su mejilla derecha. Volteó un instante para saber lo que sucedía y ya no vio el ataúd. Estaba descendiendo mientras le tiraban flores y frases de despedida. Dos muchachos clavaron sus palas en la montaña de tierra y empezaron a tapar el hueco que guardaría el cuerpo de Helena Russell. Todos se quedaron observando cómo los jovencitos terminaban su labor diaria, que ya no era tan dolorosa como la primera vez.

Alan siguió parado en medio de ese campo de muerte y soledad, pero de pronto sintió una mano calurosa que se posaba en su hombro. Se volteó asustado y se encontró con la cara del sacerdote. Ya todos se habían retirado y la tumba lucía tapada y con su lápida gris recién instalada.

—Alan, sé cómo te sientes, hijo. Yo también he pasado por esta situación. No lo niegues más y acepta que tu madre ha partido hacia un lugar mejor. Ella cuidará de ti desde el cielo y será una eterna compañera. Esto te ayudará a madurar y muy pronto vas a comprender que la muerte no es algo malo, sino todo lo contrario, es el mejor invento de la vida. Nos ayuda a superarnos, a luchar por ser mejores cada día, a hacer realidad nuestros sueños, a dejar una huella en el mundo. Lo que debes hacer es seguir tu camino y trabajar por la gente, que es la labor más bella del mundo. Tu madre siempre lo quiso así.

Alan se sintió mejor.

—Gracias, padre. Pero me duele que haya muerto así, tan cruelmente.

—Es cierto, hijo. Pero tal vez el Señor la quería en el cielo.

—No, padre, el cielo no puede desear que alguien muera así.

El padre calló. Un nudo en la garganta le atravesó el cuello y las lágrimas brotaron de sus ojos.

—Hijo, ve a casa y descansa. Y ten siempre presente a tu madre. Nunca la olvides —dejó que el silencio profundizara su mensaje—. Recuerda que no conocemos lo que es la muerte, Alan, y por lo tanto es inútil brindarle una pizca de temor.

21

—¿Fue la última vez que viste a Licht?

—No. Pero fue la más íntima que tuvimos —los recuerdos empezaban a influir en su voz—. Después me lo encontré en algunos seminarios de medicina e investigación. Parecía tener un gusto especial por la ciencia.

—¿Hace cuánto fue eso?

—¿El entierro? —Linda asintió—. Hace cinco años.

—Lo siento, Alan.

Linda no quiso ahondar más en el tema. Necesitaba al médico ciento por ciento concentrado en el caso que tenían entre manos. Decidió callar y siguió disfrutando del paisaje mixto entre lo urbano y lo rural que ofrecía la parte norte de la gran ciudad. Faltaba poco para llegar a la biblioteca pública, una mansión inmensa ubicada en medio de un bosque de pinos, naranjos y almendros, que dos siglos atrás había servido de alojamiento a los delincuentes y asesinos de todo el país. Era el centro carcelario más hermoso y cómodo de los últimos tres siglos, hasta que un sabio gobernador decidió convertirla en centro de conocimientos, el día que sorprendió en una visita sorpresa a cientos de internos bebiendo whisky y bailando con prostitutas.

Alan se detuvo frente a la luz roja del semáforo que había en la entrada del barrio solitario. Era el nombre que la gente del común le había puesto, ya que en las más de veinte cuadras que lo conformaban existían por lo menos treinta museos de todas las clases y sabores, pero eran poco frecuentados, ya que las personas interesadas en estos sitios cada vez eran menos. El médico recordó que estas grandes casas, que resguardaban la historia y la cultura del mundo, recibían su nombre gracias a los griegos. En la mitología griega, abundante en dioses y divinidades, existían unas hermosas diosas que inspiraban a los músicos en sus notas y acordes, gobernaban la belleza y simpleza de la poesía, pero también conocían de ciencia y arte, por lo que se convirtieron en las compañeras eternas de artistas, pintores, escultores y científicos. Incluso hasta hoy. Eran las hermosas musas.

La luz verde apareció y justo cuando se disponía a arrancar, un diminuto coche amarillo se atravesó, obligando a Alan a hundir el freno rápidamente. Su cabeza y su torso, al igual que los de la agente, se movieron en forma brusca hacia delante, mientras las llantas dejaban una estela negra marcada en el suelo. El automóvil público siguió raudo por la calle, en una clara demostración de un eterno afán infundado.

—Son todos iguales —dijo Linda. Alan la miró y rio.

Alan siguió hacia la biblioteca. Cruzaron dos calles en extremo angostas. De pronto volvieron a ver el auto que los había cerrado antes. Estaba con el capó destrozado y el motor en el suelo, pero afortunadamente no se veían heridos. Un camión que bajaba por una de las vías perpendiculares a ellos recibió sin ningún rasguño al coche amarillo. El médico siguió su camino con una risa de satisfacción que no podía ocultar. Al parecer, el destino quería que riera un poco y olvidara los malos recuerdos que había traído a su mente.

Tomaron un puente que se levantaba sobre el estadio de fútbol principal. La accidentalidad en este sitio era una de las más altas del país, principalmente los domingos, ya que los curiosos que pasaban con sus coches no lograban apartar sus miradas de los juegos que allí se disputaban por el torneo nacional. Afortunadamente era lunes, un día muerto, deportivamente. La pista lo llevó a una recta bastante ancha, donde pudo sacar más provecho de su auto nuevo. Aceleró un poco más y miró por los espejos laterales para planear su próximo movimiento. Vio algo extraño.

Giró bruscamente a la derecha y tomó una curva que se introducía a la zona residencial del barrio. Linda pegó un grito aterrador. Las llantas produjeron una humareda con olor a caucho quemado.

—¿Qué pasa, Alan?

—Creo que vi algo. No estoy seguro, pero tengo que comprobarlo.

Disminuyó un poco la velocidad y avanzó dos calles más. Volvió a girar a la derecha para salir de nuevo a la calle por donde habían pasado, justo después del final del puente. Se detuvo en un estacionamiento que había junto a una hilera de casas modernas y hermosas.

—¿Qué pasa? —Linda estaba asustada.

—Mira allá —le señaló con el dedo hacia la derecha.

—¿Tienes hambre? No creo que sea momento para...

—No, Linda. Allá, la casa de techo verde.

Se bajaron del automóvil y Linda pudo ver al fin lo que Alan quería. Una casa de dos pisos, con vitrinas enormes e impecables, donde los libros rojos y blancos con adornos dorados dominaban gran parte de las paredes. Se acercaron con soltura, como dos turistas desubicados tratando de buscar un sitio donde comer. Alan tenía una visión increíble, pensó Linda. El pequeño aviso en letras brillantes era una invitación bastante elocuente para seguir: *Librería del Espíritu Santo*.

—Qué buen *marketing* tienen —dijo Alan antes de ingresar a la librería católica.

Linda se puso junto a él y recorrieron los estrechos pasillos rodeados de libros y curiosidades. El tapete rojo produjo en el médico una sensación de respeto y ritualidad hacia el lugar, como si estuviera en el palacio de algún monarca europeo.

—Bueno, creo que aquí nos pueden ayudar mejor. Ya sabes, son especialistas en el tema. Deben saber algo —Alan le respondió a Linda, como si le hubiera leído la mente.

—Claro.

Alan cogió algunos libros y quiso ojearlos. Había biblias para jóvenes, para adultos y para niños. Vio unos títulos bastante enigmáticos, ya que era imposible adivinar lo que había tras la portada. Parábolas del evangelio, respuestas a los protestantes, todo sobre el amor y muchos otros temas por el estilo. Cogió una Biblia, de las normales, para llevársela. Se dirigió con prisa hacia un estante que llamó su atención.

Había cientos de estampas, iconos, estatuas diminutas, camándulas y rosarios. Las tiendas de *souvenirs* de Walt Disney tenían mucho que aprender de estos negocios. Pero no era todo. En una vitrina interior colgaban de unos muñecos plásticos, coloridas camisas clericales y sotanas para sacerdotes y obispos. Y al fondo de la librería había instalada una pared repleta de discos compactos, afiches y cancioneros de música religiosa. Alan pensó que el nombre de librería se quedaba bastante corto.

—¿Les puedo ayudar en algo? —un joven con voz pausada y somnolienta se acercó a la pareja. No tenía cara ni atuendo de religioso, pero se podía intuir que su pasión era todo el conocimiento que albergaba ese lugar.

—Sí, gracias. Quiero llevar esta Biblia.

—Sígame, por favor.

Se acercaron a la caja. El joven registró el libro y le pidió el dinero correspondiente a Alan. Lo empacó en una bolsa negra y se lo entregó.

—Muchas gracias por su compra. Que Dios lo bendiga.

—Gracias —recibió la bolsa—. Disculpa, tengo una inquietud.

—Sí, dígame.

—Es que estoy buscando un libro. Para una tarea de mi hijo —se le facilitaba mentir en esas circunstancias. Linda lo miró sorprendida.

—¿Cuál es?

—Eso es lo que no sé. Esperaba que usted me ayudara.

—Con gusto. Cuénteme.

—A mi hijo le pidieron un libro, pero no le dijeron el título —el joven no se inmutó—. Solo le dieron unas pistas, como para que él lo encontrara.

—Entiendo. Los profesores son muy ingeniosos. El juego es un buen medio para enseñarles la palabra del Señor a los niños.

—Sí, tiene razón —no sabía qué decir—. Le dijeron que era el gran libro. Yo pienso que es la Biblia, ¿no cree?

—Claro que sí. El libro fundamental de los católicos.

—Perfecto. Pero también hablan de doce autores, quienes plasmaron la fe y la moral. Eso no encaja. La Biblia la escribieron muchas personas.

—Tiene razón, señor. No conozco un libro católico escrito por doce personas. Pero déjeme verificar.

El joven se acercó al computador que tenía junto a la caja. Ingresó a un programa donde al parecer tenía el inventario completo de lo que había en ese lugar. Invitó a Alan y a Linda a que se hicieran junto a él.

—En el sistema tenemos todos los libros que están acá y también los que no están pero que nos interesan. Tenemos todos los datos de cada uno. Autor, título, fecha de publicación, editorial, índice y un pequeño resumen, entre muchas cosas más —Linda y el médico asintieron—. Puedo buscar un libro por cualquiera de estas referencias. Pero como usted no tiene un dato puntual, vamos a decirle que nos busque en todos los campos alguna referencia a doce autores.

—OK. Dale —Alan se sentía feliz investigando.

El joven ingresó la frase "doce autores" y esperó que el sistema arrojara los resultados. Para fortuna de Alan solo apareció un resultado correcto.

—Tiene suerte. Solo hay un libro. Se llama *María en el Nuevo Testamento* —el joven quiso ver la descripción del libro—. Aquí dice que un grupo de doce personas, compuesto por teólogos católicos y luteranos escribieron este estudio sobre la madre de Jesús. Son trescientas páginas.

—Pero no es un gran libro, ¿o sí?

—Todos son excelentes, señor.

—Quiere decir que es un libro muy importante para los católicos, como la Biblia — Linda regañó al joven discretamente.

—Bueno, no tanto.

Un anciano se acercó a la caja con un Cristo mediano de madera. El joven lo atendió con gentileza y el viejo se retiró un poco para fisgonear los accesorios que se exhibían en la vitrina de al lado.

—¿Tienes ese libro? —le preguntó Alan al joven.

—No, señor. En este momento no hay existencias.

El asunto se estaba complicando. ¿Se habrían equivocado? ¿Habían entendido correctamente las pistas de Licht? ¿Por qué era tan difícil encontrar un texto que para un sacerdote era conocido como el gran libro? Estaban olvidando algo, pero Downey no sabía lo que podía ser. ¿Se referiría a algún libro griego? ¿Un libro que hablara sobre la fe y la moral griegas? No. Licht amaba a los griegos y lo que estaban buscando era un error, una verdad distorsionada en un libro, en un pasaje.

Linda lo sacó de sus pensamientos.

—Amor, recuerda la otra pista del profesor —Alan se puso nervioso.

—¿Cuál es? —dijo el joven.

—Dice algo sobre el Depósito de la Fe. Con mayúsculas. Tal vez es algo importante —Linda siguió pensando—. Como si fuera un título.

—Tienes razón, querida —le empezaba a gustar la actuación.

El joven buscó "depósito" y "fe" en todos los títulos que tenía. En la pantalla aparecieron varios resultados.

—Bueno, aquí hay varios libros. Déjenme ver —empezó a mirar uno por uno—. Está el *Diccionario de los santos.* Nada crucial. También tenemos el *Diccionario de catequesis.* No es tan importante como ustedes esperan. Y finalmente la *Biblia.* Creo que todo apunta a este libro.

—Pero los doce autores. No lo entiendo todavía —Alan caía en la frustración.

—Yo tampoco, señor. Tal vez el profesor de su hijo olvidó algo.

"O quizás nosotros lo hicimos", pensó Alan.

—Bueno, muchas gracias por su ayuda. Hasta luego.

Alan y Linda se retiraron con caras alargadas y llevando en la bolsa un libro que no cumplía con los deseos de Licht. La única esperanza que guardaban era que él conociera algo que la mayoría de la gente no, y que el libro fuera el correcto, aunque lo habían encontrado casi sin querer.

Cuando Alan le abrió cortésmente la puerta de la librería a Linda, un gritó atravesó el lugar.

—Señor, espere. Creo que tengo algo interesante —el joven corrió hacia ellos con los brazos hacia el cielo.

22

El Audi volvía a tomar a toda velocidad las amplias calles de la ciudad. Todo parecía diferente: el cielo, los edificios, los colores, las nubes, las personas. La visión del mundo cambiaba con las variaciones del contexto individual. No cabía la menor duda de que aquella mañana el contexto del médico estaba totalmente invertido.

Unos minutos antes el muchacho de la librería los había sorprendido.

—Venga. Creo que encontré algo que le puede servir —el joven librero estaba exhausto, aunque solo había trotado unos diez metros. Los tres se acercaron de nuevo al computador de la librería, mientras veían al viejo del Cristo leyendo unos libros de oraciones—. No había visto los resultados que salieron en la otra página. Todos coinciden con el mismo libro.

—Y, ¿cuál es? —Linda no podía esperar más.

—El *Catecismo de la Iglesia Católica.* Aparece referenciado más de diez veces.

—¿Es importante? —preguntó Alan sin ninguna esperanza.

El joven salió disparado por uno de los pasillos. Regresó diez segundos después con un texto que parecía un ladrillo. Era rojo, grande y parecía pesado. Lo puso sobre una mesa que le servía de escritorio y lo abrió lentamente y con gran parsimonia en la primera página. Pasó dos más y le mostró a Alan.

—¿Qué es esto? —preguntó Downey.

—El *Catecismo.* Léalo.

Un título en letras rojas decía: *Constitución Apostólica "Fidei Depositum".* Latín, identificó Alan de inmediato. Más abajo, en letras pequeñas, decía que servía para la publicación del Catecismo según las órdenes del Concilio Ecuménico Vaticano II. Parecía la introducción al libro. Linda también lo leyó.

—La Constitución declara al Catecismo de la Iglesia Católica como un instrumento legítimo para enseñar la fe y dictar las normas de la liturgia y los sacramentos católicos —el joven parecía excitado con el tema.

—Algo muy importante, ¿no? —dijo la agente.

—Sí. La escribió el papa de la época. Juan Pablo II.

Alan empezó a leer la introducción.

"Conservar el depósito de la fe es la misión que el Señor confió a su Iglesia y que ella realiza en todo tiempo".

El depósito de la fe. Fidei Depositum. Del latín, una de las lenguas procedentes del griego. Siguió leyendo el texto introductorio, que ocupaba solo cinco páginas. Lo que encontró lo llenó de alegría.

"En este espíritu, el 25 de enero de 1985, convoqué una asamblea extraordinaria del Sínodo de los Obispos, con ocasión del vigésimo aniversario de la clausura del Concilio [...] En la celebración de esta asamblea, los Padres del Sínodo expresaron el deseo de que fuese redactado un Catecismo o compendio de toda la doctrina católica tanto sobre la fe como sobre la moral...".

—La fe y la moral —dijo Alan.

—Es genial. Tiene que ser este —Linda pensó un momento—. Pero, ¿y los doce autores?

"... En 1986, confié a una Comisión de doce cardenales y obispos, presidida por el cardenal Joseph Ratzinger, la tarea de preparar un proyecto del Catecismo solicitado por los padres del Sínodo...".

—Ahí los tienes —Alan sintió júbilo en su cuerpo. Recordó también que el cardenal que nombraba el papa se había convertido después en su sucesor.

"... Un catecismo debe presentar fiel y orgánicamente la enseñanza de la Sagrada Escritura, de la Tradición viva en la Iglesia y del Magisterio auténtico, así como la herencia espiritual de los Padres, de los santos y santas de la Iglesia...".

"... El Catecismo de la Iglesia Católica que aprobé el 25 de junio pasado, y cuya publicación ordeno hoy en virtud de la autoridad apostólica, es una

exposición de la fe de la Iglesia y de la doctrina católica, atestiguadas o iluminadas por la Sagrada Escritura, la Tradición apostólica y el Magisterio eclesiástico...".

"... Este Catecismo les es dado para que les sirva de texto de referencia seguro y auténtico para la enseñanza de la doctrina católica...".

"... Dado el 11 de octubre de 1992, trigésimo aniversario de la apertura del Concilio Vaticano II y año decimocuarto de mi pontificado. Ioannes Paulus Pp II".

—¿Alguna duda, *linda*? —Alan la miró a los ojos.

—Ninguna, amor.

—Nos lo llevamos. ¿Cuánto cuesta?

El joven les dijo el voluminoso precio.

—Lo que vale el conocimiento —precisó Downey. Canceló en efectivo y metió el libro en la bolsa negra, junto a la Biblia—. Muchas gracias. Nos has ayudado bastante. Que tengas un buen día.

—Con gusto señor. Que Dios los acompañe.

Mientras salían de la librería, el anciano sacó su teléfono móvil, pero esta vez no se quitó los guantes para pulsar las teclas. Se rascó la cabeza y se acomodó un poco las gafas. Por algo lo conocían como "El camaleón". Ocultarse era su instinto.

"Es lo que mejor pueden desear. Que Dios los acompañe", pensó.

23

El Catecismo de la Iglesia Católica.

Nunca había visto ni escuchado ese título durante toda su vida. Podía apostar, sin temor a equivocarse, que la gran mayoría de fieles y creyentes de la religión católica tampoco lo conocía. Y por lo que decía Licht, y también la introducción del papa, parecía ser un libro fundamental en la enseñanza de la doctrina y la fe. No le importaba eso. Lo único que le alegraba era haber hallado con gran astucia el texto que el sacerdote quería que encontrara. Pero aún hacía falta resolver las demás pistas.

Iban sin rumbo definido recorriendo en el coche las calles de la ciudad. La siguiente pista era aún más extraña que el primer párrafo que habían develado. Linda sacó el libro de la bolsa de la librería y comenzó a hojearlo lentamente. Eran unas setecientas páginas, lo cual hacía casi imposible encontrar de forma aleatoria el texto que buscaban. También pudo observar que el texto estaba dividido en cuatro grandes partes: la profesión de la fe, la celebración del misterio cristiano, la vida en Cristo y la oración cristiana. Cada una tenía varios capítulos, los cuales se dividían, a su vez, en pequeños artículos. Cada artículo comprendía varios párrafos, los cuales estaban estrictamente numerados. Como una Biblia. Eran casi tres mil párrafos los que componían todo el libro, pero solo estaban buscando uno.

Había muchos títulos en letras rojas, pero las frases restantes eran del típico y barato color negro.

—Esto va a estar difícil —Linda quería saber cómo lo iban a lograr—. Tenemos que encontrar uno de los pasajes. Pero hay cientos.

—Pero están numerados. Tenemos que hallar el número que nos dará la ubicación correcta. ¿Qué dice el segundo párrafo?

Para saber qué pasaje buscar, recuerda que,
así como la Paloma es el principio y el final,

Zeus y sus hijos Hermes y Apolo, juntos deben estar,
usa también la Mente y quita La Piedra para descubrir la verdad.

—Otra vez los griegos. Licht en verdad los amaba.

—¿Los griegos? —Linda estaba perdida.

—Sí. Esta nombrando a Zeus, el dios más grande de la mitología griega. Y también a dos de sus innumerables hijos: Hermes y Apolo.

—¿Y qué tienen que ver con el número que hay que encontrar?

—No lo sé.

—¿Qué hay de la paloma? ¿También es griega?

—No, no lo creo. No entiendo lo que quiere decir con que es el principio y el final —se quedó en silencio, tratando de pensar mejor—. ¿Qué te parece si tomamos un café antes de seguir?

Linda lo miró con sorpresa.

—¿Estás hablando en serio?

—Sí. Necesitamos descansar y pensar un rato. Por quince minutos no vamos a perjudicar a nadie.

—Bueno, vamos.

Alan se dirigió a un restaurante ubicado en una de las calles residenciales del barrio solitario. Se bajaron y tomaron asiento en una de las mesas exteriores del lugar. El sol y el cielo despejado cobijaban los edificios y les daban a las calles un clima confortable, justo para disfrutar de una tarde de charla y bebida. El mesero se acercó y Alan le pidió dos cafés negros acompañados de igual número de emparedados.

—¿Acostumbras a venir aquí?

—Sí. Sirven un café exquisito. Casi como el de mi país.

—Estás lleno de sorpresas, señor del cerebro.

—El cerebro está lleno de ellas. ¿Quieres descubrir una?

Linda asintió.

—Bueno. Acomódate bien —ella lo hizo—. Muy bien. Ahora levanta tu pierna derecha y sostenla en el aire. Perfecto. Ahora, haz girar tu pie hacia la derecha, en el sentido de las agujas del reloj —las personas presentes empezaron a observarlos con cara de preocupación—. Solo el tobillo. No pares por ningún motivo. Listo, ahora con tu dedo índice de la mano derecha vas a hacer círculos en sentido contrario, o sea a la izquierda —Linda no podía creerlo. Era un fenómeno bastante extraño.

—Inquietante, ¿no? —Alan estaba sonriente.

Linda también sonrió. Pero quería avanzar rápido.

—Me imagino que sabes también de mitología griega. ¿Qué puedes decirme de lo que escribió Licht?

—Lo básico. Empecemos por lo más importante: Zeus. Era el máximo dios de los griegos, el dios del trueno y el cielo. Era descrito como un hombre inmenso, con cabello largo y una barba gigante, ambas de color blanco. Sostenía un rayo en su mano, listo para castigar a los malos. Es de este dios griego de donde proviene la imagen física del dios de los cristianos —Linda se quedó con la boca medio abierta.

—Ese es el gesto que todo humano hace cuando le cuento esto. En fin, Zeus era el máximo de los dioses del Olimpo, aquel monte griego donde vivían las divinidades más importantes. Los griegos consideraban que los dioses del Olimpo, o los dioses olímpicos, eran doce, de los cuales el más importante era Zeus.

Doce, como los que escribieron el catecismo, pensó Alan.

—¿De ahí vienen los juegos olímpicos?

—Algo por el estilo. Los juegos olímpicos no se derivan del Olimpo, sino de Olimpia, la ciudad griega donde se realizaba este espectáculo unos ocho siglos antes de Cristo. Los griegos eran unos apasionados por el cuerpo humano y el deporte. Pero sigamos. Zeus tuvo cantidades enormes de hijos. Aunque su esposa oficial era Hera, que a la vez era su hermana, tuvo hijos con varias diosas, pero también con mujeres mortales y ninfas.

—Todo un donjuán. Una actitud muy machista, ¿no te parece?

—Ese es el problema que surge cuando interpretas la mitología y los relatos religiosos de una manera literal —el mesero les sirvió los cafés—. Los múltiples amores, amantes y esposas que tuvo Zeus no son una demostración de infidelidad ni de denigración de la mujer. Los griegos eran muy sabios y querían simbolizar de esta forma la idea de la humedad fructífera del cielo. Este les brindaba el líquido más preciado, que hacía crecer los campos y producía alimento. Como Zeus era el señor del cielo, quisieron simbolizarlo de esta forma.

—Muy conveniente.

—Así es —tomó un sorbo de café—. Ahora, Apolo y Hermes eran hijos de Zeus. También eran dioses olímpicos, por lo que eran muy venerados en la antigua Grecia. Apolo era hijo de Leto, la diosa del sol, y hermano gemelo de Artemisa. Era un dios multifacético, ya que manejaba las profecías, la agricultura, la música, los rebaños, la ciencia, las artes y la verdad. Me imagino que por esto Licht lo admiraba con especial atención. Un tipo bastante ocupado. Y Hermes era hijo de Maia, quien era una de las Pléyades, unas ninfas hijas de Atlas, el tipo que aparece en los libros de geografía cargando al mundo. Hermes era el mensajero de los dioses, y al igual que Apolo, era muy variado en sus tareas: dios del descanso, de los sueños, de los atletas, de la riqueza, del ingenio. Tal vez lo hayas visto con unas pequeñas alitas en sus pies. Lo que desconozco es por qué Licht dice que deben estar juntos. No entiendo.

—¿Y la paloma cómo entra en este asunto? —Linda estaba bastante interesada.

—No sé. Licht quiere que encontremos un pasaje del libro. Hace una advertencia. La paloma es el principio y el final —tomó otro poco de café—. Tenemos que pensar para quitar la piedra que oculta la verdad.

Empezó a reproducir miles de imágenes y símbolos que había visto durante toda su vida. Quería descubrir el lugar donde podía haber visto una paloma. Textos griegos, imágenes divinas, simbología, religión. No pudo encontrar nada.

Pagaron la cuenta y volvieron al auto. El pequeño descanso había sido revitalizador, mas no productivo.

—¿A dónde vamos? —preguntó Alan.

—No lo sé. Tú eres el experto. ¿Quién nos puede ayudar con esto?

—Se me ocurren algunos nombres. Profesores universitarios. Tendríamos que buscarlos en sus sitios de trabajo.

—Pues empecemos.

Alan encendió el vehículo y metió la primera marcha. Volteó su cara hacia la derecha y aprovechó el descuido de Linda para admirar las piernas de la agente. Provocativas. Varios pensamientos cruzaron su mente. Pero también vio algo más. La bolsa negra de la *Librería del Espíritu Santo*. El emblema de color blanco le refrescó la memoria.

24

Cerró la puerta principal de su casa, la misma que le servía de consultorio y centro de atención a personas que él odiaba llamar *especiales*. El último paciente de la mañana estaba a punto de terminar su tratamiento, lo que llenó de satisfacción su rostro, ya que el pronóstico que había realizado cuatro años antes estaba cumpliéndose con gran exactitud. Acostumbraba a recibir y despedir a sus "autopacientes", como le gustaba llamarlos, en la entrada de la mansión, pues afirmaba que el respeto y la camaradería eran factores fundamentales para lograr una curación completa.

Se sentó frente a su escritorio y aprovechó las horas que le quedaban libres para seguir leyendo a uno de sus maestros virtuales. El honorable Sigmund Freud. El último libro que le faltaba por devorarse era *Tótem y Tabú*, un ensayo bastante acertado sobre el origen de la religión y los comportamientos humanos desde el punto de vista psicoanalítico. El complejo de Edipo, tan influyente en el actuar humano y muy frecuente en los argumentos de Freud, se basaba en la leyenda de aquel rey griego de Tebas que sin saberlo asesinó a su padre y se casó con su madre.

El elegante timbre emitió un sonido casi celestial.

Le pareció extraño, ya que no tenía más pacientes programados para ese día. Se levantó con cierta pereza y caminó por el amplio corredor que atravesaba la mitad de la enorme casa, un camino brillante de mármol curuba con visos plateados. Se sentía como una aguja en un pajar, pues la mansión podría albergar sin problema a un centenar de personas. Sin embargo, odiaba a los mayordomos y cualquier tipo de personal de servicio, por lo que dedicaba su vida entre el psicoanálisis y el aseo hogareño. Su esposa no era muy colaborativa en este sentido, ya que su trabajo la transportaba a los confines del planeta.

Pensó que se trataría de un nuevo cliente. Alguien acaudalado seguramente. Sus pacientes estaban dispuestos a desembolsar cualquier cantidad de dinero a cambio del vasto conocimiento de Andrés Sheffer, el psicoanalista más reconocido del país y uno de los gurúes del comportamiento humano durante las últimas décadas. Había realizado valiosos aportes a la psicología y a la psiquiatría que le significaron innumerables premios y cheques de grandes montos. Nunca obtuvo el Nobel, aunque medio planeta sabía que lo merecía, todo porque se dio el inexcusable lujo de rechazarlo cuando supo que estaba postulado para ganarlo. No le importaba. Sabía que el reconocimiento de la sociedad científica mundial era un premio invaluable.

Se acercó al gran portón y lo abrió con sencillez.

—Buenos días —miró su reloj—, o buenas tardes, mejor. ¿En qué le puedo ayudar?

—¿Doctor Sheffer?

—Sí, el mismo.

El visitante tenía las manos en la espalda. Parecía algo intimidado.

—Linda casa.

—Nada especial. ¿Qué se le ofrece?

—Pues… —miró hacia el techo interior de la mansión con los ojos entrecerrados. Sheffer quiso saber qué había llamado la atención del visitante y volteó hacia atrás su cuello. El hombre sacó un pequeño bate de madera de su espalda y lo abalanzó con gran fuerza por el aire, como un jugador profesional de béisbol de las grandes ligas. El impacto fue certero. Una estela de sangre voló y cayó en las baldosas brillantes.

Una herida mediana en la sien izquierda del psicoanalista emanaba el líquido rojo que le cubrió la mitad de la cara. Yacía en el piso sin sentido. El hombre dejó el bate detrás de la puerta y se agachó para revisar a su víctima. La chaqueta impermeable, bastante holgada, le producía un calor sofocante, pero decidió no quitársela. Sin quitarse el guante de la mano derecha, palpó con sus dedos el cuello de Andrés Sheffer.

Tenía pulso. El viejo era fuerte.

Después de cerrar la puerta de un puntapié se acomodó el guante y metió su mano en el cuello de la camisa del dueño de la casa. Lo haló como un perro y limpió todo el corredor con el pantalón del hombre inconsciente. Antes de llegar a las escaleras que conducían a la segunda planta, examinó el lugar y descubrió a su derecha el consultorio. Era el lugar apropiado. Metió al viejo al salón.

Acercó la silla del escritorio y la puso en el centro geométrico del salón. Levantó el cuerpo liviano y logró sentarlo con gran dificultad. En uno de los bolsillos de su chaqueta rebuscó algo. Sus manos cubiertas encontraron la soga y procedió a amarrar al viejo para sostenerlo y asegurar su ritual final.

Los tobillos, las manos, el torso. Todo quedó asegurado. Por fin podía descansar. Sacó un frasco de casi un litro que contenía un líquido verdoso con apariencia limpia y benévola. Lo colocó sobre el escritorio y le echó una mirada al libro que estaba abierto sobre la mesa. De otro bolsillo extrajo un paquete alargado de color blanco. Lo destapó y armó la jeringa para luego llenarla del desconocido líquido que parecía jugo de esmeralda.

Se acercó al viejo que empezaba a despertarse.

Su mano izquierda sostuvo la cabeza del viejo hacia un lado para dejar sin protección el cuello arrugado y tieso. Acomodó la jeringa entre sus dedos y se alistó para hundirla en la piel.

—Que Dios me bendiga.

La aguja entró silenciosamente y el émbolo comenzó a descender gracias a la fuerza del dedo pulgar. Todo el líquido ingresó en el sistema circulatorio. Sheffer se estremeció y sintió un intruso helado que le congelaba las venas y las arterias. Movió sus párpados con gran dificultad y vio una figura negra que le daba la espalda. Estaba llenando la jeringa nuevamente.

El visitante se acercó de nuevo al viejo y le mostró la jeringa ansiosa, lista para cumplir de nuevo con su funcionalidad, pero no tuvo el menor sentimiento de miedo. De pronto empezó a sentir un lejano bienestar en su cuerpo, como si el extraño hombre le hubiera inyectado la fórmula secreta de la eterna juventud, ya que los músculos se relajaron y la respiración forzada desapareció por completo. El aire entraba sin problemas a sus pulmones y renovaba las millones de células de sus tejidos corporales. El visitante se sentó sobre el escritorio y se quedó observando al psicoanalista en una actitud de completa calma y premeditación.

—¿Qué quiere? —fue lo único que pudo decir el hombre moribundo.

—Detener la inmoralidad.

—¿Me va a matar? ¿Por qué?

—Dios lo quiere así.

—No le entiendo. ¿Qué le he hecho?

—Usted lo sabe —hizo una pequeña pausa—. Apoyar a Licht.

El viejo lo comprendió.

El hombre caminó con pasos largos e introdujo por segunda vez el líquido verde en el cuerpo de Sheffer. El viejo no opuso resistencia y dejó que el visitante hiciera lo que tenía planeado. Sintió un mareo que embargaba su cabeza, lo que limitó su vista y su capacidad para balbucear una sola palabra.

Después de recibir tres dosis más del precioso líquido, las gotas saladas empezaron a brotar de sus ojos. Toda su vida dedicada al estudio y al beneficio de la humanidad, y por un maldito desadaptado que no apoyaba su trabajo estaba siendo asesinado en una soledad infinita, sin el total reconocimiento que esperaba y con la esperanza ya truncada de volver a mostrarle al mundo que su labor era valiosa.

El asesino miraba con gran felicidad el espectáculo, que le recordó un monólogo de comedia urbana. Las lágrimas de Andrés Sheffer se mezclaron con el sudor excesivo que brotaba de su cuero cabelludo y empapaban su camisa que estaba totalmente adherida a su pecho peludo y blanco. Unas punzadas en el abdomen hicieron que expulsara algunas gotas de saliva revueltas con sangre. A su cerebro llegaron imágenes de su infancia, cuando estaba postrado en una cama blanca rodeada de paredes del mismo color en busca de una solución para su enfermedad, y también de su juventud, cuando estaba recibiendo su graduación de la facultad de psicología. Desde ese día había buscado la respuesta a muchas preguntas, pero solo una le invadió la vida y nunca tuvo una solución acertada para sus pacientes ni para él mismo. El grandioso enigma de la muerte. Ahora lo estaba sintiendo, pero no podría compartir su experiencia.

Trató de soltarse de las cuerdas; su cuerpo no respondió a las señales del cerebro. Era una piedra de carne y huesos con un corazón a punto de parar. Un sueño sin fin empezó a gobernar su mente y sus párpados se cerraron sin querer. La oscuridad llegó por fin y el descanso eterno evaporó su mente.

Pero su cuerpo inerte no tendría la misma suerte.

25

—Soy un estúpido. No estoy concentrándome —se miró en el espejo retrovisor y vio la misma cara de hace cuarenta y tres años. Una vez más reconoció que la sencillez era el lenguaje de los sabios. Y al parecer, James Licht lo era. Le había dado todas las pistas en un mensaje corto pero con profundidad. Como una pequeña pastilla de chocolate que concentraba la energía necesaria para impregnar con su sabor varios litros de leche.

—¿Qué pasa, Alan?

—La bolsa. Mírala.

Linda agarró la bolsa negra y vio lo mismo que había visto el médico después de admirar sus hermosos muslos. Debajo del persuasivo nombre de la librería se observaba un pájaro algo gordo en un vuelo sin rumbo que sostenía en su pico una especie de rama de algún árbol cercano.

—Claro. Tienes razón, Alan. La paloma es el símbolo de los católicos para representar al Espíritu Santo.

—Así es. Cuando Juan bautizó a Jesús, una paloma descendió del cielo y se posó sobre él. Era el Espíritu Santo, sinónimo de paz y pureza. Desde ese momento se difundió el uso de este animal como uno de los símbolos más importantes de la iglesia. También se ha asociado con el propio Jesucristo y por lo tanto con Dios.

—Nada que ver con los griegos.

—No estés tan segura. Ahora recuerdo que Homero escribió en uno de sus relatos mitológicos que las palomas ayudaron a alimentar a Zeus, en sentido intelectual.

—¿Y el principio y el final? ¿Qué son?

—No tienen nada que ver con los escritos de Homero ni con la mitología griega. Tú debes saber que los escritores antiguos, para referirse a Dios, utilizaban diversas referencias o nombres. Apodos, podría decirse.

—Como, por ejemplo, Adonai.

—Exacto. También está Jehová, Yahvé, Emmanuel, Señor, Shalom y Shadai, entre otros. En el libro del Apocalipsis aparece una referencia a Jesucristo, cuando él dice que es "el primero y el último". El principio y el final.

—La paloma es el principio y el final. O sea, Dios es el principio y el final. ¿Y qué tiene que ver con Zeus y los griegos?

—Jesús también se refiere al principio y el final como "soy Alfa y Omega".

Linda no entendía todavía.

—Son letras del alfabeto griego —Alan estaba excitado—. La letra alfa es la primera del alfabeto y omega es la última. Alfa y omega. El principio y el final.

—Es impresionante, pero ¿cómo nos ayudan a encontrar el número que buscamos?

—Pensé que no lo ibas a preguntar —Alan tomó un poco de aire—. Es sencillo. Es pura simbología. Retomemos. Otra forma de referirse a Dios es el primero y el último, alfa y omega. La primera y última letras del alfabeto griego. Los griegos, como todas las civilizaciones, tenían un sistema cultural en el que la simbología jugaba un papel predominante. Es más, la palabra símbolo proviene del griego *symballein*, que significa reunir, asociar u ocultar. Uno de los aspectos más relevantes de su simbología se caracterizaba por la asociación de las letras de su alfabeto con los números.

"Es un fenómeno llamado *isopsefia*. Consiste en que todas las palabras tienen un valor numérico asociado. Tienes que tomar el valor de cada una de las letras que conforman la palabra y sumar, así obtienes un número que es equivalente a dicha palabra. Cuando dos o más palabras diferentes tienen valores numéricos iguales, quiere decir que su significado o simbolismo es el mismo. El término proviene del griego *isos*, "igual", y *psephos*, que significa "roca" pero también "contar", debido a que los antiguos utilizaban las piedras para realizar operaciones aritméticas. Se dice que esta técnica fue utilizada por primera vez por Pitágoras, aquel gran matemático griego.

"El alfabeto griego tiene en total veintiséis letras. Alfa, la primera letra, tenía el valor de uno. Beta, la segunda, valía dos. Gamma correspondía al tres. Así seguían hasta Iota, que era el diez. A partir de ahí seguían de diez en diez, hasta cien, que era la letra Rho. Y de cien en cien llegaban hasta Omega, que tenía un valor asociado de ochocientos".

—Las letras del alfabeto. Las que utilizó Licht en la clave —dijo Linda.

—Correcto. Nos mostró el camino desde el principio y no lo vimos.

—Sigue, por favor.

—Siguiendo la simbología de letras griegas y números, tenemos que alfa y omega son igual a ochocientos uno. Uno más ochocientos.

—¿Y?

—Esta es la mejor parte. Paloma en griego se escribe *peristerá*. περιστερα. Si aplicas la correspondencia numérica a cada una de las letras y sumas los valores, vas a obtener un resultado sorprendente. Ochocientos uno.

—Lo mismo que alfa y omega.

—Por lo tanto, la paloma significa lo mismo que alfa y omega. Es el principio y el final. Es un símbolo perfecto para poder representar a Dios.

Linda no lo podía creer. El sacerdote les había dado la pista desde el principio, pero solo hasta el final lograron asociarla. Alan seguía manejando sin destino conocido, simplemente recorriendo como un turista pudiente las calles de la ciudad. Habían llegado a un sector que ninguno de los dos identificaba con claridad, ya que la inmensidad de la urbe hacía casi imposible conocer con certeza cada uno de sus rincones.

El celular de la agente sonó con una vibración ensordecedora.

—Agente Brown. ¿Cómo le va, capitán? —Linda miró a Downey, quien le devolvió el gesto—. Sí, jefe. Logramos descubrir el mensaje adjunto.

Linda le contó a su jefe todo lo que habían descubierto hasta ahora. Las letras griegas, las iniciales, el libro rojo y ahora la búsqueda de un pasaje. Una sonrisa iluminó su hermoso rostro. Después colgó.

—Parece que está de buen genio.

—¿Qué te dijo?

—Solo dijo que estoy haciendo un buen trabajo.

—Qué alentador.

—Parece que no te gusta la jerarquía, ¿o sí?

—No, no mucho. Desde la muerte de mi padre. Sentimiento que se avivó cuando conocí al magnífico señor King. Tengo una rara patología de repulsión hacia los jefes y directivos. Solo buscan su propio beneficio. Las empresas se aprovechan de la necesidad y el hambre de la sociedad para maltratar y acabar con la vida de las personas que trabajan para ellas.

—Pero no todas...

—Son muy pocas las que verdaderamente respetan al ser humano. ¿Sabes? Me parece algo fuera del sentido común que le den premios a una empresa por ser un buen lugar de trabajo, por respetar la integridad del ser humano. Eso debería ser algo natural, lógico. Es como si premiaran a un médico por salvar una vida, o a una persona común y corriente por devolver un maletín que encontró en la calle con varios fajos de billetes —un suspiro aumentó la profundidad de sus palabras—. Si premias lo mejor, inevitablemente reconoces que hay muchas cosas inferiores.

Ambos se quedaron en silencio.

—¿Para dónde vamos? —dijo Linda después de un minuto.

—Voy a encontrar un lugar donde estacionarnos.

Tres kilómetros después, Downey metió su automóvil en un potrero vacío que estaba rodeado de casas campestres. Se bajaron del coche y se sentaron cuidadosamente sobre el capó. Alan, con sus manos en la cintura, miró al cielo y observó que el sol ya no estaba en el centro de la bóveda celeste. Se sorprendió al notar que todavía no tenía hambre.

—Entonces Alan, ¿qué sigue?

—Ya sabemos cómo la paloma se convierte en el principio y el final. Debemos hacer lo mismo con las palabras que nos dio Licht.

Una cucaracha subió al zapato derecho de Linda. Era inmensa, del tamaño de una pelota de tenis, pero de un color dorado que brillaba con pureza gracias al sol de la tarde. La agente no se dio cuenta, pero el médico sí.

—Linda, quédate quieta.

—¿Qué?

—Hazlo —Alan se agachó y espantó al insecto con un toque sutil de su índice derecho—. Son muy comunes en este sector. Estamos en el barrio de los santos. Sabes lo que pasa aquí, ¿cierto?

—No tengo ni idea.

—Es una parte de la ciudad que se encuentra sobre una falla geológica del planeta. Diariamente se producen aquí unos dieciocho temblores, de leve magnitud. Las cucarachas emergen fácilmente del suelo y llegan a la superficie. Es un indicio para identificar el lugar donde te encuentras. Mira.

Alan le señaló todo el terreno circundante. El campo y las calles estaban repletos de puntitos amarillos y dorados que resplandecían como una playa plagada de perlas. Algunos habitantes caminaban tranquilos por el lugar, acostumbrados a un fenómeno que era normal para ellos.

—Por favor, apurémonos —Linda subió los pies al capó.

—Perfecto. Licht dice que Zeus, Hermes y Apolo juntos deben estar —sacó una agenda del auto y tomó un lapicero de su chaqueta. Se apoyó sobre el capó y escribió los nombres—. Si tenemos en cuenta la advertencia, debemos escribir estos nombres en griego y hallar los valores numéricos correspondientes. Después sumamos todo y obtenemos un número. El pasaje.

—Suena coherente. ¿Sabes los nombres en griego?

—Creo recordarlos. No es tan difícil. Ya sabes, la equivalencia de letras entre los alfabetos es de mucha ayuda —miró a Linda y le sonrió. Escribió unas letras, al parecer griegas, en una columna. Después al lado de cada una colocó el número correspondiente—. Veamos. Zeus, si no estoy mal, se escribe Ζευς. Zeta, Épsilon, Ípsilon y Sigma. Sumando el valor de cada una de las letras tenemos... —sumó mentalmente— seiscientos doce —Lo anotó en una esquina—. Ahora, vamos con Hermes. Se escribe Ερμης. Épsilon, Rho, My, Eta y Sigma. Lo cual nos da como resultado, trescientos cincuenta y tres —lo anotó debajo del primer número—. Y Apolo, en griego es Alfa, Pi, Ómicron, Lambda, Lambda, Omega y Ny. Απολλων. O sea, Apolo es igual a mil sesenta y uno —lo anotó y procedió a sumar—. Sumando estos tres números tenemos... dos mil veintiséis.

Alan recordó que la *isopsefia* también se había utilizado para simbolizar a la bestia descrita en el Apocalipsis. Si se escribía *La Gran Bestia* en griego y se sumaban los valores de cada una de las letras, se obtenía el famoso y difamado 666. Un número obtenido mediante la simbología griega, pero mal interpretado por los mortales. Un número que también se obtenía con la palabra *Titán*, que en plural se refería a los doce poderosos dioses griegos que dominaron el Olimpo antes que Zeus. El mismo ejercicio se podía hacer con Jesús, cuyo nombre en griego era Ιησους y cuyo valor numérico asociado es 888. Incluso, las tres primeras letras de este famoso nombre, en mayúsculas, ahora servían como símbolo de la iglesia. Iota, Eta, Sigma. IHΣ. IHS. Letras griegas para un símbolo cristiano.

—Es grandioso —Linda sacó el Catecismo y pasó las páginas—. Es posible. Tiene dos mil ochocientos sesenta y cinco párrafos.

Linda pasó las hojas hacia atrás. Alan se hizo al lado suyo y le compartió un calor corporal lleno de confianza y amistad. Estaban ansiosos por conocer el pasaje del que Licht tanto hablaba y el cual, según este, contenía una mentira implacable. Cuando se acercaron al párrafo señalado por la simbología griega y por los conocimientos del médico, Linda detuvo la velocidad y pasó página por página. Estaban a punto de descubrir, tal vez, la verdadera causa de la dolorosa muerte del sabio sacerdote.

Linda puso el libro sobre la lata del auto y ambos miraron con curiosidad el texto que tenían ante sus ojos. Correspondía a la tercera parte del libro, la que hablaba sobre la vida en Cristo. Había un resumen del capítulo, comprendido por trece párrafos enumerados en tinta negra. Linda pasó el dedo índice por la orilla izquierda de la hoja, lugar por donde aparecían los números introductorios. Cuando llegó al número indicado leyó en voz alta. Era un texto bastante corto. La cantidad no importaba, sí la calidad y la profundidad. Alan volvió a leer el pequeño párrafo y no podía creerlo. No entendía lo que quería decirles el padre Licht.

2026 *La gracia del Espíritu Santo, en virtud de nuestra filiación adoptiva, puede conferirnos un verdadero mérito según la justicia gratuita de Dios. La caridad es en nosotros la principal fuente de mérito ante Dios.*

—Estamos equivocados —dijo Alan.

Linda no estaba tan segura.

26

El obispo Manning llegó exhausto a su oficina. Lo que al principio había sido una luz de esperanza, ahora se convertía en total oscuridad. De todas maneras, se sentía a gusto con lo que estaba haciendo. Tenía que hallar el gran secreto. Licht no había dejado nada al azar, lo cual comprobaba una vez más su grandiosa inteligencia. No sabía si era una fortuna o una desgracia el que hubiera desaparecido. Lo único en lo que estaba seguro era que la información era vital para seguir con sus planes.

Recordó las noches largas junto a la comida y las bebidas que compartió con James Licht. El viejo confiaba en el obispo con un leve pero superior grado que los demás. Las conversaciones eran largas y entretenidas, pues trataban temas que iban más allá de sus profesiones y rutinas. Licht era un hombre muy abierto a la ciencia y la investigación, por lo que se ganó el desprecio de muchos sectores católicos; pero, la frecuente publicación de sus labores y escritos mostraba una cara diferente del clero ante los mortales, lo que en gran medida acrecentó el interés por los relatos del viejo y por ende atrajo nuevos fieles, más maduros, más pudientes, más importantes.

Sus constantes visitas laborales a distintas personas del mundo científico y empresarial eran ya conocidas por Manning. Nunca supo exactamente la identidad de esas personas, pues no era de su interés. Solo creía en el alma eterna y la vida sujeta al cielo. Pero ahora, todas esas caras y nombres eran de vital importancia para él. Si Licht estuvo con ellos, lo más seguro era que conocieran parte del secreto.

Se recostó en su silla triunfal, tratando de descansar un poco su cuerpo. Cuando miró su escritorio vio una esperanza blanca. Un papel. Con unas letras derivadas de su mano pesada y certera.

Esa llamada tempranera podía servirle de algo. Un científico. De la cabeza.

¿Por qué Licht quiso reunirse con Alan Downey?

27

—No, no está bien. Algo está mal —Alan se rascó la nuca en busca de algún error en su pensamiento.

—¿Por qué? Habla sobre el Espíritu Santo. La paloma —la agente suspiró y reflexionó unos segundos—. Claro que no entiendo nada. Además, no sé qué tiene que ver con todo este lío.

—No puede ser tan difícil. Licht se ha caracterizado por la sencillez. El truco más fácil para ocultar algo gigante.

—¿Están bien tus dioses en griego?

—Ojalá que no —Alan revisó los tres nombres en caracteres extraños. Letra por letra repasó los nombres completos y se desilusionó al comprobar que no había olvidado escribir en ese idioma tan sabio y antiguo. Después revisó los valores de cada letra. Correctos.

—¿Sumaste bien? —Linda quería descartar toda opción.

—Linda, los médicos también vemos física y matemáticas —siguió revisando—. No tanto como un ingeniero, pero nos defendemos. Además, es una simple suma. No hay integrales triples ni funciones de probabilidad.

—Me gusta estar segura —la mujer revisó la suma con la calculadora de su celular —. Bueno, parece que eres hábil con tu mente. ¿Y ahora?

—No lo sé. Solo estoy seguro de que este no es el pasaje —Linda lo miró extrañada—. Mira el siguiente párrafo del mensaje. Dice que con cuatro columnas soportan su rechazo. Aquí no hay ningún cuatro a la vista ni lo que él llama columnas, sean lo que sean. Además, ¿qué mala interpretación podría hacerse de este pasaje?

—Tienes razón.

Linda tenía en sus manos las pistas que había diseñado el sacerdote. Las leyó una y otra vez, tratando de encontrar alguna clave secreta entre las palabras.

Alan abrió la puerta de su costado y se sentó de medio lado, colocando las piernas sobre el terreno agreste plagado de un pasto amarillento y largo. El cansancio empezaba a apoderarse de sus piernas, pero era mayor en su cerebro. Sin darse cuenta, sus párpados cayeron con lentitud y ocultaron las pequeñas pupilas negras. Sus músculos se relajaron y cayeron en un éxtasis temporal. Su cerebro se desconectó parcialmente.

La agente seguía sobre el capó mirando las pistas. Alan había hecho demasiado. Era el turno para que la mujer pusiera un granito de arena.

Vio algo pequeño. Pero importante.

Tomó el bolígrafo que el médico había dejado sobre la agenda que descansaba sobre el capó y subrayó ocho palabras.

Depósito. Fe.

Zeus. Hermes. Apolo.

—Alan, mira —levantó la cabeza para buscarlo—. ¡Alan! —el médico se levantó exaltado—. ¿Qué te parece?

Le entregó la hoja con las palabras señaladas.

—Claro. Eso es. Esto puede funcionar.

Mente.

La Piedra.

—Alan, el padre Licht nos dio mayúsculas. Letras, otra vez. Resaltó las palabras importantes. El Depósito de la Fe nos llevó al Catecismo. Y ahora nos da otras para hallar un número.

—¿Qué hubiera hecho sin ti? —ambos rieron en un gesto de galanteo mutuo—. Pues tenemos que escribir las otras palabras en griego. Pero hay un problema.

—¿Ahora qué?

—Pues que no sé escribirlas. No son palabras comunes. Es básico saber el nombre de los dioses importantes, pero otra cosa es saberse cualquier palabra simple.

Pensó durante tres segundos.

—Claro que... —Linda lo miró expectante— alguien puede ayudarme. Mi profesor de cultura griega de la universidad de New York. Ahora vive en esta ciudad —sacó su teléfono móvil y lo llamó.

Se retiró un poco mientras hablaba en tono amigable con un ser desconocido. Parecía que el hombre al otro lado de la línea quería platicar mucho más y conocer aspectos banales de la vida de Downey, pero este fue al grano y logró que el profesor Hurtado le ayudara con la traducción de las palabras señaladas. ¿Qué habrá pensado el maestro cuándo supo la verdadera intención de Alan para llamarlo?

"Se le recalentó el cerebro", se respondió Linda.

—Listo. Aquí las tienes.

Linda miró la agenda.

—*Mente* se escribe Νους: Ny, Ómicron, Ípsilon, Sigma. Eso nos da cincuenta, más setenta, más cuatrocientos, más doscientos. Setecientos veinte. Y *piedra* se escribe...

—*La Piedra*, escribió Licht —corrigió Linda.

—Perdón. *La Piedra* se escribe ο λιθος: Ómicron y después Lambda, Iota, Theta, Ómicron y Sigma. Eso nos da como resultado, trescientos ochenta y nueve.

—Dos mil veintiséis de los dioses más setecientos veinte, más trescientos ochenta y nueve... da tres mil ciento treinta y cinco. Está mal. El libro no tiene tantos párrafos.

—Los números están bien. Hiciste la operación equivocada.

—¿No hay que sumar?

—Mira el párrafo. La última línea.

Usa también la Mente.

Quita La Piedra.

—No entiendo.

—Debemos usar también la mente. O sea, sumar el valor de la palabra. Y *quitar* la piedra. Debemos restar ese número.

—Claro, tienes razón. ¿Cuánto da?

—Un número posible. Dos mil trescientos cincuenta y siete.

Linda pasó las páginas de nuevo, tratando de hallar lo más pronto posible el nuevo número. Quería conocer el mensaje de Licht, pero también huir de ese paraíso rodeado de insectos dorados. Con sus suaves y finos dedos dio vuelta a la página que resguardaba en el revés el pasaje indicado. Estaba también en la tercera parte del libro. Pero a diferencia del anterior, estaba debajo de un pequeño título que produjo un ahogamiento en el médico. Las frases del mensaje que Licht le envió a Downey empezaron a cobrar un sentido totalmente definido.

Alan tenía muchas dudas con respecto al padre, pero le surgieron muchas más. Su mente se llenó de recuerdos de vivencias pasadas. Había pensado que encontraría un pasaje donde se hablara de la vida de Jesús o de sus apóstoles, y que el padre había descubierto una mentira detrás de todo eso. Que tal vez Jesús había sido un hombre normal, mal interpretado, usado como producto de salvación. Algo relegado totalmente al campo de la teología y la religión. Pero esto era muy cercano a él, en sentido científico, laboral. Algo que envolvía a toda la humanidad. En sus numerosos años como investigador de la mente había lidiado con una diversidad inconmensurable de proyectos, y alguna vez tuvo que investigar el tema que ahora le mostraba un sacerdote desde el más allá.

Descubrirás que todo tiene sentido.

Ahora comprendía lo que Licht le había dicho.

Todo encajaba. La Antigua Grecia. El cerebro.

Linda no podía creer las palabras que salían de su boca y rozaban sus labios. Leyó en voz baja, mientras notaba el impacto que aquellas palabras producían sobre el médico. ¿Qué estaba pasando? Ella trató de interpretar el texto, aunque no dejaba mucho al análisis, para hallar la razón de la muerte de Licht. Si este texto era equivocado, aun estando en un libro tan importante, y Licht había descubierto la mentira y por eso era defensor de algunas teorías opositoras al párrafo, seguramente encontraría bastantes enemigos.

2357 La homosexualidad designa las relaciones entre hombres o mujeres que experimentan una atracción sexual, exclusiva o predominante, hacia personas del mismo sexo. Reviste formas muy variadas a través de los siglos y las culturas. Su origen psíquico permanece en gran medida inexplicado. Apoyándose en la Sagrada Escritura que los presenta como depravaciones graves (cf Gn 19, 1-29; Rm 1, 24-27; 1 Co 6, 10; 1 Tm 1, 10), la Tradición ha declarado siempre que "los actos homosexuales son intrínsecamente desordenados" (CDF, decl. "Persona humana"8). Son contrarios a la ley natural. Cierran el acto sexual al don de la vida. No proceden de una verdadera complementariedad afectiva y sexual. No pueden recibir aprobación en ningún caso.

Alan estaba abrumado. Las frases penetraron en su pecho y en su cerebro. Las relaciones empezaron a tejerse de forma intuitiva y automática en su cabeza. Las conexiones encajaban como una llave en la cerradura.

A través de los siglos y las culturas.

La Antigua Grecia. El origen de la cultura occidental.

Origen psíquico inexplicado.

La ciencia.

Y la frase que llamó más su atención. Tal vez la razón de la muerte de Licht:

No pueden recibir aprobación. En ningún caso.

¿Por qué pensaba eso?

28

La luz empezó a aclarar las ideas de Alan Downey. El pasaje que acababan de encontrar era el correcto, de eso estaba completamente seguro. Quería organizar el enorme cúmulo de ideas y relaciones que le sugirieron sus neuronas, pero no lograba identificar la parte por donde debería empezar. Pero tenía que hacerlo. De cualquier manera.

—Esto es muy grave, Alan. Todo indica que Licht defendía la homosexualidad —Linda olvidó por un momento su participación como expresión de justicia y ley en un caso de homicidio y se adentró en la aventura que el médico había emprendido—. Pero al menos ya sabemos por qué pudo ser asesinado.

—No solo eso. Licht también era homosexual.

—¿Cómo? ¿Qué estás diciendo? ¿Un padre de la Iglesia atraído por los hombres de su mismo sexo? No es posible...

—¿Por qué no? Era un ser humano, por el amor de Dios —Alan levantó un poco su voz—. ¿Qué tiene de raro?

—¿Raro? Pues todo.

—Linda, una sotana y la aceptación de la castidad no pueden limitar el instinto humano. El cerebro es una máquina poderosa, ya te lo dije. El ser humano está diseñado biológica, mental y evolutivamente para preservar la vida, para mantener relaciones sexuales y asegurar la supervivencia. Es algo natural.

—Pero la atracción homosexual no lo es.

—No estés tan segura.

—¿Cómo? ¿Qué estás diciendo? —Linda se alteró.

—No creo que sea el momento indicado. Mejor sigamos con este lío.

Alan tomó de nuevo el libro rojo y leyó el pasaje. Le contó a Linda que la palabra homosexual provenía también del griego. De las palabras *homo*, que significaba "igual", y del latín *sexus*, relativo a los órganos reproductores y su relación natural y placentera. Así había nacido un término que ahora designaba a las personas que sentían una atracción sexual hacia las del mismo género. Era extraño que el término contrario, es decir, el que se refería a personas como Linda y Alan, no se utilizara tan frecuentemente y, por lo tanto, su significado era casi desconocido y mal interpretado. Heterosexual, de *hetero*, "diferente", "otro".

—¿Por qué dices que Licht era *gay*?

—Primero debo aclararte que todo el mundo puede ser *gay*. ¿Sabías que en inglés significa *alegre* o *divertido*? Es un término que impuso la comunidad homosexual para referirse a ellos en términos más amables. Pero, en fin, ¿recuerdas la carta que me envió?

Linda no recordaba. Alan le mostró.

Hemos sufrido maltrato y desprecio durante toda la historia humana.

—Dios mío, tienes razón. No lo puedo creer. ¿Lo sabías?

—No, no tenía idea.

—Es impresionante. Todo indica que Licht era homosexual y al parecer estuvo investigando el tema —Linda comenzó a reconstruir el caso.

—Así es.

—Y encontró en el libro más importante de la doctrina católica que el rechazo que promueve la Iglesia hacia ellos está equivocado. Hay algún error en ese pasaje tan contundente, según Licht.

—No le crees, ¿cierto?

—Es muy difícil para mí. Crecí en un hogar muy religioso y rodeado de ritualidad y adoración a los santos. Siempre he visto a los homosexuales como personas extrañas, enfermas, si se puede decir. Es algo que no es natural.

—No lo es para ti, pero sí para millones de personas. Aunque la ciencia no ha podido revelar con claridad los orígenes de la homosexualidad, por lo menos ya sabemos que no se trata de una enfermedad, como tú dices.

—¿Por qué sabes eso?

—Alguna vez tuve que investigar este tipo de comportamiento. Ya sabes, el cerebro. Pero creo que así se descubra el origen científico, la gente del común seguirá rechazando a los homosexuales. Su repulsión se basa más en paradigmas dogmáticos planteados por la Iglesia que en una reflexión ética y moral. Podría decirse que es un rechazo de marionetas manejadas por unos cuantos titiriteros desde la plaza de San Pedro. Lo siento Linda, pero es así.

Lo equivocados que están con personas como yo.

—Paradigmas, como las cuatro bases de las que habla Licht.

—Así es. Ahí están —Alan señaló el texto—. Son cuatro textos bíblicos.

Apoyándose en la Sagrada Escritura que los presenta como depravaciones graves.

—¿Qué es *cf*? Está antes de las citas.

—Es una locución latina. Es una abreviación de la palabra cónfer, que significa comparar o consultar.

Siguieron leyendo.

—¿Y CDF?

—No lo sé. Pero debe estar por ahí explicado —Alan pasó las páginas y encontró un listado de documentos de la iglesia—. Mira, aquí está: Congregación para la Doctrina de la Fe. Parece importante.

—Ya lo creo —afirmó Linda—. ¿Y ahora qué hacemos? Licht dice que las bases son equivocadas. Están mal interpretadas.

—Hay algo que no te he contado —Linda frunció el ceño—. Creo saber por qué Licht se despidió así en su carta.

Que la semilla de occidente renazca y perdure eternamente.

—Era la pista para descubrir la clave.

—No, es algo mucho más grande. Pero relacionado con esto.

—Habla, Alan.

—La Antigua Grecia. De ahí proviene toda su admiración.

—¿A qué te refieres?

—Los antiguos griegos fueron una civilización que, además de realizar aportes valiosísimos a la humanidad, como la ciencia, la democracia, la filosofía, la educación, las artes y muchos más, se caracterizaron por su particular vida sexual. La homosexualidad era la base de su gran desarrollo e influencia mundial.

—¿Me estás diciendo que todo lo que lograron fue porque eran *gais*? —Linda cada vez estaba más extrañada—. Eso no te lo creo.

—Déjame explicártelo.

Alan cerró un momento los ojos y trató de organizar sus ideas. Una bocanada de aire inundó sus pulmones y lo preparó para iniciar su clase magistral.

—Linda, la vida sexual en la Antigua Grecia es digna de admiración y un interesante tema de estudio para los religiosos y tantos mojigatos que habitan nuestro planeta. Como te dije, la homosexualidad era algo normal para ellos, no la veían con desprecio y suciedad, como lo hace nuestra sociedad actual. Era algo común, como comer pan o bañarse los dientes.

—¿Todos los griegos eran homosexuales?

—No, en absoluto. Lo que sucedía era que no guardaban ese sentimiento de repulsión hacia los homosexuales, por lo que no era peligroso que la gente conociera a parejas del mismo sexo...

—¿A qué se debía tanta tolerancia?

—Los griegos tenían un ideal de belleza muy extenso y claro. Para ellos el hombre era el foco de la vida intelectual y por lo tanto el ser capaz de ayudar al desarrollo de la humanidad. Por eso cultivaban el cuerpo y la mente por igual.

Para instruir el cuerpo, los griegos crearon lo que hoy conocemos como gimnasios. Ellos crearon los centros deportivos donde podían perfeccionar su cuerpo, con fines diferentes a los actuales. Ellos buscaban la belleza artística, la admiración del cuerpo mas no el afán de estar delgado para poder sentirse aceptado en la sociedad y sentir la satisfacción de atraer sexualmente a sus semejantes. *Gymnasion* lo llamaban, de *gumnos*, que significa desnudo. ¿Te imaginas cómo sería el mundo actual si por cada libro que leyeras bajaras un kilo de peso?

Por lo tanto, nuestros amigos se dedicaron a educar a los jóvenes y a los niños, y los prepararon para alcanzar los ideales de vida griega —Alan prosiguió—. Y no es que existieran escuelas o colegios públicos, sino que cada muchacho tenía un consejero, un guardián, un amigo que se hacía responsable de la forma de vida de su discípulo, buscando que se convirtiera en un excelente ciudadano, un hombre bueno y bello. Por eso pasaban su tiempo entre debates públicos con hombres doctos y practicando la gimnasia. Era una educación integral.

—Una educación muy personalizada —agregó Linda—. En eso sí que eran avanzados. Hoy en día la educación es una fábrica inmutable que busca crear personas estándar.

—Y este amor por los jóvenes hizo posible que el talento intelectual de ellos fuera muy desarrollado y, por lo tanto, lograron que la cultura griega se convirtiera en la más importante hasta el día de hoy. Ese amor fue el soporte del desarrollo integral de los griegos. Es así como nació la *paederastia*.

—¿Cómo? ¿Abusaban de los niños? ¿Tenían relaciones sexuales con ellos? Pero eso es repugnante, infame, una desgracia. ¿Cómo puedes defender eso?

—Espera, no me has entendido. La pederastia, o pedofilia, significa amor por los jóvenes o los niños. Amor, nunca violación o abuso sexual. Eso es una difamación de los católicos que se expandió por todo el mundo. Para los griegos, la pedofilia era el mejor modo de resaltar la juventud, su mayor tesoro. Este amor que ellos profesaban buscaba el desarrollo del cuerpo y el alma de los jóvenes, y así fue como lograron mantener el poder del Estado griego y la supremacía en la guerra, en las ciencias, las artes, el deporte, la filosofía y la educación. Exaltaron el valor ético del hombre en la vida pública y privada. Es claro que en este modelo educativo griego nacieron relaciones amorosas entre maestros y alumnos, relaciones homosexuales que no necesariamente, tal vez nunca, llegaron al acto sexual, que es lo que estás pensando, sino que eran relaciones de verdadero amor, donde se buscaba el desarrollo intelectual y supremo del ser humano para mantener y mejorar la vida en sociedad. Yo sé que no es sencillo de entender, pero es cierto.

—Tú lo dijiste, es difícil de entender.

—Solo debes saber algo: la pederastia, el amor por los jóvenes y, si quieres, la homosexualidad, fueron las bases principales del inmenso desarrollo de los griegos, lo que los convirtió en la civilización más importante de la historia y los padres de nuestra cultura occidental.

29

La homosexualidad fue frecuente en la antigua Grecia, pero estaba fundamentada en el amor hacia los jóvenes, en la búsqueda del desarrollo máximo del ser humano. En Egipto, unos 4500 años antes, la pederastia estaba extendida hasta en los dioses, pero nunca como puro acceso carnal violento, lo cual es un delito y una depravación, sino como amor hacia los futuros gobernantes y formadores de la civilización.

—Vámonos, Linda —Alan subió al automóvil, acción que la agente emuló con prontitud—. A los ignorantes y a los fanáticos les costará reconocer que el pueblo que admitió y promovió el amor hacia los jóvenes fue el más exitoso del mundo. Y más aún, el origen de que hoy seamos lo que somos.

—¿A dónde vamos?

—Estamos a punto de terminar. Solo nos queda por descifrar el último párrafo. Tenemos el libro, el pasaje y las cuatro columnas.

Cuando encuentres el pasaje,
busca la relación carmesí.
En ΓΔΔ un registro debes buscar,
usando el número lo encontrarás.

—¿No te parece que debemos echarle una ojeada a las columnas? —Linda retó al médico.

—Pero, necesitamos una Biblia.

—Bueno, tú la compraste también.

Alan no lo recordaba, pero sintió alivio al hacerlo.

Mientras el médico franqueaba las calles de la ciudad sin rumbo definido pero dirigiéndose hacia el norte, la agente ubicó la primera cita bíblica contenida en el pasaje del libro rojo. Había sacado la Biblia de la misma bolsa negra que les había mostrado el secreto de la paloma. La primera base que sostenía el rechazo hacia los homosexuales se encontraba en el primer libro de la Biblia. Aquel que relataba los orígenes mitológicos del mundo según la tradición judía, escrito supuestamente por un tal Moisés, el salvador del pueblo judío. Su significado era acorde con su contenido y ubicación. El comienzo. El génesis.

Linda empezó a leer la cita.

Gn 19, 1-29 Cuando los dos ángeles llegaron a Sodoma, al atardecer, Lot estaba sentado a la puerta de la ciudad. Al verlos se levantó, fue a su encuentro, se postró rostro en tierra y les dijo: "Por favor, señores, venid a casa de vuestro siervo y pasad allí la noche; lavaos los pies, y mañana por la mañana seguiréis vuestro camino". Ellos le respondieron: "No; pasaremos la noche en la plaza".

Los primeros tres versículos fueron suficientes para que Linda y Downey reconocieran de inmediato la famosa historia que relataba el autor. No cabía la menor duda, era la historia de Sodoma y Gomorra. En las siguientes líneas se narraba que Lot logró convencer a los ángeles y los llevó a su casa, donde comieron y bebieron a gusto. Pero aconteció que los habitantes de la ciudad, *los sodomitas*, llegaron a casa de Lot ordenando que sacara a los visitantes de allí para que pudieran abusar de ellos. El humilde hombre salió y les pidió que no hicieran tal cosa, pues estaba dispuesto a entregar a sus hijas vírgenes para que les hicieran lo que quisieran. Entonces la muchedumbre se airó e irrumpió contra la casa de Lot, pero los ángeles salieron en su ayuda y lo rescataron mientras dejaban ciegos a todos los sodomitas. Los dos mensajeros del cielo le dijeron a Lot que huyera con su familia, pues tenían órdenes del Señor para destruir la ciudad, dado su horrible comportamiento. Al día siguiente, ayudados por los ángeles, Lot y su familia huyeron de la ciudad y el Señor envió azufre y fuego sobre Sodoma y Gomorra. La destrucción fue total.

—Ahí fue cuando la esposa de Lot miró hacia la ciudad destruida y se convirtió en sal —Linda recordaba la historia—. Pero, ¿qué puede estar mal aquí? Está claro, los sodomitas quisieron abusar de los ángeles, los querían violar.

—Puede ser, pero ya te dije, la interpretación es vital en estos casos. Es un texto de cientos de años antes de Cristo. Las cosas eran diferentes, muy diferentes.

—No lo sé. Lo único claro es que Dios destruyó las ciudades por su comportamiento obsceno. Por sus prácticas homosexuales depravadas.

—Ha sido tan grande la influencia de este pasaje, que a los homosexuales también se les dice sodomitas, despectivamente —calló Alan durante tres segundos—. ¿Qué dicen las otras tres?

La segunda base estaba en la Carta a los Romanos, uno de los libros escritos por San Pablo para los habitantes de la ciudad eterna, la capital y centro cultural del gran imperio que dominaba el mundo conocido. Era una acción bastante inteligente, ya que estaba enseñando la doctrina cristiana a los hombres que manejaban el planeta.

Rm 1, 24-27 Por eso Dios los abandonó a sus bajas pasiones y a la inmoralidad, de forma que ellos mismos degradan sus propios cuerpos; cambiaron la verdad de Dios por la mentira, y adoraron y dieron culto a la criatura en lugar de al creador, el cual es bendito por los siglos. Amén.

Por esto Dios los abandonó a sus pasiones vergonzosas; pues, por una parte, sus mujeres cambiaron las relaciones naturales del sexo por otras contra la naturaleza. Por otra, también los hombres, dejando las relaciones naturales con la mujer, se entregaron a la homosexualidad, hombres con hombres, cometiendo acciones vergonzosas y recibiendo en su propio cuerpo el castigo merecido por su extravío.

Era un pasaje que hablaba sobre el paganismo, la religión existente mucho antes del cristianismo. Al médico no le pareció ambiguo el significado del mensaje. Decidieron seguir adelante. La tercera base estaba en la primera Carta a los corintios, habitantes de una de las ciudades más importantes de la Antigua Grecia. Alan consideró que no podía ser una coincidencia que San Pablo y la Iglesia hubieran escrito en su campaña de evangelización con intención de llegar a los griegos, adoradores de múltiples dioses y pioneros de la ciencia.

Linda leyó en la introducción al libro que los verbos fornicar y "corintizar" eran sinónimos por aquellos años, dada la corrupción moral de aquel pueblo.

1 Co 6, 10 ni los lujuriosos, ni los idólatras, ni los adúlteros, ni los afeminados, ni los invertidos, ni los ladrones, ni los avaros, ni los borrachos, ni los difamadores, ni los salteadores heredarán el reino de Dios.

—Bastante explícito, ¿no? —Alan parecía aceptarlo.

La última excusa se encontraba en la primera Carta a Timoteo, también del honorable San Pablo. Esta vez dirigía sus enseñanzas a sus discípulos, en cambio de hacerlo a la humanidad entera.

1 Tm 1, 10 los lujuriosos, los homosexuales, los traficantes de esclavos, los mentirosos, los que juran en falso; en una palabra, para todo el que se opone a la santa doctrina.

—Nada tengo que decir. Hasta los comparan con traficantes de esclavos.

—Es concluyente, ¿no te parece? —Linda parecía apoyar ciegamente a los santos escritores.

—A primera vista, o mejor, lectura, lo es. Pero si el padre Licht dice que hay un error en esas bases, yo le creo. Era un hombre muy estudioso, académico.

—¡Pero era homosexual! Haría todo lo necesario por limpiar la imagen de sus iguales. Esto es muy subjetivo.

—Eso tenemos que averiguarlo. Solo nos queda seguir el camino que dejó. Es mi responsabilidad —miró a Linda a los ojos—. Nuestra responsabilidad.

—Tienes razón —Linda pareció estar parcialmente de acuerdo—. Creo que el capitán debería saber todo lo que hemos logrado.

Sacó su teléfono móvil y marcó al número del capitán Bazzani. Le contestó con prontitud y la agente le hizo un reporte detallado al jefe de policía sobre las pesquisas que el médico y ella estaban adelantando. El caso estaba empezando a tomar un rumbo definido, pero seguían en la misma situación; no sabían quién podía haber perpetrado el asesinato, pero por lo menos creían conocer las causas de ese fatídico crimen. Durante siglos, eones, la humanidad había degradado y maltratado a las personas que tenían un gusto *diferente* a la mayoría, y esto no solo aplicaba para las relaciones amorosas, sino para las ideas políticas, filosóficas, científicas y sociales. Pero las mentes radicales y fuera de lo común habían sido la bendición del planeta Tierra. Existía mucha maldad y envidia entre los humanos, pero parecía que una fuerza invisible crepitaba por el suelo ayudando a los grandes hombres a inmortalizar sus ideas.

—No, capitán. Nos falta descifrar la última parte. Habla de un número y también de un lugar donde debemos buscar, pero no hemos dado con el asunto.

Los dos minutos de charla le permitieron a Alan pensar con tranquilidad sobre el asunto. Una idea había acudido a su cerebro, pero no creyó que pudiera ser verdad.

—Linda, no le dijiste nada sobre el falo como símbolo religioso. Puede ser una teoría sobre el accionar de nuestro asesino.

—Es algo interesante, pero no hay pruebas concluyentes.

—Acabo de recordar algo. ¿Recuerdas a Zeus? Este tipo era hijo del dios Cronos, el amo y señor del tiempo. Ya sabes de donde viene el *cronómetro* y la *cronología*. En fin, Cronos se casó con Rea, su hermana, y tuvieron varios hijos, entre los cuales estaba Zeus, quien se convertiría en el máximo dios griego. Pero esto no es lo interesante. El abuelo de Zeus, es decir, el padre de Cronos, era el dios Urano, señor del cielo. En un evento desafortunado, Cronos le cortó el miembro viril a su padre, de donde salieron diversos espíritus de venganza, violencia y sangre. Entre ese enorme escape nació Afrodita, la diosa del amor.

—Lo de la venganza me impresiona, pero son especulaciones, Alan. Son datos interesantes, pero debemos enfocarnos en esto —señaló el papel con las claves, originando una arruga permanente en la hoja.

—Tienes razón, lo siento.

—¿Cuál es la relación carmesí?

—Abre el Catecismo en el pasaje.

Linda hizo caso y se quedó mirando la página. No vio nada extraño.

—La relación carmesí. ¿Ves algún número de color rojo? —Alan seguía con los ojos puestos sobre el asfalto que se metía entre el bosque del parque natural del oriente. La carretera empezó a rodearse de árboles verdes y gigantescos, que con su aguda punta lograban rasguñar el cielo. El bosque circundante era increíblemente denso, pues los troncos de cada árbol estaban muy juntos, como dos moléculas en un cuerpo sólido. El suelo cobrizo estaba bañado de millones de hilos desprendidos de los árboles, conformando un tapete natural de una belleza impecable. El olor a eucalipto invadía el aire y penetraba en el coche, refrescando los pulmones de la pareja.

—Sí, aquí, al lado del pasaje hay un número. ¿Pero qué significa?

—Se utiliza en los textos de este tipo. Son referencias.

En la orilla de la página y junto al texto estaba impreso un número en caracteres rojos. En realidad, casi todos los pasajes del libro tenían uno o más números a su lado, pero el párrafo que les interesaba solo tenía una referencia. Linda fue hasta el comienzo del libro y buscó la información que quería saber. La encontró en la página donde comenzaba el primer capítulo. En la parte inferior, en letra diminuta, decía que los números marginales indicaban los párrafos del texto con los que el pasaje tenía una correlación temática.

Dos mil trescientos treinta y tres. 2333.

Era la relación carmesí.

El número que debían usar. ¿Para qué?

—Tenemos que ir a ΓΔΔ, sea lo que sea —dijo la agente.

—Otra vez letras griegas. Tenemos que hacer lo mismo que en la contraseña inicial...

El teléfono de la agente empezó a sonar.

—Espera un momento. No olvides lo que ibas a decir —Linda agarró el teléfono y oprimió un botón—. Sí, Linda Brown —se dirigió a Alan—. Es del laboratorio forense. Parece que tienen algo —esperó unos segundos a que le hablaran desde el otro lado—. Sí, soy yo. ¿Ya los tienen? ¿Qué encontraron?

—¿Qué pasa, Linda?

—Sí, eso pensábamos. ¿Una mezcla? ¿De qué? —Alan empezó a sentir sus músculos rígidos. No podía enfocar la vista en la carretera, aunque era estrictamente necesario. Solo quería mirar a Linda—. Es un veneno mortal.

—Por favor, di algo.

—Repítame, por favor. Una mezcla de... opio —se dirigió a Alan, repitiendo los nombres que le daban desde el laboratorio—, cilantro... para ocultar el olor y ¿cómo dice?

—Por Dios, ¿qué le hicieron a Licht?

—No le entiendo... Si... ¿qué?

Un rayo repleto de carga eléctrica cruzó el sistema nervioso de Alan. No podía creerlo. ¿Podría ser posible?

—¿Cicuta? —dijo Alan.

Linda colgó. Con el ceño fruncido y la boca medio abierta se quedó mirando a Downey.

—¿Cómo lo sabes?

—Es que...

El retrovisor izquierdo del vehículo estalló en mil pedazos. Alan pegó un alarido tremendo. Giró rápidamente el volante hacia la derecha, llevando al automóvil muy cerca del final del asfalto y el comienzo del bosque. Hundió el freno y las llantas chillaron en un estrépito peligroso que dejó una estela de caucho sobre el suelo. Logró estabilizar el coche y disminuyó la marcha para averiguar qué había pasado, mientras Linda se acurrucaba en su asiento.

—¡No frenes! ¡Acelera! ¡Ya! Y ten cuidado con tu cabeza.

Alan no entendía nada. ¿Qué había pasado? De pronto miró a Linda y vio que sacaba de su costado izquierdo una pistola automática. El miedo recorrió su cuerpo, el pulso crecía exponencialmente y el frío era aterrador. Era la primera vez que veía un arma en vivo y en directo, pero eso no era lo que más le asustaba, pues estaba casi seguro de que también vería en acción aquel mecanismo. Con toda la fuerza que podían brindarle sus gemelos y los cuádriceps hundió la palanca que inyectó de gasolina el motor.

Afortunadamente la carretera estaba desolada.

Con un gesto temeroso puso sus ojos en el retrovisor interno y alcanzó a ver un auto negro que llevaba a un solitario pasajero. El tipo sacó su mano izquierda por la ventana, en la cual el médico puedo ver un pedazo alargado de metal que estaba sostenido por un guante de cuero negro.

Infortunadamente la carretera seguía desolada.

30

Sentir los pasos palpables de la muerte lleva a la mente a viajar en piloto automático para reconocer solo lo verdaderamente necesario y vital. Pero, ¿quién en el mundo sabe qué es verdadero? Todas las percepciones obtenidas de los sentidos, la base de nuestro conocimiento, son reflejos subjetivos de un mundo lleno de posibilidades.

El color verde de las ramas se distorsionaba debido a los ciento cincuenta kilómetros por hora que alcanzó el auto plateado. Alan parecía un hombre jorobado tratando de evitar la exposición de su cráneo a los ojos de un experto francotirador. Hundió el acelerador, pero en un estallido se reventó el vidrio trasero del Audi, haciendo que cerrara los ojos por un instante y perdiera temporalmente el control del coche. Linda bajó el vidrio y sacó su brazo apuntando hacia atrás, acto que fue seguido por una ráfaga de cinco disparos.

Alan pudo ver que algunas chispas aparecieron en el capó del auto negro, sin causarle algún daño importante. ¿Acaso no les enseñaban a ser certeros? El sudor apareció en su frente y el corazón estaba a punto de explotar por el excesivo flujo de sangre que estaba bombeando.

—¡Dale a la cabeza a ese hijo de puta!

Tres disparos más hicieron que el atacante llevara su auto hacia el carril izquierdo, por donde infrecuentemente venían los automóviles en sentido contrario. Hoy no era la excepción. ¿Qué demonios sucedía? ¿Por qué los atacaban de esa forma? ¿Querían el cuerpo de Linda? ¿O el suyo? Pero había otra opción ¿Tal vez el de ambos? Alan no creía haber damnificado a alguien con su trabajo y no veía razones para que lo desaparecieran del planeta. Tal vez desde ese lunes era objetivo de asesinos. Pero, ¿por qué?

El coche persecutor se adelantó un poco y alcanzó a tocar con la parte delantera el costado trasero de la bala de plata. El tipo sabía lo que hacía. Alan hundió el acelerador y logró apartarse un poco, pero tres segundos después volvieron a ser alcanzados por el auto asesino. El hombre se preparó para disparar. El médico bajó su cabeza y vio cómo el vidrio delantero se despedazaba.

Un disparo más dejó que el viento raudo penetrara de frente en el automóvil de Downey.

El miedo atrapó el cuerpo del médico.

El bosque empezó a darle paso a un terreno rocoso con poca vegetación y la llanura empezó a decaer en amplios abismos adornados con pequeños ríos y montañas amenazantes. El coche negro logró ubicarse al lado del auto del médico y, por un instante, Alan vio la cara risueña de un hombre apuntándole con gran pericia. Alan quedó congelado, esperando un proyectil que le atravesara su rostro. El índice derecho del asesino se recogió sobre el gatillo.

El Audi frenó de repente, dando una vuelta sobre sí mismo. El coche del asesino siguió en línea recta, pero logró frenar veinte metros más adelante. La pierna izquierda de la agente resultó metida entre las de Downey, en una forma bastante extraña, que en otra ocasión sería algo encantador.

—¡No te quedes mirándome! ¡Síguelo!

—¿Qué? Nos quiere matar...

—¡Por Dios! Estamos detrás de él, en mejor posición... tenemos que agarrarlo.

Alan hundió de nuevo el acelerador pero de mala gana. Estaba acercándose al hombre que quería matarlos. El plan de Linda no parecía tener buenos resultados, pues estaban alcanzando con rapidez al coche intacto. El tipo los estaba esperando. Linda sacó medio cuerpo del auto y empezó a disparar, esta vez con mayor precisión. El vidrio trasero voló en mil pedazos, lo que el asesino advirtió como una señal de alarma, pues aceleró y comenzó a mover el coche en *zigzag* de forma bastante habilidosa. La agente quería darle en la cabeza y logró apuntar con facilidad. Se dispuso a disparar, pero una curva cerrada a la derecha la obligó a meterse en el carro.

31

Con el freno hundido y la mirada en el espejo retrovisor, Plutons vigilaba al auto plateado que acababa de dar un giro peligroso. Estuvo a punto de conseguir su objetivo, pero no imaginó que el médico hubiera sido tan hábil en detener el vehículo. En aquellas situaciones, la víctima se petrificaba de miedo.

Esperó unos segundos y se alegró de que ahora su objetivo viajara hacia él. Inició la marcha y esperó a que el auto plateado estuviera cerca de él. Seguramente le dispararían con mejor puntería. Una sonrisa se dibujó en su rostro cuando vio a aquella diosa con un arma tratando de atinarle.

Tomó con brusquedad la curva que ascendía por la montaña y salió a una recta casi eterna. Era el lugar perfecto. No sabían lo que les tenía preparado.

32

Alan logró divisar la extensa recta que se iniciaba bajo sus pies y que parecía no tener fin. El automóvil oscuro se alejó del Audi, pero el médico pudo sacar todo el poder de aquella máquina que estaba recién estrenada. Con algunos vidrios rotos y uno que otro agujero, pero en definitiva de modelo actual. Linda aprovechó la gran oquedad que les había proporcionado el asesino en el vidrio delantero, para dirigir sus disparos sin tener que salir del auto. Las luces traseras del coche negro se rompieron y adornaron el asfalto con trozos brillantes de color rojo y blanco.

El asesino aceleró y movió un poco su automóvil hacia la derecha, tocando con las llantas de ese lado el polvo dorado que marcaba el fin del asfalto. Una gran nube de átomos de oro se introdujo en la bala de plata, obligando a Downey a dirigir su coche hacia el carril izquierdo. La agente aprovechó para disparar y estuvo certera. Los vidrios laterales estallaron y pudo ver cómo un proyectil se incrustaba en el brazo izquierdo del matón, con el cual sostenía el volante. El auto negro hizo una maniobra peligrosa y descontrolada que casi lo saca de la carretera, pero logró incorporarse de inmediato.

—¡Ponte al lado! —gritó Linda.

Con gran resistencia, Alan aceleró y puso la llanta delantera derecha contra la puerta izquierda de la parte trasera del auto asesino. Millones de chispas saltaron por el aire. De pronto, el asesino pasó el arma por su hombro izquierdo y dirigió una mirada instantánea hacia atrás, tratando de ubicar su objetivo. Mientras sostenía el volante con su mano izquierda algo lastimada, descargó tres balazos que llegaron al Audi.

Un grito escalofriante atravesó el paisaje. Linda se retorció en su silla con la mano izquierda sujetando el hombro contrario. La bala había atravesado la clavícula y se había alojado en el cojín impecable. Por fortuna, y como le habían enseñado, logró mantener el arma consigo.

—¡Dios mío!

—¡Sigue Alan! ¡Síguelo!

33

No esperaba aquella reacción. Plutons les había hecho comer polvo y pudo obligarlos a que tomaran el carril izquierdo. Los vidrios estallaron en su oído y no obstante su experiencia criminal, tuvo que maniobrar con riesgo sobre la arena al sentir esa punzada de dolor que atravesó su brazo izquierdo. No podía dejar que eso siguiera.

Cogió el arma que había dejado en el asiento del pasajero ausente y apuntó ciegamente hacia atrás. Lo había hecho muchas veces. No podía fallar. Apretó tres veces el gatillo y pudo ver cómo una estela de sangre salía del vehículo plateado. Una vez más se sintió orgulloso. El Audi se alejó un poco, pero volvió a la carga.

Una ojeada al tablero le mostró que iba a ciento veinte kilómetros por hora. Era una velocidad apropiada para hacerlo. Cuando el auto plateado se acercó por su izquierda, solo tuvo que cambiar de pedal.

34

El médico se acercó a gran velocidad, mientras Linda lograba manejar el intenso dolor. La agente se incorporó con gran valentía y apuntó a la llanta trasera que estaba cada vez más cercana. Un disparo bastaría para hacer que explotara y se volcara el vehículo. El Audi iba ganando terreno y Linda alistó su arma.

Una frenada intempestiva los sorprendió.

El instinto de reacción hizo que el médico girará bruscamente hacia la izquierda, pero no pudo evitar el choque. El Audi despedazó la parte trasera del corcel negro, pero también destruyó la luz delantera de la bala de plata y arrugó el capó con gran dolor. Hundió el freno y pudo mantener el carro en la carretera, pero la inercia hizo que adelantara al asesino. Mientras pasaban de largo al coche negro, vieron un arma que les apuntaba. Una ráfaga se descargó sobre el automóvil.

El asesino les había jugado la misma partida que ellos. Pero lo hizo con una habilidad increíble, ya que pudo dispararles al mismo tiempo que pasaban junto a él. Alan siguió acelerando, pero esta vez huyendo, como al principio. No sabía cuánto más soportaría su lujoso auto.

"Maldita sea, lo acababa de comprar", dijo entre dientes.

Vio al asesino acercándose por la derecha y esta vez hundió el acelerador hasta el fondo. Una explosión hizo saltar al automóvil. Chispas plateadas empezaron a surgir del suelo junto a un sonido metálico y caluroso. Otra explosión estremeció el vehículo, pero no dejó de acelerar. Ahora parecía que estuvieran pasando por un camino plagado de piedras y huecos, pues el movimiento del carro los lanzaba contra el techo sin ningún cuidado.

El maldito había disparado a los neumáticos. Ahora corrían a más de cien kilómetros por hora con la mitad de los recursos dinámicos. Linda se arrodilló sobre el asiento y con la vista hacia atrás empezó a disparar, pero le respondieron desde una posición bastante privilegiada que la obligó a resguardarse de nuevo.

—¿Qué hago? ¡Maldita sea!

Linda no supo responder.

De pronto el coche negro se acercó y tocó sutilmente la parte trasera del Audi, en una maniobra digna de una persecución policial exitosa, acción que provocó en la ya destartalada bala un giro peligroso. El automóvil no tenía control; aunque Alan hundió el freno y trataba de manejar el volante, no pudo evitar que se fueran sin remedio hacia la ladera que rodeaba la carretera.

35

La maniobra había salido tal como la había planeado. El médico había evitado el choque y siguió de largo, pero con ciertos daños materiales. Mientras observaba el coche cruzando junto a él, descargó varios disparos en busca de carne humana. Al parecer no había atinado esta vez.

Plutons se alegró al ver el Audi justo delante de él y se abalanzó para seguirlo. Esta vez su experiencia pesaría sobre ellos. La mujer trató de herirlo, pero él tenía una mejor posición. Después de obligarla a que se resguardara en su asiento, quiso terminar con todo de una vez. Disparó a las llantas, que explotaron con un sonido triunfal.

Aprovechó la desestabilización del vehículo para aplicar una de las técnicas que nunca fallaban cuando querías sacar un auto de combate. Con pericia logró que el lujoso auto girara sobre sí mismo y se saliera de la carretera.

Una sonrisa adornó su rostro mientras disminuía la velocidad gradualmente. No quería perderse el espectáculo.

36

Una pendiente de dos kilómetros bajaba desde la carretera y terminaba en las faldas de una montaña rocosa famosa por sus cuevas y su vegetación. El terreno no era del todo plano, pero estaba lo suficientemente llano para permitir que el Audi bajara a gran velocidad sin riesgo de volcamiento. Alan veía pasar árboles y pequeños arbustos mientras el auto caía gracias a la fuerza de gravedad que le ganaba de lejos a la de rozamiento. Linda se metió en el hueco que había delante de la silla, justo donde se colocaban los pies. El médico esperaba que no dieran de frente contra un árbol.

Mientras el auto se acababa de despedazar, Alan trató de orar por su vida y la de su compañera. La adrenalina estaba a punto de producirle un infarto; sus conocimientos de medicina no servían de nada en este caso. Era una ciencia exclusiva para los demás, nunca para el propio médico.

Las bolsas de aire se activaron y el médico casi se asfixia cuando el plástico le tapó toda la cara. Nunca había imaginado morir en un accidente de tránsito. De repente el auto chocó contra lo que parecía un muro y se detuvo en seco. El médico seguía con sus brazos enredados sobre su cráneo, buscando proteger el mayor tesoro de un ser humano: su cerebro.

Estuvo en esa posición durante treinta segundos.

—Alan, ¿estás bien? —la agente apareció tras la bolsa de aire. El médico no dijo nada— Di algo.

—Creo que me oriné.

—Larguémonos de acá.

—Déjame descansar un poco.

—Alan, ese tipo va a volver. Nos quiere matar. ¡Vámonos!

La pareja bajó del auto y sus pies se mojaron de inmediato. El coche se había detenido en la mitad de un pequeño río que corría por las faldas de la montaña que se alzaba con magnificencia sobre sus cabezas. Alan por fin pudo observar su automóvil y se desilusionó al ver todas las latas retorcidas y los vidrios rotos. El baúl estaba medio abierto. Se acercó y lo abrió de una patada. Sacó un pequeño maletín rojo y volvió donde Linda.

—Pensé que nunca lo utilizaría —le dijo a la agente.

—¿Qué es?

—Necesitas ayuda —señaló el hombro ensangrentado de Linda.

El ruido de un motor se escuchó a lo lejos. Alzaron sus cabezas y vieron un auto negro que frenaba en la orilla de la ladera. Una puerta que se cerraba los asustó.

—¡Vámonos!

Linda cogió la mano de Alan y salieron corriendo entre los árboles hacia la montaña vecina. Subieron por una colina pedregosa y amarillenta que los condujo hacia unas cuevas muy tenebrosas. Linda se metió en uno de los túneles y siguió corriendo sin soltar al médico. La luz era escasa pero suficiente para observar el suelo y las paredes. El agua goteaba por todas partes y el olor a humedad combinado con podredumbre irritó las fosas nasales de Downey.

De pronto una pequeña luz apareció a lo lejos. Una salida. Agarrados de las manos, corrieron sin parar, hasta que alcanzaron la salida que daba al otro lado de la montaña. Desde ahí pudieron observar gran parte de la ciudad que tanto extrañaba Alan. Con el saco sucio, la camisa rota, el pantalón mojado y la corbata a medio poner, Alan sintió gran júbilo. Nunca había sentido tanta felicidad al ver una cantidad increíble de casas y edificios juntos.

—¿Y ahora?

—Si seguimos caminando llegaremos a la carretera estatal. Podremos conseguir algún transporte —Linda calmó al médico.

—¡Mierda! Dejé el teléfono en el carro.

—Yo, igual. Pero también dejamos los libros, el mensaje y las claves de Licht.

—*¡Maldito hijo de puta!*

—Por lo menos estamos vivos.

Linda tenía razón.

37

Plutons llegó exhausto a la escena del crimen. Con su pistola siempre lista, se acercó a lo que quedaba del automóvil. Revisó cada milímetro del coche y con su vista indagadora examinó el terreno circundante. Habían escapado. Por lo menos la mujer estaba herida. Y con el accidente habrían sufrido golpes también. No estarían lejos.

Algo llamó su atención. Una bolsa negra con dos libros y unos cuantos papeles. Cuando los revisó supo que era algo importante. Esto iba a ser de utilidad para encontrar a la pareja. Sacó su teléfono móvil.

—Soy yo, Plutons. No, los malditos sobrevivieron. Pero deben estar muy asustados —escuchó con atención—. No se preocupe, tengo algo que podría interesarle. Tal vez nos sirva para dar con ellos. Parece una clave secreta. Sí, señor. Con gusto. No volveré a fallarle.

38

Los cerdos interrumpían la conversación con sus raros sonidos. El olor tampoco era muy agradable, pero aquel viejo camión acostumbrado a transportar piaras fue el único medio de transporte que encontraron para volver a la ciudad. Los dos iban sentados sobre las tablas de la parte posterior, compartiendo la vista citadina con los animales enjaulados. Alan estaba terminando la curación del hombro de la agente, gracias al milagroso maletín de primeros auxilios que sacó del automóvil.

—Duele mucho.

—¿Nunca te habían disparado? —Alan colocó un vendaje.

—No, es la primera vez.

—Ojalá sea la última, también.

El dolor había pasado un poco pero la duda crecía en la mente de ambos. ¿Quién quería matarlos? ¿Por qué? Lo más seguro era que el caso Licht estaba en la mitad de todo eso.

—¿Sería el asesino de Licht? —el médico quería conocer la opinión de la policía.

—No imagino otra cosa. Pero, ¿cómo dio con nosotros?

—Tal vez nos siguió.

—Esto se pone cada vez más extraño —un suspiró alivió más a Linda. Mientras admiraban la belleza de los bosques algo llegó a su cabeza—. Alan, ¿cómo supiste lo de la cicuta?

—Por Dios, no lo recordaba.

—Sí, fue el veneno que utilizaron para sedar a Licht.

—Esto es increíble. ¿Has escuchado hablar de un tal Sócrates?

—Sí, claro. En el colegio. Un filósofo griego, ¿cierto?

—El mejor de todos —aclaró Alan.

—Solo recuerdo una cosa: *Conócete a ti mismo*. Una frase muy famosa.

Gnóthi seautón.

—Es cierto. Es una frase que hizo famosa Sócrates, pero en realidad no es de su autoría. Estaba escrita en el frente del templo de Delfos, en Grecia.

—Háblame de él.

—Sócrates era un filósofo, como bien dijiste. El mejor de todos. Tal es su importancia que los expertos clasifican a los demás pensadores como presocráticos o socráticos. Algo así como antes y después de Jesucristo. Pero Sócrates vivió unos cuatrocientos años antes que él. Si mal no recuerdo fue entre el 469 y el 399 a.C. Vivía en Atenas, el centro cultural de la Antigua Grecia.

—¿Y qué pasó con él?

—Bueno, ya sabes cómo es el mundo en que vivimos. Sócrates fue el precursor de lo que podemos llamar la ética. Aunque reconocía en la ciencia un valioso conocimiento para el desarrollo humano, pensaba que el hombre primero debía ser un buen ciudadano, un excelente hombre, digno de respeto y admiración. Sus críticas a las instituciones políticas y religiosas de Grecia eran muy justificadas, ya que la corrupción y la iniquidad también existían en esa época. Por esto y muchas otras cosas fue arrestado y juzgado por los supuestamente hombres de leyes.

—¿Por qué? ¿Qué había hecho?

—Sócrates fue llevado ante un tribunal bastante numeroso. Había tres ciudadanos, tal vez sobornados, que lo acusaron infamemente. Ellos eran Anito, Licón y Melito. La primera acusación que le hicieron fue que era impío, pues según ellos tenía una curiosidad criminal, por la cual quería penetrar en lo que pasaba en los cielos y en la tierra, y que además convertía en buena una mala causa. Y a eso agrégale que quería enseñar sus doctrinas. Todo esto lo dijeron porque no creían que fuera el hombre más sabio de todo el mundo, como lo afirmó el oráculo de Delfos.

—Era peligroso que el hombre más sabio criticara el poder político y religioso —agregó Linda.

—Correcto. La historia se repite siempre. Pues Sócrates, quien pudo defenderse con su lengua, dijo ante el tribunal que tal sabiduría no existía. Para comprobarlo se fue a dialogar con los hombres que él consideraba mucho más sabios y se llevó una gran sorpresa. Primero fue con hombres del gobierno, y sólo encontró altivez y pedantería. Después fue con los poetas, y ninguno dio razón del objetivo y significado de sus propios escritos. Siguió con los artistas y después con los extranjeros. A cada uno de ellos les preguntaba miles de cosas, buscando la razón del porqué se creían sabedores de su correspondiente ciencia, y reconoció que ninguno sabía nada, pero se jactaban de que lo sabían todo. Descubrió la ignorancia de todos los demás. En cambio, él no sabía nada y así lo reconocía. Lo resumió en una frase: *"ellos creen saberlo todo, aunque no sepan nada, y yo, no sabiendo nada, creo no saber"*. Es una sabiduría gigante, ¿no te parece?

—Empiezo a comprender. *Sólo sé que nada sé.*

¿No es una ignorancia vergonzante creer conocer una cosa que no se conoce?, decía Sócrates.

—Es algo muy inteligente. Reconocer la ignorancia es la mayor sabiduría. Pues bien, ante tal argumento, el tribunal no tuvo con qué responder. Pero ya sabes que la maldad anda suelta y el maldito de Melito arremetió con una nueva acusación.

—¿Qué dijo?

—Dijo que Sócrates corrompía a los jóvenes y que además no creía en los dioses del Estado y los reemplazaba con otras divinidades llamadas 'demonios'.

—¿Qué dijo el viejo Sócrates?

—Su sabiduría no tenía límites. Dijo que lo acusaban de no creer en los dioses, pero aseguró que era un creyente fiel de Zeus y sus hijos. Si supuestamente no creía en los dioses, pero sí creía en demonios, que también eran dioses, pues sí creía en los dioses y por lo tanto Melito se contradecía. Así derrumbó toda la acusación de Melito, excepto lo de los jóvenes.

—¿Sí los corrompía?

—No, en absoluto. Su defensa fue más difícil de demostrar. Solo se sabe que Sócrates dio un discurso hermoso donde promulgaba que los jóvenes que lo acompañaban eran hombres virtuosos y admirables. Que lo único que les había enseñado era que debían trabajar para formar un alma en grado máximo buena. Que amontonar riquezas, adquirir crédito y honores, así como despreciar la verdad, eran los fines más perversos que un hombre podía desear. Que la virtud trae riqueza, pero no al contrario.

Después dijo que Dios le había encomendado la tarea de corregir y enseñar a sus semejantes, pero también vaticinó que sus acusadores lo condenarían. Es parecida a la historia de tu amigo judío, ¿no? Al final solo tuvo una frase para sus interlocutores: *Una vida sin examen no es vida.*

—¿Lo condenaron?

—Había quinientos cincuenta y seis jueces escuchándolo —Linda abrió los ojos—. Sí, es un número grande. Hicieron la votación respectiva y el resultado fue reñido. Doscientos setenta y cinco lo absolvieron de los cargos, pero doscientos ochenta y uno lo condenaron. Seis miserables votos.

—¿Cuál era la condena?

—En esa época, tú como condenado tenías la posibilidad de escoger la condena. Podía ser prisión perpetua, una multa económica o el destierro. Sócrates eligió la multa, pues según él le traía el menor perjuicio. Pero ese juicio no era como los demás. Ya sabes, estaban condenando a alguien importante, o más bien a un estorbo para los corruptos. Así que los jueces decidieron condenarlo a muerte.

Atenas condenó a Sócrates por corromper a la juventud.

Tennessee condenó a Scopes por enseñar la evolución.

El Vaticano condenó a Galileo por crear ciencia.

—Dios mío.

—Sí. Pero tal muerte lo convirtió en un hombre más sabio e importante aún, igual que a tu amigo. Fue sencillo. Una copa llena de cicuta que bebió de buena gana. Así murió el hombre más sabio de la historia. El hombre que era consciente de su propia ignorancia.

—Todo esto tiene sentido. Un hombre, griego, que muere envenenado con cicuta. Pero muchos habrán muerto de esa forma. No podemos asociarlo con Licht.

—Claro que sí. Es cierto, la cicuta era común en la Antigua Grecia, pero Sócrates es un personaje especial.

—Pues sí, era muy famoso.

—Claro. Y también era homosexual.

—¿Cómo? ¿Qué estás diciendo?

—Así como lo oyes. Fue el hombre que apoyó la pederastia, inculcó el amor por los niños hacia la filosofía, la justicia, la virtud, la piedad y el alma. Tal vez sea el primer homosexual reconocido de la humanidad.

—No te puedo creer.

—Pues créelo. Es más, uno de sus amores y su compañero fiel fue nada más y nada menos que su mejor discípulo. El filósofo más célebre de la historia.

—¿Quién?

—El gran Platón.

—Por favor, no estás hablando en serio.

—Claro que sí. Te cuesta creerlo, pero debes hacerlo. El hombre más sabio de la historia era homosexual —Linda lo miró derrotada—. Y parece que hay un Melito suelto en esta ciudad.

39

Licht murió como Sócrates.

Homosexuales, sabios. Parecían sinónimos, pues el resultado era el mismo. Rechazo y condenación. El asesino había utilizado el mismo veneno con el que Sócrates, el hombre más sabio, había sido condenado a muerte. Por lo visto tenía todo muy bien planeado. Seguramente quería mostrarle al mundo cómo se repetía la historia en hombres que estaban ubicados un escalón por encima de los mortales. Pero el asesino no mataba por temor a la sabiduría, como los gobernantes atenienses, sino para silenciar una voz que había descubierto algo en las sagradas escrituras. Algo sobre el amor entre personas del mismo sexo. Algo que Licht, al parecer, también sentía en su alma y su cerebro.

Habían llegado de nuevo a la gran ciudad. El criador de cerdos los dejó en una calle muy visitada por hombres y mujeres de todas las edades, donde las casas de piedra gris con techos de barro naranja bordeaban los caminos asfaltados y delineados con gran hermosura. Sus atuendos no estaban tan aliñados como ambos querrían, Linda, por su instinto femenino, y Alan, por su extremo gusto por la elegancia, pero la gente que pasaba junto a ellos no les prestaba ni una pizca de atención a sus vestimentas tan diferentes. Afortunadamente, la curación había ocultado el rastro rojo en la ropa de la agente, que ahora llevaba encima una pequeña chaqueta que el hombre del camión les regaló.

Se dirigieron hacia una de las esquinas de la calle, donde un hombre anciano sentado al lado de un poste de luz mostraba sobre una pequeña mesa de plástico varios teléfonos móviles que estaban asegurados con ligeras cadenas al cinturón del abuelo. En un pequeño aviso, rudimentario y hecho a mano, se podía leer con claridad el oficio de aquel hombre. Facilitaba la comunicación electromagnética entre los hombres. Linda se acercó y le pidió uno de los aparatos y marcó un número de teléfono, pero desistió al dirigir su mirada hacia la mitad de la siguiente calle.

Un automóvil blanco con manchas verdes que estaba estacionado en frente de una droguería le produjo cierto alivio. Tomó de nuevo al médico de la mano, después de entregarle el aparato al anciano, y se apresuró hacia aquel auto. Alan no entendía nada, pero al darse cuenta de hacia dónde se dirigían, lo comprendió todo. O eso creía. Las enormes letras pintadas en las puertas laterales lo decían todo. Linda se quedó de pie junto al carro, en la orilla de la acera, esperando al propietario. Medio minuto después apareció un hombre excesivamente delgado, que tuvo que salir agachado por la puerta de la droguería. Llevaba una camisa clara de manga corta metida entre unos pantalones que concordaban con el verde del coche. Alan pensó por un momento que se trataba de un caso moderado de acromegalia, una enfermedad que se producía por una orden cerebral inadecuada que hacía producir en cantidades enormes la hormona encargada del crecimiento corporal. Un pedazo de metal brillaba sobre su corazón y el quepis ocultaba un cráneo enorme con cabello rubio.

—¿En qué les puedo servir? —su voz era extraña. Alan identificó enseguida el acento ruso.

—¿Cómo está, oficial? —el hombre asintió sin musitar palabra—. Soy la agente Brown, de homicidios —Linda le mostró su placa, que llevaba escondida en la falda. Ambos hombres miraron, esperando encontrar algo más—. Necesito que me ayude.

—Claro. Con gusto.

—Estamos resolviendo un caso. Un hombre, tal vez el asesino, nos atacó hace poco en la carretera. Necesito que me preste su radioteléfono.

—Seguro. Súbanse.

El rubio se sentó en el puesto del piloto y Linda lo acompañó en el asiento contiguo. Alan se conformó con ir en la parte trasera. El policía tomó el radio y oprimió un botón. Después solicitó la ayuda de la operadora.

—¿A quién necesita, agente?

—Al jefe de homicidios, el capitán...

—Oh, no me diga. ¿Su jefe es *Garganta Floja*? —una carcajada resonó en el vehículo, la cual fue bien acompañada por el médico.

—¿Cómo dice?

—Disculpe, agente Brown. Así es como lo conocemos los policías. Creo que es el único que no lo sabe. Y al parecer usted tampoco lo sabía. Lo siento.

—No, no se preocupe.

Una voz robótica, como la que Alan escuchó por la mañana, habló por el radio.

—*¿Qué servicio solicita, oficial?*

—Tengo a una agente de homicidios en mi auto. Dice tener información de un caso importante. Necesita hablar con Bazzani.

—*Un momento.*

Medio minuto después se entabló la comunicación.

—*Linda, ¿eres tú?*

—Sí, capitán. Qué bueno encontrarlo. Necesito de su ayuda.

La agente le comentó con detalles la persecución y el paseo cercano que tuvieron con la muerte. El capitán no dijo una sola palabra. Parecía que el caso se estaba complicando y el médico pensó que *Garganta Floja* tal vez estuviera arrepintiéndose de haber asignado a una mujer a este lío.

—*Vamos a buscar ese... vehículo, Linda. ¿Cómo van con... la búsqueda?*

—Estamos en eso, capitán. No sabemos qué sigue.

—*De acuerdo... Oficial, por favor hágase cargo del... transporte y el cuidado de... estas dos personas. ¿Comprendido?*

—Con gusto, señor —contestó el gigante.

El coche iba a media velocidad. Ir en un carro de policía acompañado de un hombre armado que parecía traído de otro planeta le daba un poco de seguridad al médico. Bajó el vidrio y el aire cálido de la tarde rebotó en su cara. Tenía ganas de dormir, pero desde aquel disparo que destruyó el espejo de su auto nuevo no podía pegar el ojo. Además, Licht seguía en sus pensamientos. Sócrates, Grecia, la homosexualidad, el cerebro. ¿Podría ser una casualidad?

—¿Por qué tan pensativo, Alan? —la agente volteó su cabeza para mirar al médico.

—Trato de entender este lío.

—Y díganme, ¿hacia dónde nos dirigimos? —el policía quería saber hacia dónde debía llevar el coche. Linda hizo un gesto de cuestionamiento a Downey.

— ΓΔΔ. Gamma, Delta, Delta. Como te decía antes de que nos dispararan, son otra vez letras griegas...

—Y debemos seguir el patrón definido por Licht en la contraseña inicial —agregó Linda.

—Es lo más probable.

—Entonces, Gamma, Delta y Delta son iniciales. ¿Corresponden a GDD? —preguntó la agente ante la mirada dubitativa del gigante.

—Aprendes rápido... Así es.

—¿Y qué significa GDD?

En ΓΔΔ un registro debes buscar.

—Un registro... —Alan seguía cavilando sobre las posibilidades—. El número de la relación carmesí: dos mil trescientos treinta y tres. Debe ser un lugar que guarde documentos o algún tipo de información clasificada por números.

—Hay cientos de bibliotecas en la ciudad —interrumpió Linda—. Sería imposible encontrar la correcta, no tenemos tiempo. ¿Existe alguna librería especializada en Grecia?

Linda dio en el clavo. El médico ajustó su perspectiva.

—¡Eso es! ¡La letra inicial debe referirse a Grecia! ¡Literalmente!

—¿Conoces algún lugar que se adapte a esa descripción?

—El *Greek Development Department*. Departamento para el Desarrollo Griego. Es algo coherente, ¿no? Es una parte del ministerio de cultura de Grecia.

—¿Vamos a Grecia?

—No, no te preocupes. En cada embajada hay una oficina de ese departamento. Tienen una extensa biblioteca sobre información griega.

—Pues bien, oficial, vamos a la embajada de Grecia.

—Con gusto, agente Brown.

El gigante aceleró con cautela y giró a la derecha para tomar la vía central de la ciudad. Tendrían que hacer un viaje largo, ya que la embajada quedaba al otro lado de la gran metrópoli. Una oportunidad para descansar. Alan se recostó de forma extraña sobre la silla trasera, como un niño de seis años que no tiene la vigilancia acusadora de sus padres, mientras clavaba su vista en el cielo y los edificios iban pasando frente a ellos. Seguía buscando la raíz de todo el problema. Las coincidencias eran abrumadoras.

Linda lo sacó de su cavilación.

—Alan, has estudiado el tema, ¿cierto?

—¿Perdón?

—La homosexualidad. Dijiste que alguna vez la habías estudiado científicamente —el gigante hizo una mueca de sorpresa. "¿Están locos estos tipos?", pensó.

—Sí, lo hice. Mi trabajo ha sido de lo más variado. Ya te lo he dicho, el cerebro es la máquina más poderosa del universo.

—¿Estabas desarrollando algo relacionado?

—No, antes de que renunciara esta mañana a mi trabajo, estábamos trabajando en un proyecto relacionado. Se llama Chadar —Linda frunció el ceño—. Yo nombraba todos los proyectos que lideraba. Siempre utilizaba los nombres de personajes históricos y relevantes para el desarrollo de la ciencia. A este le puse así para hacerle honor a Charles Darwin.

—El tipo de *El origen de las especies.* El de los monos, ¿cierto? —el oficial parecía interesado.

—Hoy, gracias a Chadar y a otros proyectos parecidos sabemos que el pariente vivo más cercano que tenemos es el chimpancé y no el gorila, como antes se pensaba.

—De eso no me cabe la menor duda —Linda recordó experiencias pasadas con personas insensatas—. ¿Algo más que estuvieras trabajando?

—También estábamos ahondando en la teoría de las inteligencias múltiples de Howard Gardner. Según él, cosa que me parece correcta, no hay personas más inteligentes que otras, sencillamente cada una tiene zonas del cerebro mejor desarrolladas. Hay quienes tienen una inteligencia matemática enorme, otros que son más bien emocionales, a algunos se les facilita la parte lingüística como los escritores y poetas, que además utilizan ambos hemisferios del cerebro. Otros son naturalistas porque son amantes de la madre Tierra, algunos tienen habilidad musical y otros tienen un gran talento para las actividades corporales, como los deportistas. La genética juega un rol importante en la herencia de estas habilidades, pero aún no se ha descubierto con certeza qué es lo que hace que cada uno de nosotros tenga un tipo de inteligencia más desarrollada. Creo que sería importante hacerlo, pues imagínate el gran cambio que experimentaría el mundo si cada persona descubriera y se dedicara con ahínco a las actividades en las que tiene talento, a lo que le gusta. Sería un gran avance no solo en la ciencia, sino para los sistemas educativos.

—Ya comprendo lo que dices. La máquina más poderosa del mundo.

—Carl Sagan dijo que cada cerebro humano puede almacenar información que llenaría unos veinte millones de libros, como una de las bibliotecas más grandes del mundo —Alan sonrió. Linda y el policía no podían creerlo.

Los tres iban callados durante el viaje que estaba por terminar. El gigantón entró por una calle angosta pero hermosa, adornada con miles de flores y árboles naranjas y amarillos en las orillas de las aceras. Las casas eran inmensas y estaban a solo un poco de poder ser mansiones. Decenas de carros lujosos y una actividad humana casi nula había en aquel sector residencial. El policía aminoró la velocidad para escrutar con rapidez las casas que se alzaban a lado y lado de la vía.

—¡Es allí! —gritó Alan mientras señalaba con un dedo.

Una bandera colgaba de la entrada principal de ese lujoso palacio terrenal. Las barras horizontales blancas y azules rodeaban a una pequeña cruz blanca ubicada en el extremo superior izquierdo. El policía estacionó en frente del edificio y apagó el motor. Linda y Alan bajaron del coche, pero la agente decidió pedirle al oficial que se quedara vigilando en el automóvil.

La pareja se paró frente al portón de acero y ambos dirigieron la mirada hacia la bandera ondeante. Debajo de la tela colorida había una placa en bronce que contenía unas frases extrañas.

Hellas-República Helénica.

—Pensé que íbamos a la embajada griega. ¿Qué país es Hellas? —Linda señaló la placa.

—Es el nombre oficial de Grecia. En la antigüedad, el territorio que hoy conocemos como Grecia se llamaba Hélade. *Hellas,* en griego. De ahí su nombre original. Después el término se utilizó para referirse a esta civilización, y se adoptó la palabra *helénico.*

Debajo de aquel nombre, ahora conocido por Linda, había unos caracteres singulares. Como los de Licht. A la agente le pareció casi una comedia el que se encontraran con letras griegas de nuevo.

Ελευθερια ή Θανατος .

—*Eleuteria é Tánatos* —leyó Downey—. Es el lema oficial de Grecia. Libertad o muerte. Ahora entiendo la unidad que tenía Licht con los griegos.

—Libertad o muerte —repitió Linda—. Bastante idóneo para el sacerdote.

Ambos se acercaron a la puerta y Alan oprimió un interruptor blanco que estaba pegado a la pared. Una voz les preguntó el motivo de su visita y el médico respondió lacónicamente. Tenían que esperar un momento para que un funcionario les abriera.

—Muchos creen, erróneamente, que el término *Helénica* se refiere a Helena de Esparta —susurró Alan para sí mismo.

La puerta se abrió y un hombre los invitó a seguir. Atravesaron un jardín abarrotado de flores rosadas y moradas sobre un césped verde.

Empezaron a caminar sobre un tapete azul con dos líneas blancas a cada lado. El sendero real los condujo a un vestíbulo amplio que estaba gobernado por un mueble alto en madera lacada. Detrás de aquella pieza hecha a mano se encontraba una mujer delgada y con rostro blanco y cadavérico. El médico se acercó con una sonrisa.

—Disculpe, ¿dónde está el Departamento de Desarrollo?

—Con gusto, señor. Siga hasta el fondo y voltee a la izquierda.

—Gracias —dijo el médico.

Linda se apresuró y le tomó dos metros de ventaja a Alan. Llegaron a una pared color crema de la que colgaba un cuadro torcido que mostraba el mapa griego con todas las ciudades. Era una silueta extraña. Linda se convenció aún más de que tenía que ser un pueblo especial. Ingresaron a una sala pequeña con vitrinas colgadas en todas las paredes, tras las cuales se resguardaban miles de libros intactos. El tapete en esta zona era rojo como la sangre derramada.

Un hombre de cabello abundante y barba de pirata, ambos de color blanco, le produjo un lapsus mental a Alan. Por un momento creyó ver a Sócrates reencarnado. Se acercaron con elegancia hacia el escritorio donde estaba leyendo un tomo de gran tamaño.

—Perdón —el hombre alzó la vista—. ¿Cómo está? Estoy buscando un libro.

—Oh, bienvenido —el hombre se puso de pie—. ¿Qué desea averiguar de nuestra hermosa Grecia?

—En verdad no lo sé —el viejo entrecerró los ojos—. Me dieron un número de registro. Debe ser la identificación de un volumen.

—No, no lo creo.

—¿Por qué? —dijo Linda.

—Mire, señorita, aquí tenemos una gran cantidad de información de Grecia. Todo lo que quiera saber está acá. Pero nada tiene un número asociado.

—¿Está seguro? —preguntó Alan. Al viejo no pareció gustarle la pregunta.

—Por supuesto. Llevo años en esta oficina, conozco cada papel que pueden ver —señaló las paredes con un movimiento circular—. Aquí no hay números ni letras para identificar los libros. Todo está ordenado por temas, y los libros se disponen en orden alfabético.

La agente y el médico cruzaron miradas.

—Creí que GDD se refería a este departamento —le dijo el médico a la aparente reencarnación de Sócrates.

—Así es, este es.

—Gamma, Delta, Delta —susurró Alan.

—Le gusta nuestro idioma, ¿cierto? Prefiero usar el alfabeto occidental. No se presta a confusiones.

—¿Por qué lo dice? —preguntó Linda.

—Querida, me gusta la unidad, el orden, la estandarización. Si escribes una gamma en griego, tal vez no sepas si es una G o una C. Es mejor escribir sin ambivalencia.

Alan lo comprendió. Gamma era la madre de la letra C, quien a su vez generó a G. Tenían raíces iguales.

—Soy un estúpido.

—¿Qué pasa, joven? —el viejo se preocupó un poco.

—Señor, ¿conoce algún sitio con las siglas CDD? —esperaba que el anciano tuviera idea de algo.

—Claro, como no saberlo. El *Culture Digital Documents,* un lugar hermoso para nosotros los investigadores y amantes de la historia.

Igual que Licht, pensó Alan.

—¿Está seguro? ¿No hay otros con esas siglas?

—Tal vez sí, joven. Pero en ese lugar seguro encuentras lo que buscas.

—¿Por qué lo cree?

—Allá sí manejan los registros numéricos de los que hablas.

Los Documentos Digitales de la Cultura era un instituto metido en un edificio que tenía cientos de años de antigüedad. Había servido como centro de reuniones de famosos escritores y políticos en épocas remotas. Dada su importancia intelectual e influencia, fue convertido en sede del ministerio de cultura y años después pasó a ser el centro de información histórica más grande del continente. Sus seis plantas albergaban siglos y siglos de historia detallada sin límite, pues se podía volver al pasado con una claridad abrumadora. No había un solo registro en papel. Las políticas ambientales y la eficiencia en espacio eran pilares en el gobierno central. Toda la información era magnética, digital.

Afortunadamente el edificio estaba a unas diez calles de la embajada helénica. Solo les tomó cinco minutos llegar a sus puertas principales. El gigante esperó de nuevo en el automóvil mientras la pareja continuaba con las pesquisas. Mármol blanco forraba toda la fachada de la construcción y los vidrios negros no solo evitaban el paso del calor solar, sino que permitían privacidad a los visitantes. Alan empujó la puerta de vidrio que daba acceso a la primera planta del edificio. Un aire frío lo golpeó sin aviso.

—Qué frío hace aquí.

—Es apropiado para los enormes servidores y computadoras que tienen —la agente parecía conocer la tecnología mucho mejor que el médico.

Un pequeño aviso pegado en la pared les mostró el lugar a donde debían ir. El tercer piso era el correcto. Consulta de documentos. Ambos se dirigieron una mirada de complicidad y subieron corriendo por las escaleras.

—Espero que el maldito no nos haya ganado —gimió Alan al hablar mientras subían.

—¿Qué dices?

—Recuerda que dejamos los papeles en el auto. Si ha matado a la forma griega, tal vez pueda descubrir lo mismo que nosotros.

—¡Rayos! Apurémonos.

El tercer piso estaba completamente solo. El único movimiento humano lo emitía un joven que llenaba un crucigrama sobre un escritorio de vidrio. Al parecer ya a nadie le interesaba la historia y la cultura. El joven se sorprendió cuando vio dos almas caminando por su piso y clavó sus ojos en Linda. Sería un regalo inesperado, pensó el médico.

—Buenas tardes —dijo el jovencito, dirigiéndose sólo a Linda.

—¿Cómo estás? —respondió Alan con firmeza.

—Bien, gracias. ¿En qué les puedo ayudar?

—Buscamos un registro. Información.

—Claro. ¿Algún tema en especial? ¿Historias de amor? —miró a los dos.

—Tenemos un número. Queremos ese documento —dijo Linda con una sonrisa.

—Por supuesto. ¿Cuál es?

—Dos mil trescientos treinta y tres. ¿Lo tienes?

—Déjeme verificar —el tipo tecleó los números en la computadora que tenía al lado y esperó unos segundos. Alan zapateaba sobre el piso brillante—. Sí, aquí está. Dos mil trescientos treinta y tres. Qué raro.

—¿Qué? —dijo Linda.

—No tiene muchos datos. No tiene autor, datos del contenido, nada. ¿Seguro lo quieren?

La pareja sonrió.

—Por supuesto —corearon al unísono.

El muchacho abrió la puerta que estaba a sus espaldas e ingresó a un cuarto inmenso, según pudo observar Alan. Alcanzó a ver un estante inmenso colmado de números y ranuras. Pasaron tres minutos eternos. ¿Por qué se demoraba tanto? ¿Alguien lo habría sacado ya? ¿Licht lo habría trasladado a otro sitio?

Unos pasos lejanos le devolvieron el aire a Downey. El jovencito salió con una pequeña caja entre sus dedos. ¿Qué demonios era eso?

—Aquí está. Pueden consultarlo en la sala del frente. Cuando terminen lo pueden dejar aquí en mi escritorio —le entregó la caja a Downey.

—Gracias.

Alan tomó la caja de protección plástica de un disco compacto. ¿Qué habría en el interior? Eso lo sabrían dentro de poco. Lo que llenó de dudas y curiosidad su cabeza fue el dibujo que estaba en la tapa de la caja. Era una figura extraña pero en extremo simétrica. Alan giró la caja tratando de entender aquel emblema y no encontró la solución. No había letras ni números que identificaran la caja ni su contenido. Sólo ese llamativo dibujo que adornaba la portada.

—¿Qué es?

—No tengo la menor idea —susurró Downey.

—Parece un par de ojos raros.

—Sí, la simetría es perfecta.

—Vamos a ver qué hay dentro.

Se sentaron frente a uno de los computadores de la sala. Sacaron el disco de la caja y lo metieron en la bandeja. El sistema reconoció el artefacto de almacenamiento y procedió a leer la información.

Una imagen apareció en la pantalla. Otra vez el extraño dibujo. Pero se desvaneció enseguida. Lo que apareció después dejó sin aliento a Alan.

El gigante seguía sentado cómodamente en su automóvil. La tarea que le habían asignado no tenía ningún peligro. Eso lo confortaba. Recostó un poco más la silla y siguió esperando. Una voz del más allá lo sacó de su sueño.

—*Atención, unidades cercanas a la calle 4ª. Tenemos un homicidio...* —el radio cobró vida.

El gigante lo tomó en su mano derecha.

—¿Qué pasa, operadora?

—*Un homicidio. Es un hombre famoso...*

—¿Qué sucedió?

40

Otra vez aparece una barrera de acceso. La genialidad del padre Licht parecía no tener límite humano. Una tabla con seis filas, una de ellas separada de las demás, gobernaba el centro de la pantalla del computador. Cuatro cruces alineadas verticalmente daban la sensación de que era un juego de niños.

—¿Qué es esto? ¿Un juego? —Linda quería explicaciones.

—Parece otra contraseña para poder ver la información que Licht guardó.

—O la siguiente pista.

La agente tenía razón.

—¿Qué demonios vamos a hacer, Alan?

—No te preocupes, es sencillo.

—¿Qué estás diciendo? ¿Qué es eso? —gritó señalando al monitor.

—Es un truco matemático de los griegos.

—¿Lo conoces?

—Claro. Mi madre me lo enseñó cuando era pequeño.

	2	3	5	7
+	—	—	—	—
+	—	—	—	—
+	—	—	—	—
+	—	—	—	—

—	—	—	—	—

—Es muy simple. Parece un juego de magia o una demostración de telepatía. Mi madre me lo enseñó hace muchos años. Es una sencilla suma matemática.

—¿Perdón? ¿Me estás diciendo que la contraseña es una suma de números? ¿Eso qué tiene de inteligente, de mágico? Cualquiera puede hacerlo.

—No de esta forma. Mira —Linda hizo caso—. Como puedes ver, vamos a sumar cinco números, cada uno de cuatro dígitos ¿Correcto? —Linda asintió—. En la fila de abajo estará el resultado de dicha suma ¿Okey?

—¡Uffff! ¡Qué difícil!

—Además del español y el inglés, también entiendo el sarcasmo —sus miradas se encontraron y rieron durante tres segundos—. El resultado será de cinco dígitos. Es como un juego de magia. Nosotros somos los magos y Licht será nuestro ayudante. Como buen compañero nuestro, ha dado el primer paso. Nos ha brindado el primer número de la suma.

—¿Y ahora qué?

—Si te das cuenta, el sistema no deja que escribamos en las casillas inferiores —Alan demostró su afirmación—. Sólo en la última fila, la del resultado.

—No entiendo.

—Licht nos da el primer número de la suma. Ahora nosotros, que somos los magos, debemos escribir cuál será el resultado de la operación completa.

—¿Estás loco? ¡Eso es imposible!

—No para los griegos. Hay un juego matemático que lo hace posible. Para este truco, la cantidad de números siempre debe ser impar. Simplemente tenemos que tomar la cantidad de sumandos, cinco en este caso, le restamos uno y el resultado lo dividimos entre dos. Eso nos da dos. Colocamos el dos en la primera casilla del resultado —Alan digitó el número—. Y ahora que nos quedan cuatro casillas, hacemos algo muy fácil: le restamos el mismo número mágico, dos, al número que nos dio Licht. O sea, dos mil trescientos cincuenta y cinco. Ingresamos dos, tres, cinco, cinco. Así tenemos que el resultado de nuestra suma será veintidós mil trescientos cincuenta y cinco.

	2	3	5	7
+	—	—	—	—
+	—	—	—	—
+	—	—	—	—
+	—	—	—	—

2	2	3	5	5

—Todavía no me sorprendes —dijo Linda.

—Ahora Licht nos dará el segundo número de la suma, aleatoriamente. Mira, ¡ya apareció! —Alan señaló la pantalla—. Lo cual confirma que hicimos bien el truco. Tenemos que ser rápidos, pues si nos tardamos, el sistema se bloqueará. No hay tiempo para pensar.

El segundo número era seis mil novecientos cuarenta y ocho. Enseguida Alan digitó el tercer sumando. Tres mil cincuenta y uno. El sistema arrojó el cuarto, al azar. Sin perder tiempo, el médico escribió el último número. Ocho mil cuatrocientos sesenta y cuatro.

	2	3	5	7
+	6	9	4	8
+	3	0	5	1
+	1	5	3	5
+	8	4	6	4

2	2	3	5	5

Una palabra titilante apareció debajo del cuadro mágico. Una pequeña sonrisa surgió en la cara del médico. Su cerebro estaba despejado, por fin, lleno de una euforia infinita que le brindaba una calma total. Por un momento olvidó el asesinato, la sangre, la violenta erradicación de una vida, la búsqueda que habían emprendido.

Contraseña correcta.

—¡Por Dios, Alan! ¡Lo lograste!

—Por Dios no, por mi madre. Por los griegos —Linda lo miró con extrañeza—. No me pongas cuidado.

—No lo entiendo. ¿Cómo lo hiciste?

—Es muy sencillo. Ya sabes cómo se obtiene el resultado de la suma. Lo demás es cosa de niños. Cuando nuestro ayudante, o sea Licht, nos da un número, simplemente tomamos cada uno de los dígitos y le agregamos la cifra que le falta a cada uno para completar nueve. Por ejemplo, cuando el sacerdote nos dio seis mil novecientos cuarenta y ocho, hice algo sencillo: escribí tres mil cincuenta y uno. ¿Por qué? Si observas bien, al sumar cada uno de los dígitos correspondientes a unidades, decenas, centenas y millares de ambos números, obtienes siempre el mismo resultado. Nueve: seis y tres, nueve y cero, cuatro y cinco, ocho y uno. Lo mismo hice con el otro número que nos dio James. Uno, cinco, tres, cinco. Yo digité ocho, cuatro, seis, cuatro. Los complementos de nueve.

—Es genial. A primera vista parece estupendo, del más allá. Pero ahora que me explicas, todo es muy sencillo.

—Esa es la clave de la genialidad, Linda. La sencillez —Alan vio en la cara de la agente una mueca mezclada de sorpresa y admiración—. Y los griegos lo eran. Y Licht también.

Linda comprobó la sumatoria en su cerebro. Era perfectamente correcta. Todo encajaba. Una simple suma revelada antes de que aparecieran todos los números. El sacerdote había demostrado, una vez más, que el camino que había diseñado, la búsqueda que ya parecía interminable, era digna de una gran sabiduría. Pero también suponía la custodia de un gran secreto. Algo que seguramente había motivado su violenta desaparición. El silencio mortal.

—Señor Downey —dijo Linda con cierta picardía—. Creo que ha pasado algo por alto.

—¿Cómo?

—Una simple coincidencia. El primer número de la suma —Alan miró la pantalla que seguía intacta—. El párrafo del Catecismo.

No lo había notado. Las mujeres eran idóneas para los detalles y poseían la memoria más prodigiosa del mundo animal. Alan trató de averiguar, en su último año de la especialización de neurología, acerca de ese rasgo característico del género femenino. Nunca encontró la respuesta científica. Pero la estadística y la observación directa le aseguraban una realidad innegable.

Cuando dirigió de nuevo sus ojos hacia la pantalla para observar el número, vio cómo se desvanecían los colores, los caracteres numéricos se esfumaban como polvo en el viento y dejaban desierto aquel pequeño campo de cristal líquido. Un tenue color rosado inundó la pantalla y de pronto se abrió lo que parecía ser un documento. La agente miró al médico, sus cerebros estaban conectados energéticamente y concluyeron que el tesoro había sido desenterrado. Una página de color blanco con algunos párrafos en letras negras aparecía en medio del resplandor luminoso. Y algunos comandos informáticos parecían asegurar que el texto comprendía algunas páginas más.

—¿Qué hacemos? Debemos darnos prisa.

—Imprímelo, Alan. Nos llevaremos el texto.

—Está bien —Alan levantó un poco su tronco y movió la cabeza en busca del joven ayudante del piso. Cuando lo observó mirando por una ventana, no pudo evitar el grito—. ¡Oye tú, joven! —el muchacho volteó asustado—. Necesito imprimir esto. ¿Se puede?

—Sí, claro —contestó el joven—. Sólo elija la opción. La impresora está al otro lado del salón.

El médico movió con agilidad sus dedos y veinte segundos después escuchó el ruido mecánico y rítmico de una impresora de mediano tamaño. Linda se acercó al aparato y recogió las hojas recién manchadas con letras que conformaban un mensaje que podía contener una información reveladora para la humanidad. O por lo menos eso es lo que esperaba encontrar Downey. Linda no quiso leerlas. Esperaba compartir la sorpresa con el médico.

Alan revisó el documento, sin leerlo, y comprobó que no había más material que pudiera servirles en su búsqueda. Sacó el disco del computador y lo metió en la caja.

—Larguémonos de aquí.

El médico empezó a caminar hacia el escritorio del joven encargado. Pero la agente lo haló de la chaqueta, ya algo arrugada y sucia.

—Espera, Alan. No podemos devolver ese disco.

—¿Por qué no?

—El asesino puede tener nuestras pistas. Y puede llegar hasta acá. Nadie puede conocer lo que está aquí —Linda señaló la caja plástica—. Licht sólo quería que tú lo encontraras.

—Pero no podemos sacarlo de acá. Es prohibido.

—No he dicho que lo saquemos.

—¿Entonces?

—Rómpelo, dáñalo. Y entrégalo. Así aseguraremos que nadie lo lea.

—Está bien. Es la primera vez que voy a cometer un atentado contra un tesoro de biblioteca.

Alan puso su espalda contra la vista escrutadora del muchacho y sacó el disco de la caja con el extraño dibujo en la portada. Linda le colaboró sosteniéndola mientras el hombre hacía su trabajo. Con sus dedos pulgares, y apoyado en el resto de sus manos, trató de doblar con gran esfuerzo el cristal sólido y brillante que reflejaba sus facciones alemanas moldeadas por Suramérica. Algunos signos de inminente daño aparecieron como rayos invadiendo el cielo. Un pequeño sonido plástico fue la clara señal para que el médico dejara de realizar su tétrica labor. La agente destapó la caja de nuevo y Alan metió el fragmentado y vencido disco. Ojalá no los descubrieran. Prefería ser acusado de robar en un supermercado que de destruir material histórico de una biblioteca.

La pareja se acercó con pasos rápidos y poco naturales hacia el escritorio donde el joven estaba a punto de terminar el crucigrama. El muchacho levantó la cabeza y esbozó una leve sonrisa.

—Espero que hayan encontrado lo que buscaban.

—Sí, fue de gran ayuda. Gracias —el médico no quería demostrar el terrible afán y la inmensa culpa que crecían en su cabeza y embargaban su pecho.

—Adiós —dijo Linda.

El joven rapó con suavidad la caja de las manos de Linda. La agente le sonrió y se despidió de nuevo con un gesto de su mano derecha. Cuando miró al médico, que ya salía por las puertas de vidrio, él levantó las cejas señalando las escaleras, pero también indicando que debían apurarse. Linda caminó rápidamente y lo alcanzó. En el justo momento en que descendían por el primer escalón hacia los pisos inferiores, Alan dirigió su vista hacia el escritorio y vio al hombre destapando la caja y revisando el contenido. Los ojos del muchacho parecían querer escapar de aquel cráneo.

—¡Corre! —trató de susurrar el médico.

Empezaron a dar zancadas, bajando los escalones de tres en tres. Llegaron a la segunda planta en menos de diez segundos. Alan se agarraba de las barandas metálicas y cromadas para ayudar a su enorme cuerpo a girar en los puntos donde cada tramo de escalera terminaba y daba inicio a un pequeño corredor en sentido inverso que llevaba a otro tramo interminable. Linda metió las hojas de papel entre su blusa para tener más recursos corporales para incrementar su velocidad y mejorar sus movimientos. El médico le tomó unos centímetros de ventaja y pensó por unos milisegundos que no estaba siendo muy caballeroso con la bella dama. Cuando reconoció la baldosa del primer piso, sintió un descanso en su cuerpo, pero también imaginó todos los posibles eventos que podían enfrentar. Un batallón de guardias, la policía, algunos ayudantes de biblioteca enardecidos.

Puso su pie derecho en la primera planta y siguió corriendo. Los zapatos de Linda resonaron en el edificio y el médico volteó levemente su cara. Pudo observar a un viejo guardia que sostenía un teléfono azul contra su oreja; apenas escuchó las pisadas y taconeos de la pareja de atletas maratónicos en huida, tiró el aparato y empezó a gritar y a correr, mientras pudo.

—¡Oigan! ¡Deténganse, hijos de puta!

Alan observó con alivio el auto de la policía estacionado en frente del edificio, mientras corría con el corazón en la boca, tratando de alcanzar la puerta. Respiraba a un ritmo endiablado y las gotas de sudor tibio brotaron de su frente y su pecho. Frenó casi en seco y abrió con violencia la puerta de acceso que ahora les daba la salida de aquel edificio cultural. Esta vez esperó que la agente saliera primero que él y antes de cerrar lanzó una mirada al interior del piso y vio al viejo corriendo sin aliento hacia él. Solo se le ocurrió una frase.

—¡Discúlpenos! ¡Se lo pagaremos!

El gigante salió de su aparente descanso e hizo un ademán de preparación de ataque. Iba a sacar su pistola. Linda le dijo que encendiera el auto y arrancara. Alan bajó los escalones de la entrada principal, en la parte exterior, y se metió en la parte de atrás del coche, lanzándose como siempre había visto en las películas. El policía hundió el acelerador y salieron disparados hacia calles desconocidas de la ciudad.

El viejo guardia salió unos segundos después y se encontró de frente contra el sol. Puso su mano izquierda sobre su frente, a modo de visera, pero no encontró rastro de los delincuentes. Se conformó con entrar de nuevo y reconocer que al fin y al cabo un documento dañado no era la gran cosa.

El auto llegó a un pequeño parque residencial que tenía algunas canchas de baloncesto y de fútbol. Los niños y los jóvenes, pero también los ancianos, disfrutaban de este espacio lúdico enclavado en las entrañas de aquella metrópoli. Claro que unos lo hacían por diversión, los otros exclusivamente por recomendación médica. Alan tomó diez bocanadas de aire y se limpió con el puño de la camisa el líquido salado de su rostro. Linda se recostó sobre el asiento y trató de relajar un poco sus músculos.

—¿Qué sucedió, agente?

—Nada raro, oficial. Solo tomamos un préstamo vitalicio.

—No le entiendo. ¿Qué hay de extraño en pedir uno en una biblioteca?

—Que en ese lugar no hacen préstamos —concluyó Alan.

—Ya entiendo.

El médico recordó todo lo que había vívido ese día. Habían pasado menos de nueve horas desde que se levantó esa mañana, pero le parecía que llevaba un mes tratando de encontrar un mensaje escondido de un muerto lejano. Pero todo había sido verdad. El mensaje de Licht, su muerte, las pistas, la búsqueda. Lo único que reconfortó su alma fue el haber hallado el tesoro del sacerdote que ahora descansaba cálidamente entre la blusa de la agente Brown. También trató de cuadrar las piezas, que parecían hermanas mellizas: Grecia, la homosexualidad, Sócrates, el cerebro. Pero, ¿y el asesino? ¿Quién era?

—*Atención. Las unidades que se acercan al caso de la calle 4ª. Ya tenemos personal suficiente. Gracias por la colaboración.*

—¿Qué sucedió, oficial? —preguntó Linda.

—Oh, olvidé decirle. Hubo un homicidio en aquella calle. En una mansión. Dicen que se trata de una persona importante —Linda miró al médico—. Pero no se preocupe. Ya hay agentes de su departamento en el lugar.

—¿Quién era?

—¿El muerto? No recuerdo bien el nombre... un tal Andrew, Andrey... olvidé el apellido. Dijeron que era un médico o científico...

—¿Andrés Sheffer?

—Eso es, ese es el nombre. ¿Lo conoce, señor Downey?

—Por supuesto. ¡Dios mío! Es una eminencia en psicoanálisis, tal vez el sucesor de Freud en la Tierra. Una de las mentes más impresionantes de la humanidad. Tiene una mansión en la calle 4ª. Pero, ¿por qué?

—¿Te sientes bien, Alan? —dijo Linda al ver la cara de Downey.

—Sí. No, no puedo estarlo. ¿Qué está pasando? ¿Dos muertos en un día? ¡Son hombres importantes, vitales para la humanidad!

—Es una desgracia, pero son dos casos distintos. También lo resolveremos.

—Que así sea.

—Por cierto, agente. Me dijeron que fue algo espantoso. Al parecer el hombre estaba amarrado en una silla y... —la agente y el médico se despertaron del descanso pasajero— le cortaron... ya sabe... —el gigante señaló su propia entrepierna mientras conducía.

—No puede ser —dijo sin creerlo la agente Brown.

41

El pequeño papelito blanco que había llenado esa mañana ante una llamada inesperada ahora se convertía en una tenue luz de esperanza. Lo contempló durante varios segundos y concluyó que no perdía nada con intentarlo. Agarró el teléfono que seguía sobre su escritorio de madera y marcó el número que había buscado previamente en la guía de la ciudad.

Dos timbrazos fueron suficientes.

—Instituto Nacional de Neurología y Fisiología, buenas tardes.

—Buenas tardes. ¿Me podrías comunicar con Alan Downey?

—¿Quién lo busca?

—El obispo Lars Manning.

—Disculpe, obispo. El señor Downey ya no trabaja aquí.

—Pero si me llamó esta mañana...

—Lo siento. Hoy renunció.

La luz se había desvanecido.

—¿Sabes en qué lugar puedo encontrarlo? ¿Me podrías dar sus datos?

—Lo siento, obispo. No estoy autorizada. Pero lo puedo comunicar con su jefe. Su exjefe, mejor dicho. El doctor King.

—Está bien, hija —no perdía nada.

El timbre volvió a sonar.

—¿Con quién hablo? —la voz castrense asustó al obispo.

—Soy Lars Manning, obispo de la ciudad. Buscaba al doctor Downey, pero...

—Ya no trabaja aquí. ¿Qué quiere, obispo?

—Solo quería averiguar algo...

—¿No trabaja usted en el monasterio donde asesinaron a un sacerdote ayer?

—Sí. ¿Cómo lo sabe?

—Downey me comentó. Estaba haciendo averiguaciones con una agente...

—Por favor, cuénteme.

42

Por fin sonó el teléfono celular. La ansiedad se estaba apoderando de su cuerpo, ya que el tiempo de descanso les dio cabida a las reflexiones. No soportaba haber perdido a sus dos presas. Con sus guantes de cuero agarró el aparato mientras vigilaba el sitio circundante desde el interior de su automóvil.

—Escucho, señor —Plutons mantuvo el silencio durante veinte segundos—. ¿Sabe dónde se encuentran? Es usted un genio, señor. Me alegra que la información que encontré le haya servido.

43

No lo podían creer. Cuando todo estaba aparentemente solucionado y el camino se despejaba, aparecía un nuevo cadáver. Carne dada a los gusanos. Acabado en las mismas circunstancias del sacerdote Licht.

Blood will follow blood. Alan recordó la letra de una canción.

Linda dio la orden inmediata de dirigirse a la mansión de Andrés Sheffer. Ya no estaban tratando con un maniático suelto que quiso asesinar a un hombre por su condición sexual y su entera devoción a la investigación, sino que era un criminal en serie, que ponía las cosas aún más difíciles.

—¿Era homosexual? —preguntó Linda.

—No conocía muy bien su lado personal —Alan recordó los momentos en que compartió palabras con el psicoanalista—. Era un genio, un científico excelente. Estaba casado y tenía un hijo. Pero pasaba su tiempo entre la investigación y las consultas con sus pocos pacientes. Nunca escuché algo raro de su comportamiento íntimo.

—Pero si lo asesinaron igual que a Licht, pues...

—No lo sé. Algo no me cuadra. Pero tal vez tengas razón.

El gigantón seguía franqueando calles y evadiendo carros mientras la sirena parpadeaba en el aire y emitía su aura bicolor. El camino no era muy largo, pero los minutos pasaban a un extraño paso aminorado que producía la sensación de un leve congelamiento del tiempo. El médico agarraba su cráneo con la mano izquierda, tratando de pensar en todo el embrollo, y la agente seguía mirando los edificios que pasaban a los lados, intentando encontrar una pista en su cabeza. "¿Dónde estás?", pensaba y miraba la gran ciudad. "Te agarraré, maldito".

—Disculpa, Linda —la agente salió de su cavilación—. ¿Podrías mostrarme lo que tienes en la blusa?

El gigantón puso cara de terror: "¿Qué dice este tipo?".

—Con gusto, Alan.

"Pero, ¿qué es esto?".

La agente metió su mano derecha y sacó unas hojas de papel blanco bastante arrugadas. Las puso en las manos del médico, que tomó un poco de aire y meditó, con un signo bastante ritual, antes de abrir el mensaje. La sensación de felicidad y ansiedad se combinaron en su cerebro y produjeron un vacío perfecto en su pecho.

—Veamos qué descubrió Licht.

Abrió las hojas en mal estado y las acomodó en sus manos.

Leyó en voz alta:

Sé que llegarías hasta aquí. Tu cabeza no podía ser un obstáculo tan fuerte en el camino que he señalado. Pero no debes bajar la guardia. Mantén tus energías. Esto solo es un adelanto. Un abrebocas para mostrarte que no estoy equivocado.

—¿Cómo? ¿No es todo el "tesoro"? —dijo Linda.

—Parece que no. Pero no nos adelantemos.

Las cuatro bases, que ya debes conocer, están mal interpretadas.

La primera base, ubicada en Sodoma y Gomorra, no es contra nosotros.

Los griegos y su mitología nos ayudan a derrumbar esta columna ingrata. Debes recordar la historia mitológica de Filemón y Baucis. Si no la conoces, te enseñaré. Filemón era un campesino que estaba casado con Baucis, una mujer bondadosa y amable. Vivían en Frigia, con pocos recursos. Un día inesperado, dos hombres, forasteros, llegaron a la ciudad en la noche y solicitaron ayuda para tener un lugar donde dormir. Todos los habitantes los rechazaron, excepto esta pareja de humildes campesinos. Filemón y Baucis. Los cuatro cenaron y bebieron gustosamente durante toda la velada. Y en el momento preciso, los forasteros revelaron su identidad: eran Zeus y Hermes, dos dioses olímpicos, los cuales ayudaron a que llegaras hasta acá. Los dioses agradecieron la hospitalidad de la pareja y les anunciaron que destruirían la ciudad junto con sus habitantes debido a su falta de solidaridad. Al siguiente día los campesinos huyeron y no miraron hacia atrás, y Frigia fue inundada sin compasión.

¿Te parece conocida esta historia?

No olvides que la Biblia es un relato que reúne la concepción del mundo y de la vida que tenía el pueblo de Israel. Sus creencias y mitos estaban influenciados por años previos de historia y por todas las culturas que los invadieron. Entre ellas, la cultura griega. No es extraño que este relato mítico hubiera llegado al pueblo judío y haya sido transmitido con la misma estructura.

La misma Biblia demuestra que el crimen de Sodoma y Gomorra fue la inhospitalidad, así como Frigia. Busca en Ez 16, 48-49; Jer 23, 14; Lc 10, 10-13; Sab 19, 13. Encontrarás que la inhospitalidad, nunca los actos homosexuales, fue la culpable de la destrucción de las ciudades. Lot era un extranjero residente en Sodoma. Fue hospitalario y vivió, así como Filemón y su esposa. Dios, como Zeus, castigó el abuso y la ofensa que los sodomitas cometieron contra los extranjeros. Fue un insulto al viajero, al extraño. El asalto sexual en el relato bíblico solo destaca la maldad y la inhospitalidad de los ciudadanos hacia los forasteros.

Además, Sodoma y Gomorra fueron catalogados por Dios como lugares de pecado y maldad, pero nunca se dice que tales adjetivos eran motivados por supuestas conductas homosexuales. Es falso. La inhospitalidad destruyó aquellas ciudades.

Alan había escuchado el relato de Filemón y Baucis, pero cuando había leído el pasaje de Sodoma y Gomorra su mente no los asoció. Ahora lo recordaba y todo era luz y claridad. Aunque el mundo estaba colmado de culturas y pueblos distantes y diversos, las manifestaciones religiosas eran muy similares en todos ellos, y sus relatos que intentaban explicar el origen del mundo y educar a la sociedad, eran parecidos. Las conquistas, las invasiones y los viajes habían esparcido la cultura y el conocimiento por el mundo, y así se logró una unidad casi perfecta en el mundo religioso.

—¡Dios mío! ¿Eso es cierto? —preguntó la agente.

—Aquel relato griego es cierto, y de siglos antes de Cristo. No podemos leer los pasajes que nos da Licht ahora, pero seguro que tiene razón.

—¿Sabes lo qué significa esto? ¡Que el rechazo de la Iglesia es una mentira!

—Así es, Linda. Él lo descubrió.

—O sea que la inhospitalidad fue la razón por la que Dios destruyó a Sodoma...

—Así es. Esa fue la intención del autor.

—Disculpen —el gigante se metió en la conversación. Era inevitable—. Pero eso que dicen es una maldita mentira.

—Si fuera así, no habrían asesinado al sacerdote —lo increpó Linda—. Sigue leyendo, Alan.

Los homosexuales hemos sido condenados, víctimas de la inhospitalidad del mundo. Nos siguen identificando con Sodoma y Gomorra, no porque sea una historia que falsamente nos rechaza, sino porque el pecado que aquellas ciudades cometieron ahora cae encima de nosotros. Y así ha sido por los siglos de los siglos. La inhospitalidad es el comportamiento común de la sociedad hacia nosotros. Ellos son los sodomitas, no nosotros.

Definitivamente, Licht era un hombre diferente. Aquel escrito demostraba su meticulosa búsqueda en la historia y los libros sagrados. No era extraño que algunos personajes de la iglesia hubieran sentido deseos de callar aquella voz, apagar aquel cerebro. Como el obispo Manning. Ahora tenían que encontrar al sodomita, al Melito que había atacado de nuevo y que no sabían hasta cuándo pararía. Alan dejó en el asiento la hoja que acababa de leer y fijó sus ojos en la siguiente:

La segunda base equivocada también está.

La carta que Pablo escribió para los romanos llevaba un mensaje de enseñanza, de convivencia, de paz, de unidad religiosa. Su intención era extender el mensaje de Jesucristo y del creciente pueblo judío seguidor de sus palabras, al mundo conocido. Para que lo entiendas mejor debo explicarte algo de historia.

Según la tradición judía y la Ley de Santidad del Levítico, el pueblo de Israel debía ser diferente a los demás. Así serían un pueblo puro y santo, con una identidad única que lo llevaría por el camino de la salvación. No debía compartir la cultura del pueblo cananeo, que merodeaba cerca de allí buscando tierras y comida. Al parecer esta rivalidad perdura aún en nuestros días.

Los cananeos realizaban ritos de fertilidad a sus dioses, que consistían en cultos sexuales donde se tenían relaciones entre familiares y también se hacían actos homosexuales. El pueblo judío decidió entonces no adoptar estos comportamientos, no porque los consideraran fuera de la ética y la moral, sino porque simplemente no podían tener ritos similares a los de los pueblos gentiles, como llamaban a los demás.

Por eso Pablo, en su pasaje, utiliza las palabras contra la naturaleza. Según el texto bíblico original, estas palabras las escribió, en hebreo, como pará phúsin, que significan "contra natura". Así, en otro pasaje de la Carta a los Romanos y utilizando la misma palabra, Pablo dice que los judíos son judíos "por naturaleza" y los gentiles son incircuncisos "por naturaleza", o sea que no practicaban la circuncisión como sí lo hacían ellos. Por lo tanto, cuando Pablo dice "por naturaleza" quiere decir "por costumbre". Y cuando habla de "contra natura" significa que es impropio, según la costumbre judía.

Los griegos también nos ayudan acá. En la Biblia original hebrea, las palabras pará phúsin del pasaje, se utilizan también como toevah. Eso significa "abominación" o "impureza", un significado que no se comparaba con algo malo, sino con algo que no concordaba con los ritos judíos. Y en la Septuaginta, la misma palabra se escribió como bdelygma, que significa "ofensa ritual". Nunca utilizaron palabras como anomia, que significa "violación" o "pecado", ni poneria, que significa "impío". No utilizaron palabras con contenido ético, sino simplemente ritual.

Para resumir: Pablo y los judíos no aceptaban los actos homosexuales (pero tal vez sí la homosexualidad) simplemente para diferenciarse de los cananeos, no porque consideraran que fuera un comportamiento malo, fuera de la ética y la convivencia. Lo consideraban impuro, así como pensaban que era impura la menstruación, el semen, el parto y los camarones, ya que estos no tenían aletas ni escamas como los demás peces. Es como que una persona decida no bañarse nunca, simplemente porque su vecino lo hace todos los días.

—¿La Septuaginta? —preguntó Linda.

—Sí, es la traducción griega de la Biblia. El texto original está en hebreo, por obvias razones. Cuando el cristianismo se expandió por el mundo a una tasa acelerada, el imperio romano y la iglesia encontraron en el público griego un gran potencial para expandir la religión de Jesucristo.

—Y Pablo quiso mantener la unidad de las creencias cristianas. Por eso escribió todas esas cartas —Linda recordaba sus clases del colegio.

—Así es —se limitó a decir el médico.

—Como los otros pueblos tenían ritos sexuales, el pueblo judío no quiso copiarlos. Por pura diferenciación —la agente trataba de resumir las conclusiones de Licht.

—Lo dice un sacerdote muy estudiado. No lo digo yo.

—Claro. Para ellos, algo impuro no significaba algo malo, sino algo que no estaba contemplado en sus creencias. No estar circuncidado era impuro, la menstruación era impura... y también la homosexualidad. Son ideas absurdas, pero al fin creencias.

—Somos lo que pensamos, Linda.

—¿Hay algo más?

—Queda una página.

Esto es lo que puedo mostrarte hasta aquí. Ya sabes cómo se derrumban sin esfuerzo las dos principales bases del rechazo hacia nosotros. No pares, quedan dos más. Pero antes de mostrarte el camino que vas a seguir, debes saber una cosa. Aunque derrumbar las cuatro columnas es un gran avance para mí y para los hombres y mujeres que comparten mi orientación sexual, la madre Iglesia y el mundo no cambiarán mucho su mentalidad. Por eso tuve que ahondar mucho más y salirme de los hábitos y del monasterio. Buscar la comunión entre las hermanas que algún día estuvieron juntas, pero hoy son falsas enemigas, es mi propósito principal. Así lograremos una sociedad humana, desarrollada y llena de amor.

—¿Qué significa todo eso? —dijo Linda.

—Tenemos que seguir buscando y hallar las razones para derrumbar las otras dos bases.

—Eso lo entiendo, Alan. Pero lo que sigue...

—¿Tuvo que salirse de los hábitos? —el médico seguía con los ojos clavados en la última página—. ¿Querría salir de la Iglesia?

—Es lo más idóneo en su situación.

—No, Licht no era ese tipo de hombre. No renunciaría a algo que amaba tanto.

—¿Quiénes son las hermanas que deben unirse otra vez?

—No tengo la menor idea.

—Y, ¿cómo vamos a seguir con la búsqueda?

—Hay un pequeño texto que nos guiará.

El auto se detuvo en frente de un portón enorme de acero con un baño exagerado de cromo y plata. Alan pensó por un momento que habían llegado al instituto donde solía trabajar, hasta ese día. Dos hombres custodiaban la entrada, ambos con el mismo atuendo del gigante que les había servido de chofer y escolta en su viaje. El automóvil se acercó con marcha lenta hacia la entrada y el gigantón bajó el vidrio de su ventana.

—Buenas tardes, oficial —dijo con su voz gruesa—. Vengo con una agente de homicidios. Es la encargada del caso.

El hombre asintió sin musitar palabra e hizo una mueca al otro guardia. Las puertas comenzaron a abrirse, dando paso a un camino real y cálido que no producía la menor sensación de miedo, aunque llevaba, sin temor a equivocarse, hacia un espectáculo de sangre y dolor. El gigante cruzó los jardines a una velocidad muy lenta, que aprovechó el médico para disfrutar de los colores y los sonidos de la vida y la naturaleza silvestre. El vehículo empezó a vibrar levemente, ya que el camino asfaltado terminó dando paso a un pasaje de arena naranja y pequeñas piedras grises. De un momento a otro apareció ante ellos una casona grande, de tres pisos de altura, con una fachada de color café claro y con un techo celeste y gótico que imponía un aire señorial al lugar.

En frente de la edificación, algunos autos de policía estaban estacionados con un extraño orden aleatorio que parecía muy bien programado en los cerebros de aquellos hombres de uniforme, para quienes tal forma de ubicar los automóviles era una muestra de su rauda respuesta a los hechos delictivos de la ciudad. El gigante no fue ajeno a su formación policial y estacionó el carro junto a un árbol de naranjas que estaba en una de las esquinas frontales de la mansión.

Los tres pasajeros descendieron del coche y se quedaron estupefactos al ver el gran lujo con que vivía aquel hombre. Alan guardó los papeles dentro de su chaqueta y enseguida notó en el aire una energía distinta, maligna, sofocante. Una ambulancia llegó zumbando detrás de ellos y frenó casi bajo la puerta principal de la casa, que permanecía abierta. Otras dos camionetas, blancas como el cielo, de las cuales subían y bajaban algunos hombrecillos con trajes del mismo color que cubrían todos sus cuerpos, parecían haber llegado en primer lugar.

No tenían otra opción.

Esta vez Alan no enfrentaría a la muerte desde una imagen fotográfica.

44

Downey prefería mantenerse alejado de la escena del crimen y no tener que contemplar lo que ya se estaba imaginando en su cerebro. Aunque conocía bien el cuerpo humano, por dentro y por fuera, no se creía capaz de presenciar el levantamiento de un cuerpo que había sido ultrajado por un maniático. La sangre derramada por medios artificiales con el mero objetivo de hacer daño le producía náuseas. Además, teniendo en cuenta que el muerto era un hombre que conocía, un hombre dedicado a la ciencia. Como él. Ese pensamiento le produjo un terror mayor.

Los tres entraron al mismo tiempo a la mansión, que estaba invadida de colores verdes y blancos que iban de un lado para otro. Junto a la puerta de madera se encontraba un hombre agachado con una cámara fotográfica entre sus manos, tratando de enfocar un objeto que yacía en el suelo. Una estela de sangre seca y dura. Las cintas amarillas que rodeaban la mancha roja parecían darle demasiada importancia a ese lugar.

Siguieron caminando, atravesando el vestíbulo, y admiraron las diversas obras de arte y los hermosos ornamentos dispuestos en las paredes y en el techo. Algunos policías que pasaron junto al trío mágico saludaban con una mueca muda y rauda a la agente Brown, no solo por su cargo, sino por su hermosa presencia en un escenario comúnmente reservado a los hombres. Los músculos de las extremidades empezaron a endurecérsele al médico y la respiración era directamente proporcional a los latidos de su corazón. Pasaron junto a una abertura que daba a un salón mediano que estaba gobernado por sillas y sofás de diversos tamaños y colores, y en un extremo estaba empotrada una pequeña licorera que invitaba a quedarse por un buen tiempo en aquel lugar. Pero ahora no.

Una luz blanca salía con intensidad del salón siguiente. Alan no necesitó preguntarles a los policías el motivo de esa fuente reveladora. Seguramente era el lugar elegido, el sitio donde estaba Andrés Sheffer. La correría de uniformados era intensa en esa área de la gran mansión, pues los pasos agitados y el ruido de voces y extrañas partes metálicas emanaban de ese lugar. Los chasquidos de las cámaras fotográficas no paraban de sonar, como si una gran estrella de cine estuviera siendo entrevistada en ese cuarto. Cada paso era una tortura para el médico, que tenía una ambivalencia enorme en su cabeza: quería ver la escena del crimen, pero en ciertos momentos, ínfimos, la razón le decía que era mejor no influenciar sus sueños.

Cuando puso su pie derecho en el borde de la entrada no pudo evitar que el rabillo de su ojo derecho hiciera que volteara la cabeza. Lo que sus ojos registraron, junto con la señal que recibió su masa encefálica, lo llenaron de impaciencia y temor, pero al mismo tiempo sintió una pequeña desilusión. Su cuerpo quedó casi petrificado sobre el suelo de mármol, pero una leve palmadita del gigante lo sacó de su congelamiento. Pasó saliva y tomó un poco de aire.

—Vamos, doc —le susurró el gigantón. Se limitó a mover su cabeza de arriba a abajo.

En medio de la sala que estaba encerrada por la biblioteca del psicoanalista había una estructura cúbica de tela blanca que estaba iluminada con bastante fuerza desde su interior. Algunos intrusos se metían y salían por una de las caras levantando con suavidad el filtro. El médico veía siluetas deformes, discontinuas, sin ninguna relación, dinámicas, pero nada especiales. Cuando dos hombres albos salieron de aquel camping improvisado lo entendió todo. La figura de un ser humano sentado sin vida sobre una silla, con las manos atadas a la espalda y la cabeza mirando hacia el suelo, apareció de repente. La asociación en su cabeza fue veloz.

—¿Les puedo ayudar? —un hombre, parecido a un astronauta, se acercó al grupo.

—Soy la agente Brown, de homicidios.

—Mucho gusto, pero ya tenemos a un detective acá.

—Este es mi caso... —Linda echó una ojeada al carné del aeronauta terrenal. No había nombres ni apellidos—, forense.

—¿Cómo? Explíquese.

—Este es el segundo asesinato de esta clase. Tenemos un asesino en serie, forense.

Linda se apartó junto con el hombre del traje espacial. Alan se quedó con el gigantón, aterrorizado ante la escena que él también componía. Se percató de que junto al cubo de tela había un enorme sillón justo para dormir. Aquel también era el consultorio de Sheffer. Giró su cabeza y vio una extraña mesa llena de equipos de laboratorio y ordenadores de última generación.

—¿Por qué? —se preguntó él mismo. El gigante siguió la mirada de Alan.

—Es un equipo de medicina forense, señor. Es portátil y bastante completo. Lo traen en uno de los camiones que estaban afuera.

Linda volvió al lado de los dos hombres y se quedó diez segundos en silencio.

—Igual que a Licht. Lo envenenaron primero, lo amarraron y...

Unos pasos graves y lentos llegaron a los oídos de todos los presentes en la sala. Un hombre robusto y de cara graciosa entró en el salón. Los forenses siguieron trabajando y el gigante hizo un saludo digno de un general de las fuerzas militares. Casi nadie sabía que el clásico saludo de la milicia provenía de tiempos muy lejanos, cuando los soldados levantaban la careta del casco que les cubría la cara para saludar a sus colegas.

—Capitán Bazzani, qué gusto verlo de nuevo —dijo Linda mirando por el costado izquierdo de Downey.

—¿Cómo estás... Linda? —puso una mano pesada en la espalda del médico—. Y a usted, doctor Downey, ¿cómo le ha parecido todo esto?

—Muy extraño, capitán.

"No me diga doctor, por favor".

—Uno se acostumbra... ¿cierto?

El gigante y Linda sonrieron con complicidad.

—¿Qué pasó aquí... Linda? —preguntó el capitán.

—Le estaba comentado a Alan...

—¿Alan? Unas pocas horas y... ya lo llamas por su... nombre. Eres rápida...

—Le comentaba que es igual que lo sucedido a Licht. Envenenado, amarrado y su miembro fue mutilado. Fiel copia del primero.

—Terrible... y ¿tienes alguna... pista?

—Hemos seguido el mensaje de Licht.

—¿Y? —el capitán miró con algo de desprecio a los tres.

—Es increíble lo que hemos encontrado.

Linda le narró la aventura en la embajada griega y en el Centro de Documentos Digitales. No serían bienvenidos al volver a ese sitio. Después le mostró las tres páginas que habían descubierto en el disco, con la tajante destrucción de las dos primeras bases del rechazo al amor homosexual.

—Esto es... increíble.

—No lo creo, capitán —interrumpió el médico. Bazzani le dirigió una mirada que decía "Y ¿quién te preguntó?". Alan pensó en pocos nanosegundos que bien podía atragantarse con ese hijo de puta hipo—. Está muy bien argumentado. Los datos y las referencias son verídicos. Desde mi punto de vista, es bastante creíble. Extraño, pero muy convincente.

—Eso está por... verse.

—Pero, por algo lo asesinaron, capitán —dijo Linda—. Si esto es mentira, ¿qué sentido tiene que alguien quiera borrar al sacerdote del mapa?

—No lo sé... tal vez tengas razón.

—Pero, además tenemos que era homosexual. Podría ser una razón para matarlo...

—Eso me parece más... convincente —recalcó dirigiéndose al médico—. O sea que Sheffer...

—También era homosexual. Seguramente —dijo la agente.

—Me parece... lógico. ¿Qué piensa... Downey?

—Ya lo habíamos pensado. Creo que es el móvil de todo esto. Licht era homosexual, conocido en la ciudad. Creo que el asesino está escogiendo personalidades con gustos diferentes a los demás. Seguro quiere mostrarle algo al mundo, a la sociedad.

—Por fin estamos... de acuerdo en algo... Downey. Por eso no debemos... publicar nada en... los medios. Eso es lo que él quiere.

—Pero capitán, debemos apurarnos. Ya mató a un sacerdote conocido y a un psicoanalista famoso. Puede seguir con alguien más —Linda estaba preocupada. En definitiva, era su caso. Su trabajo. Su comida.

—Por el momento... ustedes sigan las... pistas del sacerdote. Esa información servirá mucho. Yo seguiré... buscando el automóvil que los... atacó. Con los otros detectives... haremos una lista con los... nombres de personas conocidas... que se sepa tienen gustos anormales.

—Yo no utilizaría esa palabra, Bazzani.

"¿Ahora qué piensas, *Garganta Floja?* No te llamas Capitán ¿o sí?".

—Sigue buscando, Linda —se dirigió a la agente sin determinar el comentario de Downey.

Un hombre de traje extraño, otra especie de astronauta, se dirigió al grupo con gran afán y agitación. Traía un tubo de ensayo con una minúscula partícula verde en el fondo. Cuando se detuvo tomó tres bocanadas de aire ante la expectativa del cuarteto médico policíaco. Mucho más verde que blanco.

—Disculpe, capitán. Tengo algo que les puede interesar...

—¿Qué sucede?

—Ya sabemos con qué sustancia fue envenenado.

Linda miró a Downey y le sonrió con orgullo. Después se dirigió al forense.

—Es cicuta, una planta venenosa... —dijo con un toque de soberbia la agente Brown. Esperaba el coro triunfal, el aplauso estridente, la felicitación merecida, el premio a la previsión, la exaltación a la genialidad. Bazzani la miró con gran sorpresa y expectación. El gigantón se encorvó de asombro y el médico servía de cómplice a las palabras de la bella dama con su cabeza que decía "sí, tiene razón".

—No, no, no, no, no. Definitivamente no es cicuta —la boca abierta de la agente Brown contrastó con la vergüenza ajena que sintió Downey. El capitán frunció el ceño y siguió escuchando al forense—. Pero sí es una planta extraña... de otras tierras.

—¿Cuál es? —quiso saber Alan. Bazzani seguía expectante.

—El forense en jefe dice que la llaman la *Mata de los tontos.*

—¿Qué? —exclamaron el médico y Linda.

—Sí, pero es más conocida como heléboro.

Un rayo de adrenalina cruzó el cuerpo de Alan. Esto era aún más impresionante que la conocida desaparición del maestro de Platón. Todo encajaba otra vez. Licht, Grecia, la homosexualidad, Sócrates, el cerebro. El médico tuvo que sentarse en el escritorio donde reposaba todavía *Tótem y Tabú*, mientras frotaba sus ojos y su frente con sus manos suaves y pesadas. Linda se acercó y trató de encontrar con su mirada los ojos de Alan Downey. El capitán hizo cara de extrañeza y se quedó mirando la escena casi romántica. El médico siguió conectando neuronas en su cerebro. Lo recordó todo.

Sólo una persona en la historia había muerto gracias a esa planta tóxica.

Du-l-qarnayn. "El de los dos cuernos", según los árabes. Un nombre casi celestial.

45

No había duda alguna. Todo encajaba. Tenía que ser él.

El médico se acomodó en la silla del escritorio y trató de enviar un poco de aire a su cabeza para aliviar la congestión de datos que pasaban por su mente. Miles de imágenes de cientos de años atrás revivieron como una película adaptada sobre historias de guerreros y conquistas. Al parecer, el asesino conocía con un poco más de profundidad que el resto de los mortales la historia de aquel hombre, de aquella civilización. Eso era un gran problema.

—¿Qué sucede, Alan? —preguntó impaciente Linda al ver la gran palidez del médico.

—Esto es increíble —se limitó a decir.

Bazzani seguía con la boca cerrada tratando de contener el hipo en su garganta. Se acercó al escritorio junto con el gigante, esperando que Downey empezara a decir lo que sabía. Al parecer el tipo no era ningún estúpido y podría convertirse en un gran aliado en el esclarecimiento del caso. Aunque eso es lo que querían, al capitán no le caía en gracia que un vil médico le arrebatara la gloria.

—¿Qué es lo que... sabe, Downey?

—Licht murió como Sócrates, el hombre más sabio de la humanidad. Que entre otras cosas era homosexual...

—Al grano —se enfadó el capitán.

—Y ahora Sheffer, una de las mentes más grandes del planeta, muere como otro gran hombre... —Alan seguía sin creerlo.

—¿Cómo quién? Habla por favor... —dijo Linda.

—Uno de los genios más grandes del mundo. El hijo de Filipo II.

Megas Alexandros era su nombre original, recordó Downey.

—Alexander Magnus —dijo en un susurro.

El cuarteto quedó mudo. Incluso, el halo de misterio y sorpresa crepitó por toda la mansión y produjo un silencio crepuscular. Las cámaras dejaron de emitir luces, los pasos de los policías se detuvieron y el aire se mantuvo estático por pocos segundos. El nombre de aquel personaje era familiar para los oídos de la agente, pero solo eso era lo que conocía, pues la vida y obra de ese hombre eran ignoradas totalmente.

—¿Alejandro Magno? —preguntó Linda.

—O Alejandro El Grande, como quieras llamarlo —cerró los ojos y ordenó sus recuerdos —. Esto es muy extraño. Muy poca gente conoce las circunstancias en las que murió.

—¿Cómo sucedió?

—Tienen que conocer toda la historia —echó una ojeada a sus tres espectadores. Algunos policías curiosos que hacían labores investigativas empezaron a prestar atención a las palabras del médico—. Filipo II era el rey de Macedonia, una región al norte de la actual Grecia, colmada de ríos hermosos, de valles y paisajes exóticos —Alan recordó a su país natal—. Es lo que en ese tiempo podía considerarse el reino griego, la *Hélade*.

—Ya veo —Linda recordó el nombre oficial de Grecia.

—El rey y su esposa, Olimpia, tuvieron un hijo al que llamaron Alejandro. Nació en el año 356 antes de Cristo. Su infancia y su juventud fueron normales, como las de cualquier joven griego de aquellos tiempos, ya sabes, educación personalizada, deporte, política, filosofía, en fin, una gran preparación. Pero cuando cumplió veinte años, un hecho terrible marcó el rumbo de lo que sería su vida.

—¿Qué sucedió? —preguntó Bazzani. Dos policías se unieron al grupo.

—Filipo fue asesinado en extrañas circunstancias y por obvias razones Alejandro se convirtió automáticamente en el rey de Macedonia. Con tan solo veinte años. Aunque podía considerarse que tenía una gran educación, ser rey de un pueblo era algo bastante engorroso. Pero su juventud no correspondía con su gran habilidad para soñar, para motivar a sus súbditos, para conquistar. Decidió seguir con el legado de su padre y se propuso conquistar todo el mundo conocido.

—¿Cómo? Pero, ¿estaba loco? Eso es imposible —dijo el gigantón.

—No, estaba muy cuerdo —una leve sonrisa iluminó la cara del médico—. Su objetivo era dominar Persia, que era el gran enemigo de Grecia, y manejar todo el Mediterráneo, pasando por África y llegando hasta suelo asiático. Todo el mundo.

—No lo consiguió, por supuesto —dijo un policía que acababa de llegar a la charla.

—Pues Alejandro salió con su ejército de treinta y cinco mil hombres, armados con pocos recursos, hacia tierras desconocidas. Se disponía a atacar un reino, el persa, que era cincuenta veces más grande que la *Hélade* y con veinte veces más hombres.

—Definitivamente estaba loco —dijo Linda.

—Locos llaman a los que no piensan como los demás, y pues sí, Alejandro lo era. También, como ustedes piensan, fue considerado orate y decían que estaba llevado por la ansiedad y el ímpetu juvenil. Se granjeó multitud de enemigos en su tierra, pero pudo convencer a sus guerreros para salir a luchar.

—Y, ¿qué sucedió después? —preguntó otro uniformado.

—Aunque no lo crean, derrotó a los persas en múltiples batallas —las expresiones de sorpresa y admiración se corearon en la sala—. Gránico en 334 e Isos en 333 fueron las batallas más importantes. Pero no se detuvo.

—¡Vaya! ¡Ver a un rey comandando su ejército en el campo de batalla! Eso debió ser genial, ya no se ve eso en estos tiempos —otro policía parecía motivado—. Qué gran aliciente para las tropas —a Bazzani le ofuscó el comentario.

—Así es. Pues Alejandro siguió luchando y conquistó el actual Líbano y Gaza, y con su gran capacidad y astucia militar entró en Egipto y también lo dominó en el 332 antes de Cristo. En este reino de las pirámides hizo fundar una de las ciudades más famosas de la historia, centro cultural e intelectual del mundo, donde se hallaban los documentos más viejos e influyentes —dejó que el comentario entrara en todos los oídos, esperando que alguien conociera el nombre—. Alejandría, en honor a su nombre. Es más, fundó muchas Alejandrías en todos los territorios que conquistó, pero la egipcia es la más conocida de todas.

—¡Qué vanidad! —gritó un hombre de verde. Las risas fueron generales, pero chocaron con ironía, dado el lugar donde se encontraban.

—No, no era vanidad. Alejandro fue discípulo de Aristóteles, el gran filósofo y científico griego Lo conocen, ¿verdad? Por lo tanto, sentía una gran admiración y profundo respeto por el conocimiento, por las ciencias y el progreso. Veneraba sin igual a los libros y a los códices. Hacía parte de una escuela muy buena: discípulo de Aristóteles, quien fue discípulo de Platón, y este de Sócrates, el hombre más sabio de la historia.

—¿Y siguió conquistando?

—Pero antes fue proclamado faraón en Egipto y fue considerado un dios por los sacerdotes egipcios. Y en ese momento decidió seguir extendiendo su imperio: pasó por Mesopotamia, donde luchó contra Darío III, fue hasta el actual Afganistán y terminó en la India. A caballo, a pie y luchando con todo lo que se encontraba. Conquistó todos esos territorios. Nunca, óiganlo bien, nunca en su vida perdió una sola batalla.

—Dios mío. ¿Eso es cierto? —dijo un hombre de blanco.

—Claro, y créeme, fueron centenares de ellas. Así fue como Alejandro, en pocas palabras, conquistó todo el mundo conocido, contra todos los pronósticos, y con solo unos treinta años de edad.

—Y entonces, ¿por qué lo asesinaron?

—Pues bien, habían pasado muchos años peleando y caminando por el mundo. Los soldados de Alejandro estaban muy cansados, querían volver a Macedonia y ver a sus familias. En un principio, Alejandro hizo caso omiso de las súplicas de sus hombres, pero mientras conquistaba pueblos y tierras trató de instruir a personas de aquellos lugares, sobre todo a los iranios, para que lucharan junto a él. Cuando completó un grupo grande de extranjeros que podían seguir con su sueño, decidió enviar a Grecia a la mayor parte de sus soldados. Estos se sintieron menospreciados y un sentimiento de odio nació en ellos contra su rey. Alejandro los llamó ingratos, con toda la razón, y siguió su camino.

—Seguro uno de ellos lo mató —dijo el gigante.

—Bueno, eso nunca se supo. Lo que sí se conoce es que Alejandro partió de la India hacia Arabia, como lugar de paso hacia su tierra natal. Se dice que pasando por Babilonia enfermó de paludismo y cuando llegó a Arabia tuvo que postrarse en la cama, donde murió.

—No entiendo. ¿Y el heléboro? —preguntó la agente Brown.

—Hay una teoría mucho más convincente, que trata de explicar su extraña y temprana muerte. Se sabe que Alejandro estuvo en un gran banquete que se realizó en su honor en Arabia, y que después de beber un trago cayó enfermo sin ninguna razón lógica. Estuvo varios días en la cama con grandes dolores y fiebre, y al parecer le suministraron un jarabe para que mitigara esos efectos. Al final murió, según todas las pruebas y hechos circundantes, envenenado por varias dosis de heléboro, una planta altamente tóxica. Lo raro es que en esos tiempos se usaba en medicina para tratar ciertas enfermedades, pero en dosis bajas. Los expertos consideran que hay que unir las dos teorías de su muerte para explicarla: enfermó de paludismo, pero recibió muchas dosis de heléboro que lo llevaron al envenenamiento.

—¿Todo fue un error?

—No es seguro, pero es probable. Claro que las circunstancias apuntan a que tal vez uno de sus hombres, Antipater, fue quien mandó matar a Alejandro. Antipater se sentía molesto porque el rey lo había destituido de su cargo y lo había devuelto a Grecia, junto con sus soldados. Incluso Aristóteles también fue uno de los sospechosos, ya que Alejandro había matado a uno de sus sobrinos. En fin, las teorías siguen, pero lo seguro es que las circunstancias de su muerte y su temprana edad, treinta y tres años, hacen parecer que todo fue una conspiración.

—Treinta y tres, como Jesucristo —bromeó un policía.

—Solo hace falta que un gran hombre muera joven y en extrañas circunstancias para que se convierta en leyenda. Y Alejandro lo es. Es el mayor genio militar que ha tenido la historia y el más grande visionario, agregaría yo. Sus aportes son incalculables. Fue el artífice de la unión de las culturas griega y persa, que representó una boda sin igual entre Oriente y Occidente, algo nunca antes visto. Logró conocer al detalle la geografía del mundo conocido y abrió las puertas comerciales para el intercambio internacional de mercancías, del cual es pionero.

—Impresionante —dijo Linda.

—Y como discípulo lejano de Sócrates, Platón y Aristóteles, y juntando su gran poder, promocionó la investigación y la colección del conocimiento científico. Las bibliotecas eran las primeras obras que construía en las ciudades que conquistaba. Era un guerrero, un conquistador, pero nunca un sanguinario ni asesino. Por eso es el mayor genio militar. Cuando conquistaba un pueblo no se imponía y mataba sin compasión, sino que levantaba asambleas, consejos y todas las instituciones griegas dignas de admiración.

—Parece un hombre bueno —dijo una voz lejana.

—Extraordinario es más apropiado. Incluso llegó a conocer muchos idiomas, no para ufanarse de su conocimiento, sino con el objeto de entablar contacto efectivo con los dirigentes y mandatarios que gobernaban las ciudades conquistadas, así como con los habitantes comunes y corrientes. Y su grandeza era tan infinita que siempre mostró respeto por los dioses de los pueblos vencidos y por sus sacerdotes. Y no lo hacía por ser práctico, sino que tenía la idea de que *todos* los dioses eran igualmente válidos y que cada pueblo debía conservar los suyos. ¿No les parece esto sumamente más sabio que tratar de vender una religión como la única verdadera y real? —miró al policía que había bromeado con la edad de Jesucristo—. He ahí la sabiduría del pueblo griego, de su grandeza.

Bazzani puso una cara de perturbación.

—Alejandro no dejó sucesor en su trono, ya que sus hijos, sus esposas y su madre fueron asesinadas. Pero su legado es impresionante. Tales fueron los cambios que introdujo al mundo, que desde su aparición victoriosa la historia griega ha llamado a ese período de gran desarrollo como período helenístico o alejandrino. Y duró más de trescientos años, hasta un poco antes de la aparición del cristianismo. Fueron los años de esplendor de la cultura griega. El período donde los griegos crearon las ideas y los valores fundamentales que han moldeado nuestra civilización.

—Pero señor —dijo otro policía—, ¿todo eso qué tiene que ver con este caso?

—Ya lo había olvidado. Alejandro tuvo un compañero que siempre estuvo junto a él, desde la infancia, tratando de hacerle la vida más fácil. Hefestión era un joven bello y simpático que hacía parte de los altos mandos del imperio alejandrino y ejercía una fuerte influencia en las decisiones del rey macedonio.

—Pero, ¿qué tiene de raro?

—Nada, simplemente que se profesaban un amor mutuo —los presentes se callaron intempestivamente—. Sí, pues Alejandro Magno, el rey de Macedonia y el mundo conocido, era homosexual —los susurros y los comentarios no dieron espera. Todos querían decir algo, opinar, pero Alan tenía toda la atención.

—Cuando Hefestión murió se dice que Alejandro celebró el funeral más espectacular de toda la historia. El amor era impresionante. Pero Alejandro también tuvo una pequeña relación con un joven persa llamado Bagoas que era... por Dios... no lo recordaba.

—¿Qué pasaba con él?

—Era un eunuco. Un hombre castrado. Como Licht y Sheffer.

—Eso sí que es interesante —dijo Linda.

—En fin, Alejandro Magno es un ejemplo claro de que la homosexualidad no significa ser afeminado, pues tenía el aspecto de un hombre bárbaro y agreste, y la mente de un genio. En definitiva, el genio militar más grande de la historia y el rey del mundo conocido era homosexual.

—Y parece que Melito, convertido en Antipater, anda suelto por ahí —agregó Linda.

46

Un vaso de agua fría fue suficiente para que Alan Downey refrescara su garganta y al mismo tiempo hidratara su cuerpo, que empezaba a sentir el cansancio del trajín del día, y trataba de relajarse después del entumecimiento temporal que había sufrido al ver el cadáver de Andrés Sheffer. Se hallaba de pie en el vestíbulo de la gran mansión aguardando a que Linda resolviera algunos trámites y papeleos judiciales que finiquitaban el trabajo policial en aquel lugar hermoso pero a la vez terrible. Con las manos dentro de los bolsillos del pantalón recordó todo lo que había pasado ese extraño lunes, tratando de encontrar la causa de todo ese lío. ¿Por qué le sucedían esas cosas tan extrañas a él? ¿Era solo una impresión subjetiva o en verdad era un hombre destinado a vivir intensamente? ¿No les sucedía lo mismo a los demás mortales? Tuvo que reconocer que su cerebro había atraído, de alguna forma, todas las situaciones por las que había pasado durante cuarenta y tres años. Incluso esta.

Mientras zapateaba con su pie derecho sobre el piso brillante y lujoso, algunos uniformados salían de la casa con equipos, armas y afán. Pudo observar desde el interior del lugar que los carros despejaban la parte frontal de la mansión que servía de estacionamiento, hasta que únicamente quedó una camioneta blanca sin identificaciones. Cuando giró su cabeza hacia la izquierda vio una figura que le seguía pareciendo llamativa e incluso ya muy familiar: Linda Brown se acercaba con la mirada contra el piso y con pasos resignados hacia donde estaba él. Detrás de ella, una camilla que transportaba un cuerpo inerte, cubierto con una manta blanca que ocultaba lo que todos sabían con cierta certeza.

El sonido chirriante de las ruedas desgastadas y los rodamientos secos y oxidados eran la única fuente que inundaba de vida aquel lugar, irónicamente. El silencio reinaba sin pedir permiso, y el médico, la agente y los dos forenses hicieron, sin darse cuenta, una marcha funeraria genuina desde el salón hasta la camioneta que aguardaba al cuerpo arrebatado de su alma. La pareja vio cómo los astronautas metían la camilla dentro de una cavidad metálica y refrigerada que desapareció cuando las puertas del auto se cerraron y el motor arrancó para llevarse los huesos y la carne que habían contenido a una de las mentes más brillantes del mundo.

Ambos se quedaron parados en las escaleras frontales de la mansión, cada uno esperando a que el otro rompiera el rito con una frase adecuada. Linda aprovechó el momento para cerrar sus ojos y dormir unos cuantos segundos, y pensó en lo absurdo y tenebroso que se le estaba convirtiendo aquel caso. El primer caso serio que tenía en su corta carrera. Pero no iba a dejarse intimidar por un asesino tramposo, ni mucho menos defraudaría a su jefe, el capitán Bazzani, el hombre que le había dado la oportunidad de surgir en una organización donde reinaba sin fundamentos rígidos el sexo masculino. Minutos antes le había demostrado que podía hacer un buen trabajo, aunque con la salvedad de que otro muerto había aparecido, pero sintió que al capitán le agradaban los esfuerzos y sobre todo los resultados que Linda había conseguido hasta ahora, siguiendo las pistas de Licht. Pero un pensamiento le revolvió el cuerpo: ¿había sido un logro exclusivo del médico? ¿Habría podido descifrarlo todo sin la ayuda de Alan? Seguramente no, pensó. Pero en definitiva, el médico era una herramienta que estaban utilizando para lograr un objetivo que, si se alcanzaba, le traería réditos a ella. Pero era una herramienta que le empezaba a gustar.

Garganta Floja había dejado el lugar después de escuchar la clase magistral de historia helénica que dictó Alan improvisadamente en el salón donde terminó la vida del psicoanalista más grande del mundo. Se había comprometido a ubicar el automóvil del hombre que los había atacado esa tarde, así como a tratar de prever la próxima víctima del asesino, si es que la había. Por lo pronto, el caso seguía siendo un misterio para los medios de comunicación y por ende para el mundo entero. El asesino seguramente estaba iracundo al no ver su obra publicada en todos los hogares del mundo.

Alan se sentó en las escaleras de mármol, contemplando el anochecer que empezaba a embargar a la gran ciudad. Los árboles que invadían los alrededores de la mansión se movían de un lado para el otro al ritmo de los vientos nocturnos y gélidos que solían aparecer por aquellas épocas del año. Las estrellas blancas y grises comenzaron a titilar en la bóveda celeste, mientras la Luna, enorme y con un tono como el ladrillo, iluminaba con debilidad la noche de aquel día mágico y extraño.

—Y ahora, ¿qué? —la voz cansada del médico resonó en el bosque circundante.

—Tenemos que acabar con esto de una vez —Linda no parecía convencida.

—Deberíamos descansar, ¿no te parece?

—No creo que sea lo más prudente. Tenemos a un asesino suelto y no sabemos si quiere atacar de nuevo. Cada minuto que le demos es una oportunidad para que mate —suspiró —, para que escape.

El médico decidió no contestar. En cierto modo, pero no supo en cuál, la agente tenía razón. Pero la noche había llegado y las fuerzas estaban mermadas en ambos cuerpos. Además, si seguían las pistas de Licht, lo más seguro es que encontraran más información que desvirtuara el rechazo de la humanidad hacia los homosexuales, pero tal vez nada los ayudaría a encontrar al agresor. Un día más, un día menos. La humanidad, o parte de ella, había esperado siglos por esa información. Un amanecer más no sería gran problema.

Alan le transmitió sus pensamientos a Linda.

—Pero, ¿qué hacemos entonces? —replicó ella.

—Descansar. Mañana seguiremos con la búsqueda —Alan se levantó.

—¿Sabes en dónde buscar?

—Lee el pasaje.

Linda sacó las tres páginas que habían sustraído con una dosis de atletismo del edificio de documentos. Cogió la última página, donde Licht advertía que el camino seguía y que nada terminaba ahí. Con una voz dulce y cansada, leyó el último párrafo:

En el templo inspirado por Saulo,
las almas descansan en su morada final.
En polvo se han convertido,
y bajo piedras duermen en paz.

Una de ellas contiene la verdad.
Solo recuerda que Sócrates condenado fue,
y repítete tres veces esta pregunta,
¿por cuántos jueces crees que no ganó la salvación?

Más pistas. Breves, pero confusas. Ambiguas, tal vez.

—Creo que el camino es cada vez más duro —dijo Alan mientras se rascaba la mejilla derecha sin notarlo, pues mantenía la mirada clavada en la noche oscura.

—¿No sabes qué significa? —Linda encogió sus facciones y no pudo ocultar la decepción que sintió.

—Parece que debemos ir a alguna iglesia o capilla. Pero hay cientos en esta ciudad. Como en todas.

—¿Alguna inspirada por Saulo?

—No sé quién es ese tipo.

—Algún griego, me imagino —Linda mantenía la línea del juego. Alan tornó sus ojos hacia arriba y comenzó a repasar la información electromagnética consignada en su cerebro. La agente sonrió levemente.

—No conozco a ninguno con ese nombre, pero tu razonamiento puede ser correcto.

—Bueno, mañana será otro día.

Ambos bajaron las escaleras que los separaban del estacionamiento. Caminaron con pasos muy lentos, tratando de que el tiempo se alargara y les permitiera seguir compartiendo una experiencia inolvidable. Aunque estaban lidiando con un asesino y dos cadáveres, por momentos esos recuerdos se borraban y disfrutaban de la mutua amistad que empezaba a nacer en las almas de ambos. Se dirigieron hacia el auto blanco y verde que yacía solitario en medio del estacionamiento.

El gigantón les había servido de mucho, pero el capitán Bazzani le había entregado ahora un auto propio de policía a la agente Brown. El hombre de ciencia y la agente se metieron al automóvil y salieron sin ningún afán a la ciudad nocturna.

Las calles estaban atestadas de automóviles, buses, camiones y hasta uno que otro modo de transporte impulsado por caballos. Una situación como esa era la más grande perturbación que podía caer sobre un conductor solitario, pero cuando estabas acompañado de una persona especial, la demora inevitable era una herramienta invaluable para poder charlar. Las personas empezaban a regresar a sus hogares después de cumplir la jornada laboral del día más aburrido de la semana. Pronto sería martes y así se empezaría a desvanecer otro período en la vida mortal. Pero también había otro grupo que no se dirigía a sus casas, sino que comenzaba a trabajar a altas horas de la noche.

Alan se acomodó sin prudencia sobre la silla y trató de descansar mientras veía la multitud de luces amarillentas que bañaban la avenida por donde andaban. Levantó un poco su cabeza para ver más adelante, donde los bombillos rojos traseros se contaban por miles. El camino hacia su casa sería algo prolongado. La agente había decidido que cada uno se quedaría en su departamento, y reanudarían la búsqueda muy temprano al siguiente día. Ahora se dirigían, a paso muy lento, hacia el hogar solitario del médico.

—Esto va a ser largo —dijo de pronto Linda, mientras mordía su labio inferior y miraba hacia el frente.

—Por lo menos no estamos solos. Estamos en compañía —Linda sonrió con el comentario de Alan.

—¡Gracias a Dios! —exclamó casi con sarcasmo la agente—. Me volvería loca si estuviera sola en esta situación.

—¿Cuál? ¿Este desastre de tráfico o el caso Licht- Sheffer?

—En ambos, creo. Todo me parece tan extraño, tan inimaginable, que me cuesta creerlo. Empiezo a pensar que no hay límites para un hombre decidido.

—Como el asesino de Licht.

—Sí, es inaudito. Espero que podamos cumplir el deseo de Licht de encontrar el tesoro del que tanto habla en su carta. Sería la única forma de reparar en algún modo su muerte.

—Y también *debemos* agarrar al asesino.

Linda empezaba a dudarlo.

—Alan, y ¿cómo nació tu fanatismo por los griegos? —Linda cambió de tema.

—Oh, es muy remoto. Cuando era un niño leía mucho. Un día me encontré con un libro que estaba en la biblioteca de la casa: *La Ilíada*, de Homero. Desde ese día quise saber y saber más, estaba entusiasmado. Mi madre era antropóloga y conocía mucho de historia antigua, así que cuando se dio cuenta de mi interés decidió enseñarme más y más. Era una excelente maestra y el tema era seductor, así que desde esa época decidí aprender todo lo posible sobre esa cultura.

—Es curioso que el último recuerdo profundo que tienes de Licht hubiera sido en el entierro de tu madre.

—Sí, es cierto —Alan recordó de nuevo aquella tarde.

—¿De qué murió?

—De injusticia —se limitó a decir.

—¿Podrías explicarme?

—Viví toda mi vida en Colombia. Estudié mi carrera de medicina y realicé mi especialización con grandes sacrificios, pues mi madre tenía que mantenerme sin ayuda, ya que mi padre murió cuando yo era un niño. Cuando me gradué, comencé a trabajar en algunos hospitales y gané buen dinero, y empecé a ayudar en la casa. Unos meses después me gané una beca en la Universidad de New York para realizar mi doctorado, pero eso implicaba dejar sola a mi madre. Así que con mis ahorros logramos viajar juntos. Siempre estuvo conmigo, incluso después de concluir mis estudios. Cuando me contrataron en el Instituto no dudé en aceptar y nos mudamos a esta ciudad, a un apartamento grande y hermoso —el médico tomó aire —. Mientras yo trabajaba, mi madre solía hacer una que otra asesoría en antropología y paseaba por centros comerciales, visitaba museos, tomaba café con sus amigas y otras cosas más.

—Y, ¿qué pasó?

—Un día, muy temprano, salió de casa en su carro para hacer unas compras. Iba conduciendo por una calle desolada donde dos tipos estaban asaltando a algún hombre desprevenido. Los hombres huyeron al lograr su objetivo y dispararon, como advertencia, a cualquier lado. Una de las balas entró por la ventana del carro y... y terminó en la cabeza de mamá.

—Por Dios. Es terrible.

—Una desgracia. Fue hace cinco años y hasta ahora empecé a aceptarlo. Me volví loco cuando todo sucedió. Recibí una llamada de la policía cuando estaba trabajando en el instituto. Llegué al lugar, pero ya habían levantado el cadáver, así que tuve que ir al Comando Central, donde trabajas. Me llevaron a la morgue y reconocí el cadáver. No lloré, simplemente quedé congelado durante varios minutos con la mente en blanco y con deseos de encontrar a esos bandidos. Fue terrible.

—¿Los encontraron?

—Tres meses después detuvieron a un joven sospechoso. Insistía en que nunca había cometido delito en su vida, que todo era un error. Pero hallaron pruebas de que había sido uno de los ladrones y ahora está en la cárcel. Nunca quise conocerlo.

—Lo siento mucho, Alan. De verdad.

—Gracias. Pero solo se siente cuando te sucede.

47

Después de dos horas de agitado viaje y de narraciones dramáticas, Linda estacionó su auto en frente de un bello edificio ubicado en un barrio con olor a eucalipto e inundado de hermosos árboles y jardines florales. Al parecer había llovido con intensidad por aquella zona, pues los charcos de agua reposaban en las aceras y los vidrios parecían sudar.

—Bueno, creo que es hora de despedirnos —dijo Alan.

—Así es. Buenas noches, Alan.

—Hasta mañana, Linda —se quedaron petrificados mirándose el uno al otro, sin saber qué ademán realizar. Alan no quería parecer rápido y Linda deseaba despedirse como lo haría con un buen amigo. Pasaron dos segundos eternos sin actividad y el hechizo se rompió —. Adiós.

—Espera, Alan.

"¿Me besará?", pensó.

—Toma, este es el teléfono de mi casa —Linda sacó un papel y escribió unos números con tinta azul—. Llámame a la hora que sea.

—Con gusto. ¿Mañana a las siete?

—Perfecto —Linda suspiró—. Y Alan, por favor, cuídate.

Alan sonrió y cerró la puerta del vehículo. Subió los tres escalones que conducían a la entrada del edificio y volteó a ver al automóvil. Con una sonrisa y un saludo de su mano derecha se despidió. Empujó las puertas de vidrio e ingresó al vestíbulo del edificio. Se sintió tranquilo de nuevo.

—¿Dónde está su auto, señor? —dijo el portero del edificio.

—Buenas noches, Billy. Tuve un pequeño problema, ya sabes, estos carros no son tan perfectos como dicen que son.

—Así es, señor. Por eso quiero tanto a mi moto.

—Eres genial, Billy. Nos vemos mañana. Feliz noche.

—Lo mismo, señor.

Alan subió por las escaleras, pues tomar el ascensor hasta el segundo piso le parecía un desperdicio de recursos. Cada escalón que pisaba lo acercaba a su gran apartamento y a su cálida pero solitaria cama. Tenía un deseo extremadamente enorme de botarse de una vez sobre el colchón y dormir varias horas con el traje de corbata aún puesto. Había sido un día denso: dos cadáveres, una carta del más allá, desempleado por primera vez en muchos años, una mujer hermosa, una búsqueda enigmática. Todo en menos de quince horas. Afortunadamente la noche había llegado y podría relajarse un poco y disfrutar de su comida predilecta, de la televisión y el sueño.

Abrió la puerta principal y entró al apartamento. Ubicó con instinto el interruptor que estaba a su lado derecho, a media altura de la pared blanca e impecable. La sala se iluminó con varios haces de rayos blancos casi amarillentos. Enseguida giró a la izquierda y se metió derecho a la cocina, uno de los sitios que menos utilizaba. Caminó cinco pasos y abrió con esperanza la nevera plateada que estaba empotrada en la pared. Por primera vez en mucho tiempo sacó una cerveza helada y la sostuvo durante varios segundos en sus manos, y decidió al fin que necesitaría dos más. Aunque se sentía agotado y quería apagar por unas horas su cerebro, algo dentro de él no dejaba de darle vueltas y seguramente no lo dejaría conciliar el sueño. Decidió entonces cruzar la sala con tres cervezas en sus manos y meterse a la pequeña biblioteca que tenía en el extremo norte de su hogar. Se dio cuenta del vaso verde con restos de jugo ya casi sólido que había dejado esa mañana antes de salir al trabajo, ubicado junto a su computador portátil y que había olvidado dejar en el lavaplatos. Se sentó en la silla de paño y encendió el computador. Mientras esperaba a que el aparato estuviera listo para ser manipulado, destapó una de las latas y vertió el líquido ámbar en el vaso que aún contenía restos de esa mañana del lunes mágico. Tomó un sorbo con el que esfumó tres cuartas partes del contenido.

Con sus dedos pudo entrar con rapidez a la Internet. Abrió una página, un motor de búsqueda, para buscar información con celeridad. El computador estaba rodeado por todos lados de decenas y decenas de libros ordenados con rigor en la estructura metálica y caoba que invadía la pequeña sala. A Alan Downey, como investigador y amante de la ciencia, le disgustaba sobremanera que la gente se resguardara fielmente en los motores de búsqueda a la hora de investigar. La cultura electrónica había invadido las aulas e incluso los centros de investigación, y los libros y las fuentes confiables habían sido relegadas al polvo y la oscuridad. Por eso se odiaba a sí mismo por tener que usar las herramientas informáticas y la red para buscar información, para investigar. No tenía más remedio, pues no sabía por dónde empezar la búsqueda.

Recordó la última pista de Licht.

Escribió dos palabras. *Saulo Templo.* Oprimió el botón que decía *Buscar* y esperó los resultados. Sintió rabia cuando un número de catorce dígitos le indicaba la cantidad de artículos relacionados. "Muy efectivo", pensó.

Comenzó a revisar cada uno de los títulos, pero ninguno le dio alguna pista. Algunos hablaban de Saúl, el primer rey de Israel, pero Alan no veía luz en este personaje, pues no podía entablar una relación de este con la búsqueda que estaban llevando a cabo. Pasó a la segunda página de resultados y el primer título que leyó lo dejó estupefacto. ¿Era posible? Alan no conocía bien la historia cristiana, pero algo le decía que había algo interesante. Ingresó a uno de los artículos que hablaba sobre un hombre llamado Saulo.

Había nacido en una ciudad que actualmente se ubicaba en Turquía, a orillas del mar Mediterráneo, que por su posición geográfica, ventajosa para el comercio, fue víctima de innumerables conquistas y guerras con pueblos extranjeros, entre ellos el imperio persa. Pero lo que más llamó la atención de Downey fue que aquella ciudad fue conquistada por el hombre y genio militar que revivió, por así decirlo, en el cuerpo de Andrés Sheffer. Tarso había hecho parte del imperio griego que había sido iniciado por Alejandro y se convirtió en una de las ciudades más importantes de esa cultura. Allí nació Saulo, un grecorromano que se convirtió en uno de los personajes más influyentes del cristianismo universal. Un griego. Linda tenía razón.

Saulo pertenecía a una familia hebrea y era judío, pero su pueblo se hallaba sometido al poder del imperio romano, por lo que también gozaba de la ciudadanía de la capital eterna. Por lo tanto, era común que todas las personas de aquella época tuvieran dos nombres asociados: uno propio del lugar de origen y otro latino. Saulo, el hebreo, también era conocido en el mundo romano como Paulo. Paulo de Tarso. Pablo, lo llamaron después. Fue tanto el impacto que tuvieron las enseñanzas de Jesús en él, que decidió expandirlas por el mundo conocido, labor que no era nada fácil, pero considerando que hablaba el griego y el arameo con fluidez, sería una tarea con altas probabilidades de éxito. Y así fue. Nunca conoció a Jesucristo, pero interpretó sus palabras con inmensa sabiduría, y era tan extenso su conocimiento de las culturas griega, romana y judía, que fue el candidato perfecto para globalizar el mensaje cristiano. Así fue como escribió varias cartas dirigidas a los pueblos griego y romano, para llevar el mensaje del cristianismo, y que hoy se encontraban plasmadas en el Nuevo Testamento de la Biblia.

Alan encontró en otro artículo que Saulo, su nombre hebreo, era un nombre vergonzoso en su significado griego. Y también recordó algo más. Algo que hacía más coherente la búsqueda de la verdad de Licht. Saulo era el autor de tres de las cuatro bases del rechazo cristiano a la homosexualidad. Romanos, corintios, Timoteo. Pero Licht ya les había mostrado cómo se derrumbaba la base de la carta a los Romanos, y había enseñado la verdadera intención de Pablo de Tarso en sus escritos. Un hombre tan sabio no podía tener un objetivo tan absurdo, como el de discriminar a los hombres y mujeres que no compartían una orientación sexual determinada.

En cierto modo, Licht también se parecía a Pablo. Eran cristianos, seguidores de Jesús, pero conocedores y amantes de la cultura griega. Ya sabía que Saulo, o Pablo de Tarso, era la clave para esta pista, pero surgía una nueva pregunta: ¿cuál es el templo inspirado por él? Alan abrió la segunda cerveza y la sirvió en el vaso. Otra vez, a regañadientes, tuvo que utilizar el motor de búsqueda. Quería ubicar alguna iglesia que estuviera construida en honor a san Pablo. Los resultados no se hicieron esperar. Encontró que Pablo había pasado algún tiempo en el templo de Jerusalén, tratando de aprender sobre Jesús y los cristianos, debatiendo con los rabinos y emitiendo opiniones argumentadas. Pero no era eso lo que buscaba.

De pronto creyó encontrar la clave. Una foto de lo que parecía una gran mansión bajo un cielo azul y despejado, con una estatua y varias columnas en la entrada, le devolvieron la calma. La Basílica de San Pablo Extramuros, una de las iglesias más antiguas de Roma, donde se creía había sido enterrado Saulo. Lo raro es que se encontraba en Roma, bajo el poder de la Ciudad del Vaticano. ¿Acaso Licht quería que viajara hasta la capital italiana para encontrar la verdad? No, algo no encajaba en ese lugar. Alan siguió leyendo y encontró que era un templo sagrado lleno de lujosos pisos y obras de arte memorables, pero ningún cementerio o mausoleo.

Las almas descansan en su morada final.

Decidió seguir el consejo de Linda. Agregó a su búsqueda un término asociado. Grecia. Miles de resultados inundaron la página. Todos hablaban de la vida y obra del santo, sus misiones a Grecia, sus viajes, sus escritos. Parecía que todos los títulos narraban las mismas cosas. Tomó un sorbo de cerveza y cerró los ojos. Los abrió lentamente, acompañado de un suspiro relajante y paseó su mirada por los estantes, donde se mezclaban los libros de medicina y de la cultura helénica. Se levantó y tomó un libro de pasta negra y de gran volumen.

La Antigua Grecia. El pueblo más importante de la historia.

Alan tenía la versión en tomos, por lo que le resultaba más sencillo manejar el libro. Buscó en el índice la sección que hablaba sobre la época del imperio romano, aquella donde vivió Pablo. Encontró la misma información que ya le había entregado la Internet, pero claro que mucho más profunda y detallada. Pasó páginas y páginas que hablaban sobre las misiones de Pablo en Grecia y la evangelización del pueblo griego. Cuando llegó a la última página del capítulo, su corazón casi explota. La última frase del párrafo final daba una conclusión determinante:

Pablo era el santo patrono de Grecia.

Enseguida recordó lo necesario y buscó en el índice. El tema apareció sin mucho esfuerzo. Rápidamente pasó las páginas hasta el número que había encontrado y miró el título en letras enormes. Religión en Grecia. Pasó otras dos páginas hasta que encontró lo que buscaba. La Iglesia ortodoxa griega. Leyó algunos fragmentos que estaban resaltados en el libro y comprobó que esta era la religión predominante en Grecia, con un porcentaje muy cercano al ciento por ciento. Dicha Iglesia estaba gobernada por un sínodo de obispos que estaba bajo el mando del Arzobispo de Atenas, no del Papa. Era una iglesia ortodoxa independiente, que no tenía relación alguna con la Católica Romana y, por lo tanto, el Sumo Pontífice no interfería en sus asuntos.

Alan leyó que la Iglesia Católica Apostólica Ortodoxa provenía de los doce apóstoles de Jesús, y que igual que su hermana la Católica Romana, compartía una profunda veneración por Jesucristo y sus enseñanzas. En definitiva, eran iguales, pero también era claro que la Ortodoxa mantenía una visión mucho más conservadora y estaba más apegada a los ritos y costumbres de principio de la era cristiana. Era la religión común en la Europa Oriental y estaba desligada totalmente de la iglesia Romana, pues en alguna época se separaron y formaron negocios distintos. Ahora el Papa gobernaba a los católicos romanos, y las diversas iglesias ortodoxas estaban regidas por arzobispos y patriarcas regionales. Rusia tenía la mayor concentración de ortodoxos en el mundo y Grecia pertenecía a ese grupo de países que seguían con vehemencia las enseñanzas del Señor.

Downey siguió leyendo, pues quería encontrar algo que le confirmara lo que estaba pensando. Y no tardó en encontrarlo. Según los datos históricos y las referencias nombradas en el texto, Pablo, Saulo de Tarso, era el fundador de la Iglesia ortodoxa griega. El inspirador de la religión helénica.

48

Este automóvil no le gustaba tanto como el suyo. Aunque era más moderno y cómodo, le resultaba extraño ese olor a nuevo y tanta ergonomía le parecía absurda en un artefacto que solo le servía para escapatorias y persecuciones. Lo estacionó muy cerca del edificio. Era el momento correcto. Se bajó y con los guantes bien puestos se dirigió con paso tranquilo a las escaleras de la entrada.

Su patrón le había hecho cambiar de medio de transporte, pues en la ciudad la búsqueda del corcel negro era prioritaria para la policía. Empujó las puertas de vidrio e ingresó al vestíbulo, que estaba iluminado con una luz tenue.

—Buenas noches. ¿Busca a alguien?

—Vengo a visitar a un amigo —dijo con su voz extraña.

—Claro, ¿quién es su amigo?

—Solo le traigo un mensaje.

Plutons sacó su pistola automática y disparó tres veces en un segundo. El silenciador hizo un trabajo perfecto. Billy cayó sobre la mesa de la recepción, con tres hoyos sobre su pecho.

49

Pablo era el fundador de la iglesia griega, el inspirador de la religión que se profesaba en las tierras de Sócrates y Alejandro. El mismo que conoció la cultura griega y su promoción del amor por los jóvenes. Solo debía buscar un templo de la iglesia ortodoxa griega que tuviera tumbas en su interior. Volvió a meterse en el motor de búsqueda e ingresó a la página oficial de la ciudad. Sabía muy bien dónde buscar. En un título que decía "Sitios de interés" vio una frase que seguramente le mostraría el sitio indicado. Las iglesias de la metrópoli. Eran más de mil cien iglesias, entre grandes, pequeñas, católicas, islámicas, lujosas, más lujosas, recientes y antiguas. Afortunadamente se le permitía buscar la que quisiera con una palabra clave. Escribió una única palabra. Grecia.

Apareció un solo resultado.

Era suficiente.

Abrió la página que contenía los datos del sitio.

El sonido del timbre lo sacó de su hipnosis cultural.

Plutons esperaba con el arma en su mano junto a la puerta. No necesitaría que el médico abriera, pues los proyectiles atravesarían sin problema la madera café. Solo necesitaba escuchar los pasos de Downey. Volvió a timbrar, pues no recibía respuesta a su petición de entrada. Downey nunca imaginaría que le esperaba una muerte tan fácil.

"¿Quién rayos será a esta hora?", pensó.

¿Linda olvidaría algo? Si así fuera, Billy lo hubiera llamado por el citófono. Nadie subía sin la autorización de Alan, excepto su madre, cuando vivía. Muy despacio se metió a la cocina y agarró el citófono. Tres timbrazos. Nada. Tres más. Nada.

La perilla de la puerta empezó a vibrar. Alguien quería entrar sin permiso.

Volvió a la biblioteca y abrió la ventana que daba a la calle trasera del edificio.

No aguantó más. Plutons quiso abrir la puerta mediante uno de sus métodos adquiridos en el mundo criminal, pero no logró mayor cosa. Así que apuntó con su arma y disparó tres veces contra el seguro. La puerta se abrió suavemente.

Alan miró hacia atrás y vio cómo ingresaba un cuerpo robusto con una cara que conocía muy bien. El corazón estuvo a punto de jugarle un mal rato, pero no tenía más escapatoria. Un disparo quebró el vidrio de la biblioteca y lo hizo saltar sin medir las consecuencias. Sintió un pinchazo profundo en el hombro izquierdo y cayó contra su lado derecho sobre las plantas y el pasto que crecía en la parte trasera del edificio.

El maldito había saltado. Plutons corrió hacia la biblioteca y se asomó a la ventana. El médico corría con dificultad por el callejón. Sería difícil apuntarle desde ahí. Antes de saltar por el mismo lugar que utilizó Downey, vio la foto de una catedral que brillaba imponente en la pantalla del computador que estaba en el escritorio. Sonrió y saltó con gran habilidad a la calle oscura.

Cayó con suficiente solvencia y se apresuró a tomar carrera hacia el cuerpo débil que corría en frente de él, a unos cincuenta metros de distancia. Apuntó y disparó, pero el proyectil impactó la pared lateral del callejón. El hombre se estremeció y cambió de dirección. El hijo de puta no era tan fácil de cazar.

El dolor de la caída no fue suficiente para detener la huida de Alan Downey. Se levantó sin chistar y con un fuerte dolor en su hombro corrió como nunca por el callejón desolado. De pronto pensó que eso era lo único malo de vivir en un barrio tan exclusivo: nunca había gente en las calles, mucho menos a esas horas de la noche. Ni siquiera una sola persona.

Rápidamente miró su hombro y vio como una mancha roja crecía sin parar por su elegante camisa. Una corriente eléctrica atravesaba su cuello y su brazo, tratando de inmovilizar su clavícula. Un disparo resonó en su oreja izquierda y decidió ir para el otro lado. El aire empezaba a escasearle en los pulmones, pero otro disparo lo obligó a acelerar el paso. Al fin salió a una calle residencial y volteó a la derecha. Siguió corriendo pero no encontraba un refugio seguro. Las piernas empezaban a rendirse y no se dio cuenta de una pequeña bajada que había en la acera. Cayó de bruces contra el asfalto.

Plutons volteó en la misma dirección que el médico y lo vio caído en el piso. El tipo se levantó y siguió corriendo, pero esta vez más lento; se metió entre algunos carros que estaban estacionados en la calle, lo que dificultó la tarea de Plutons. Tres disparos hicieron volar cristales y abrieron latas, pero el médico seguía corriendo. Plutons empezó a desesperarse y su ansiedad fue mayor cuando vio que el médico levantaba los brazos en medio de la siguiente calle.

Alan llegó a la siguiente calle y una luz lo llenó de esperanza. Más bien eran dos. Un automóvil azul pasaba por el sitio y frenó en frente del médico, que estaba atravesado pidiendo ayuda. Alan gritaba impaciente pidiendo auxilio. El hombre le abrió la puerta del pasajero y se metió sin vacilar. El auto arrancó a toda velocidad y desapareció en la noche.

—¿Qué le sucedió, amigo?

—Casi me matan.

—Está herido. Lo llevaré a un hospital.

—No, lléveme al Comando de Policía.

El buen samaritano hizo caso.

Plutons no lo podía creer. Su presa se había escapado. Lo había subestimado en grado máximo. Tenía que volver al auto y repasar todo el asunto. A su patrón no le gustaría mucho el resultado de la operación, pero afortunadamente tenía una información que les iba a servir más adelante.

50

El día había acabado súbitamente como en los últimos diez años. Había olvidado cómo lucía la ciudad, pues cuando los rayos del sol permitían disfrutar de los edificios, de las calles y del escaso paisaje, se encontraba encerrado en una caja de cemento y vidrios tratando de encontrar respuestas a múltiples fenómenos humanos. Físicos, pero en definitiva humanos.

Ni siquiera sabía qué hora gobernaba en ese momento, pero seguro que era muy tarde ya. La oscuridad había embargado a la gran ciudad y los automóviles que rodaban por las calles podían contarse con una rápida mirada de reconocimiento. Le encantaba conducir a esas horas, pues las vías quedaban solitarias para aprovecharlas al máximo, aunque ignoraba que en el día todavía existían embotellamientos en aquella metrópoli. Su tez morena, bastante oscura, combinaba de forma espectacular con su traje negro y su camisa blanca, que llevaba impecable desde la mañana, y que adornaba con una corbata azul celeste que le alumbraba el rostro. Paseó sus grandes manos por el volante y estacionó el vehículo en frente de su casa. El silencio era abrumador. El motor paró y la soledad se hizo más profunda.

Empezó a caminar muy despacio hacia la puerta que le daría la bienvenida cálida a su recinto familiar. Hacía muchas semanas que no veía los rostros de sus dos pequeños hijos, pero su esposa le comentaba en las noches cuán inmensos estaban. Su cuerpo estaba agotado y sus pasos eran lentos y pesados. Mientras buscaba las llaves de la casa con su mano derecha entre el saco, trataba de soportar el peso del maletín que resguardaba centenares de hojas con números, gráficos y uno que otro mamarracho.

Un sonido de la hierba lo puso en alerta. Echó una ojeada al gran jardín de la parte frontal de la casa y no vio más que pasto, flores, su auto y las casas de enfrente al otro lado de la calle. El viento empezó a soplar con firmeza y tuvo que entrecerrar un poco sus ojos. No era nada. Se dispuso a abrir la puerta.

Antes de que pudiera meter la llave, sintió una presencia cercana.

—Buenas noches —escuchó a su espalda. No pudo evitar el susto. Las llaves se le cayeron al suelo.

—¿Quién es usted? —dijo con temor David Herny.

—Un admirador —hizo una pausa—. En cierto modo.

—Si no se larga ya, voy a llamar a la policía.

—No es necesario.

El extraño sonrió con mesura. Sin que Herny se diera cuenta, sacó con rapidez una pistola automática y le clavó una bala en medio del cráneo. El hombre, que por su raza estaba genéticamente programado para ser grande y corpulento, cayó como un gran tronco en medio de una selva virgen. El asesino tenía la fuerza suficiente como para arrastrar un cuerpo humano y lo hizo con gran pericia hasta conducirlo al pequeño garaje de la parte trasera de la casa, que había abierto con mucha facilidad media hora antes.

51

Un vaso de agua helada que se bebía cada tres minutos y una inyección de anestesia que le dormía temporalmente el hombro no podían igualar la confortable sensación de seguridad que sentía bajo las paredes del Comando de la Policía. Una de las enfermeras del turno de madrugada estaba limpiando la herida de bala que había atravesado un músculo sin tocar el hueso, después de haber retirado el artefacto metálico ensangrentado del interior del cuerpo de Alan Downey. El buen samaritano había aparecido en el momento justo para alejarlo del peligro y acercarlo a esas manos sanadoras, bendecidas por la ciencia, que estaban curándole un dolor terrible.

Una decena de policías que estaba de guardia aquella noche tenebrosa, contemplaba con admiración el rito médico mediante el cual se cerraba la profunda herida. Sus cabezas iban de un lado para el otro, como espectadores de un partido de tenis, pero en esta ocasión seguían la trayectoria de la aguja que entraba y salía sin piedad de la carne abierta del hombro del médico. Uno de los oficiales presentes reconoció a Downey apenas había llegado al edificio, pues lo había visto en la casa de Andrés Sheffer mientras realizaban el levantamiento del cadáver y además había participado de la clase de historia griega que el neurólogo había dictado con gran elocuencia. Se sorprendió al verlo llegar con la mitad de la camisa manchada de rojo y con pocas energías para caminar.

Antes de que fuera atendido, y en un acto de altísima preocupación, se percató de que los policías llamaran a la casa de Linda para avisarle de lo ocurrido. Afortunadamente se encontraba sana y salva en su apartamento, pues Downey sospechaba que el atacante no solo quería su cabeza, ya que en la tarde anterior había demostrado que la pareja era una piedra en su zapato. Y ahora no sabía cuánto tiempo llevaba ya acostado en esa camilla dura y caliente que le maltrataba la espalda, pero no le importó, pues muy pocos salían con vida de las garras amenazantes de un asesino desquiciado.

Un sonido lejano de tacones le produjo cierta alegría.

—¡Dios mío, Alan! ¿Estás bien? ¿Qué sucedió?... ¡Por Dios!

—Me atacó, Linda, casi me mata el hijo de puta —dijo con voz cansada el médico.

—¿Quién lo hizo?

—El hombre que nos disparó en la carretera esta tarde... es decir, ayer.

—No lo puedo creer.

Mientras suturaban la herida, Alan le comentó a Linda su experiencia de esa noche. Ahora los dos no solo compartían un interés grande por conocer el secreto de Licht, sino que quedarían con una marca indeleble en sus hombros que los uniría mucho más en el camino que aún no acababa. El médico le relató todo a ella y de paso a los uniformados que allí se encontraban: desde que entró al edificio y saludó a Billy, pasando por el refrescante licor que saboreó y la pequeña, incómoda, pero eficaz búsqueda que había emprendido en su biblioteca, hasta la inesperada aparición del hombre que intentó acabarlo por segunda vez. Pensó que era infinitesimalmente probable que un ser humano se viera enfrentado más de una vez al abismo inevitable de la muerte, pero no el mismo día.

La escapatoria al atentado ahora le parecía absurda al médico, pues no daba crédito a todas las peripecias que había tenido que utilizar para evitar ser cazado por un proyectil metálico que posiblemente estaba planeado para que entrara en su cerebro. En esta ocasión, un instinto milenario había entrado en total funcionamiento invadiendo sus neuronas, generando un estado de emergencia corporal del más alto grado, pues la supervivencia, o mejor, la diaria lucha contra la muerte invencible era el objetivo principal de todo ser humano. Tal objetivo había nacido gracias al desarrollo de ese órgano tan sublime e insuperable llamado cerebro. Y Alan lo conocía muy bien, aunque no era necesario tener una pizca de conocimiento para activar el impulso nervioso destinado a preservar la permanencia terrenal.

—¿Descifraste las pistas? —gritó Linda con emotividad.

—No fue muy difícil, aunque no me gustaron los medios que utilicé —Alan ya estaba sentado en el borde de la camilla mientras la enfermera le vendaba el hombro reparado. Su torso no era el de un deportista consagrado y el abdomen casi plano estaba cubierto por una poblada capa de pelo negro y rojizo.

—¿Y?

—Pues es simple. Saulo era un griego, como bien supusiste, pero provenía de una familia judía que habitaba en una ciudad dominada por el Imperio Romano: Tarso. Por lo tanto, tenía también un nombre latino: Paulo o Pablo.

—Es Pablo de Tarso, ¿no? —dijo la enfermera.

—Correcto.

—Pero si no estoy mal, Pablo fue el nombre que Saulo tomó después de tener una experiencia religiosa que lo hizo convertirse al cristianismo —dijo Linda.

—Pues, eso no es tan acertado. Como te digo, en ese tiempo las personas acostumbraban a tener dos nombres asociados. Uno del lugar de origen y otro para identificarse en el imperio.

—¿Y eso qué tiene que ver con la pista, con los griegos?

—Paulo de Tarso se encargó de expandir el cristianismo por Europa y gracias a su tarea apostólica fue creador de muchos núcleos de creyentes en todo el continente, que posteriormente se convirtieron en grandes iglesias y organizaciones influyentes. Entre otras, se le atribuye la fundación de la Iglesia ortodoxa griega. Es más, San Pablo es el santo patrono de Grecia.

—¡Dios mío! Todo encaja a la perfección —Linda tomó un respiro—. Es decir, que el templo inspirado por Saulo hace referencia a uno de la iglesia griega.

—Por supuesto. Y no me vas a creer, pero aquí en la ciudad solo existe una iglesia de ese tipo.

—Claro, la Catedral de San Clemente —dijo uno de los policías. Todos los presentes se congelaron y quedaron mudos—. ¿Qué quieren que haga? Mi madre solía asistir allí.

—¡Correcto! —gritó Alan en un tono parecido a un profesor orgulloso de sus alumnos —. Allí debemos buscar.

—Aguarda un momento, Alan. Hay algo que no entiendo. ¿Cómo es que un santo católico, un papa de la Iglesia Romana, es el nombre elegido para una catedral ortodoxa? —Linda había hecho otra pregunta inteligente. Alan parecía desconcertado, pues miró al piso blanco mientras mordía su labio inferior.

—Es muy sencillo, agente Brown —respondió el policía que había dado el nombre del templo—. Esa catedral no es en honor del papa Clemente sino de Clemente de Alejandría, uno de los sacerdotes más importantes de la iglesia ortodoxa, no solo griega, sino mundial.

—Claro, tienes razón —dijo el médico—. Si mal no recuerdo, Clemente de Alejandría nació en Atenas y se educó muy bien para llegar a ser un religioso reconocido. Llegó a ser el obispo de Jerusalén, pero su aporte más importante son sus escritos sobre la ética y la moral cristianas.

—Así es, señor Downey. Mi madre me enseñó mucho sobre él. Básicamente continuó con el trabajo de Pablo de Tarso, quien no pudo unir las culturas griega y cristiana, y tuvo relativo éxito, pues logró coordinar la filosofía griega con la fe de Jesucristo.

"El deseo más intenso de James Licht", pensó Alan.

—En ese momento propuso que la vida debía ser una mezcla inseparable de fe y razón —recordó el médico—. Que no solo la moral debía ser la base del hombre, sino que el complemento perfecto era la parte intelectual. Dos pilares fundamentales.

La religión y la ciencia. La iglesia y la Antigua Grecia unidas.

—Pues no me queda la menor duda del lugar —afirmó la agente. Downey hizo un gesto de pesar hacia su hombro maltratado—. Esperaremos a que amanezca para empezar de una vez.

—Como ordene, agente —dijo Alan.

Y enseguida recordó súbitamente una frase de Clemente de Alejandría.

No se puede vivir sin conocer.

Un pensamiento similar al de Sócrates, al de Licht, al de él mismo.

52

El viento soplaba con gran fuerza en las horas de la madrugada, llevando en su viaje a miles de hojas amarillas y naranjas desprendidas de los árboles antiguos que bordeaban el callejón principal. Solo unas pocas luces débiles daban claridad a los andenes destrozados y a las pilas de escombros y basura que yacían encima del asfalto agrietado. El conductor del vehículo conocía muy bien todas las cloacas inmundas que bañaban las afueras de la ciudad y desde hacía unos años había tomado como suya una bodega abandonada que parecía un hangar terrorífico, para tener un poco de privacidad y proteger sus actividades. Se acercó a la puerta y se sintió a gusto cuando observó al otro automóvil que estaba estacionado. Parqueó su auto en el lugar correcto, en caso de necesitar huir, y se bajó con gran lentitud. Su labor estaba a solo un paso de terminar y todo había salido a la perfección. Excepto, claro está, la presencia inesperada del medicucho y su compañera. Pero eso ya habría sido solucionado esa misma noche.

Sacó una maleta mediana, idónea para un jugador de fútbol, y la levantó con firmeza agarrándola con sus guantes de cuero negro. Antes de entrar miró para todos lados en busca de presencias extrañas, solo por costumbre, ya que nadie en el mundo se atrevería a visitar esos parajes, con excepción de él y su compañero. Cuando estuvo seguro, abrió la puerta de lata y entró a un salón oscuro e inmenso, donde había miles de cajas de cartón, maquinaria obsoleta, desagües innumerables y uno que otro roedor. Cincuenta metros más adelante observó un bombillo que colgaba milagrosamente del techo y que iluminaba una pequeña oficina en una de las esquinas de la bodega. Una silueta grande permanecía sentada en espera de algo.

Una sonrisa pícara le iluminó el rostro.

Caminó hacia el lugar y reparó en que su compañero se levantó con agilidad de la silla y le dirigió una mirada extraña. No le gustó en absoluto. Ingresó a la oficina y puso la maleta sobre el escritorio maltratado que estaba en pleno centro del lugar.

—Linda maleta, señor —dijo Plutons tratando de romper el hielo.

—¿Qué pasó?

—Estuve en el edificio, como me indicó. El tipo llegó en la noche, algo tarde, y esperé unos minutos...

—¿Qué pasó?

—Ingresé al apartamento, pero... —Plutons hablaba en un tono casi inaudible.

—Pero, ¿qué?

—Estaba armado y me disparó varias veces. Le respondí y lo herí —su interlocutor se rascaba la cabeza y frotaba sus ojos—. Saltó por la ventana y escapó.

—¡Eres un estúpido, Plutons!

—Señor, discúlpeme, no volverá a suceder.

—Eso es seguro.

Un sonido mecánico resonó en la habitación. Plutons se desplomó sobre el escritorio y cayó de bruces contra el suelo. Un hilo de sangre empezó a emanar de la espalda del matón, que empezaba a convulsionar y daba el último adiós a su vida llena de vicios y matanzas. El asesino lo remató con tres tiros en la cabeza y así descargó la enorme furia que embargaba su cuerpo. El médico seguía vivo y eso no lo podía tolerar. Afortunadamente no era un hombre peligroso, pues su vida la había pasado estudiando y trabajando, nunca merodeando por las calles.

Revisó el cuerpo inerte y solo encontró un arma y un cuchillo. Lo olvidó por completo y se dispuso a repasar su gran obra. Abrió la cremallera de la maleta y sacó tres frascos de vidrio cubiertos con papel periódico, así como una carpeta llena de papeles. Se sentó con parsimonia y se dedicó a revisar la carpeta. Una foto de un hombre viejo con un traje negro que le cubría el cuerpo y un gorro extraño en la cabeza estaba tachada con una cruz roja, igual que otras dos fotos tomadas en la calle, en las que salían dos hombres, uno blanco y otro moreno, ambos vestidos de corbata. Licht. Sheffer. Herny. Eliminados.

Sacó la última foto, donde un hombre parado en un estrado, al parecer dictando una conferencia, levantaba su brazo izquierdo para señalar una figura helicoidal de varios colores que no tenía ningún sentido para el asesino. Contempló la foto durante varios minutos, tratando de enfocar su cerebro hacia el próximo objetivo. Este sería más fácil que los demás, pues se conocían personalmente y su visita no sería sorpresiva. Además, gracias al hombre retratado había conocido todo el trabajo que el sacerdote Licht estaba preparando y el cual le había dado los motivos suficientes para vengarse de las mentes más depravadas del mundo. Después podría ocuparse del médico y de su compañera.

Revisó algunos papeles donde había datos personales de cada uno de los protagonistas de las imágenes, así como fotocopias con información histórica de personajes supuestamente importantes en la civilización humana que compartían una extraña atracción por personas del mismo sexo. Todo un cúmulo de información que le había sido muy útil para su plan mesiánico, según él mismo lo denominaba. Toda su vida se había dedicado a obtener datos de estos personajes enigmáticos y pudo revivir la muerte merecida de todas sus víctimas.

Tenía que descansar para dar la estocada final. Pero antes de irse a dormir, tomó uno de los frascos de vidrio que reposaba sobre el escritorio y retiró el papel que lo cubría. Un órgano sexual masculino flotaba en un líquido transparente y viscoso. Arrojó el tarro a la cesta de la basura junto con el otro par. Al día siguiente los botaría al río y así se libraría de las evidencias.

Se levantó, miró el cadáver y salió con orgullo en su rostro.

53

Los policías que habían pasado la noche en el Comando Central empezaban a regresar a sus casas para dormir mientras el sol alumbraba la ciudad, cediéndoles el puesto a igual número de compañeros que llegaban recién bañados y con un uniforme impecable. Alan abrió con dificultad los ojos y se sintió perdido durante unos segundos, hasta que su cerebro recordó que no estaba en el cómodo colchón de su cama. Se sentó sobre la camilla en la que había dormido durante cinco horas y estiró con energía sus brazos hacia el cielo, tratando de liberar del letargo a sus músculos cansados. Una punzada le atravesó el hombro izquierdo y se percató de que los hechos de la noche anterior no habían sido una pesadilla soñada.

Se frotó los ojos para mejorar su vista y observó a dos enfermeras nuevas que organizaban las medicinas, las sillas y limpiaban el lugar. En un sofá que estaba pegado contra la pared frontal se encontraba Linda durmiendo con gran facilidad. Daba lástima tener que sacarla de ese profundo sueño. Una de las enfermeras se percató de que el paciente se había despertado y enseguida lo saludó y le ofreció dos píldoras verdosas con un vaso de agua helada. Valiente desayuno. El dolor ya no era tan intenso como hacía unas horas, pero el movimiento de la articulación seguía siendo limitado.

Gracias al ruido que producía el ajetreo del par de enfermeras y a la luz natural que se filtraba por los ventanales, no se pudo evitar que la agente abriera sus ojos grandes. Se encontró de frente con la presencia de Alan, se levantó de un salto del sofá y sin decir nada se metió presurosa al baño de la derecha. El médico no entendió nada, pero cuando observó, quince minutos después, que la mujer salía muy bien maquillada y peinada, y seguramente con la boca aseada, solo se le ocurrió reír levemente. Enseguida siguió el ejemplo de Linda y aseó a medias su cara y sus brazos, dejando como estaba, todo lo demás.

—Buenos días, Alan —dijo la agente—. ¿Cómo sigues?

—Algo dolorido, pero mejor. Hace mucho tiempo no dormía con tanto gusto.

La puerta de la enfermería se abrió súbitamente.

—¿En qué se... metió, Downey? —dijo el capitán mientras miraba el vendaje del médico.

—¿Yo? En nada, Bazzani. Me metieron sin mi consentimiento.

—Es mejor que se... cuide. Lo necesitamos para... continuar la búsqueda.

Alan y Linda se miraron con complicidad. Por primera vez le escuchaba palabras de ayuda al capitán Bazzani. En verdad debería estar en apuros.

—No se preocupe, capitán —Alan volvió a llamarlo por su rango—. Vamos por buen camino y no dudo que lograremos la meta.

—Eso espero, Downey —dirigió su mirada a la agente—. Linda, tienen que... apurarse y dar con lo que sea que... Licht quiso dejar. Y, por cierto, en la... noche encontramos el automóvil que los atacó... ayer en la carretera. Estaba abandonado... en un bosque en las... afueras de la ciudad.

—¿No había nada, capitán? —contestó con rabia la agente.

—Algunos papeles... Estamos en busca de... huellas. Pronto encontraremos a... ese imbécil asesino.

—Creo que todo empieza a verse claro —dijo Downey. El capitán se despidió y salió disparado del recinto.

El médico quedó sin palabras y les dirigió una mirada casi dramática a las tres mujeres que lo acompañaban en la enfermería. No tenía camisa para ponerse, pues la de color celeste que había elegido para trabajar el lunes anterior tenía un hueco pequeño rodeado de una gran mancha carmesí que se había secado, formando una pasta imposible de quitar. Linda no tuvo que preguntar nada para darse cuenta de la necesidad de Alan y salió con prontitud hacia un lugar indeterminado. Volvió cinco minutos después con una pequeña pila de ropa que contenía un pantalón negro de sudadera, una camiseta deportiva blanca y unos zapatos acordes de color blanco. El médico recibió con reverencia el atuendo y se dispuso a ponérselo con cierta resignación, tratando de agradecer el gesto generoso que había tenido la agente con él.

—Lo usan para los entrenamientos de campo —le dijo Linda mientras revisaba cada una de las prendas.

Alan no dijo nada, simplemente sonrió y se metió al baño. Salió treinta segundos después vestido como todo un deportista dispuesto a empezar su jornada diaria de labores aeróbicas.

—¿Cómo me veo? —dijo.

—Muy bien, señor Downey —dijo una de las enfermeras. Las tres mujeres rieron al tiempo.

—Ya estoy listo. ¿Qué hacemos? —contestó después de dejar que el comentario se desvaneciera en el aire.

—Irnos para la catedral —dijo Linda.

—Entonces vámonos —contestó.

El carro verde y blanco estaba estacionado en frente del Comando, justo en el lugar en que Alan Downey había estacionado el día anterior su ahora destrozado Audi, cuando llegó preguntando por el paradero de James Licht. Subieron al automóvil de la agente y empezaron un nuevo día de pesquisas. Alan esperaba que veinticuatro horas después estuviera en su apartamento, desayunando sin ningún afán y tratando de imaginar qué diablos se iba a poner a hacer ahora que no tenía un empleo fijo. "Algo haré", pensó. Tenía confianza en que el asunto Licht-Sheffer terminaría en cuestión de horas y muy pronto regresaría a su vida como investigador del cerebro.

Linda encendió el vehículo y arrancó por la calle colonial que conducía a la plaza principal de la ciudad. Ya había averiguado muy bien dónde se encontraba la Catedral de San Clemente, un palacio monumental que yacía clavado desde hace mil quinientos años en un barrio caracterizado por sus parques verdosos y enormes que eran visitados asiduamente por multitud de fanáticos de la salud y el esparcimiento. Ninguno de los dos conocía la edificación, pero las fotos que habían visto mostraban un espectáculo grandioso de arte, esplendor e imponencia.

Detrás de ellos se movilizaba un automóvil idéntico, pero con un número de identificación diferente. Ya tenían motivos suficientes para cuidarse mucho mejor y un par de policías más serían de gran ayuda en caso de que el asesino quisiera seguir intentando acabar con ellos. Linda se metió con pericia por una de las avenidas centrales de la ciudad, que atravesaba de norte a sur todos los edificios y el paisaje urbanístico, y aceleró a fondo. La mañana parecía más calmada que de costumbre, lo cual sembró una luz de esperanza en el corazón de Alan, que empezaba a elaborar hipótesis sobre el fin del caso, que tarde o temprano, en años o en horas, terminaría.

Linda no tardó en entablar conversación.

—¿Qué crees que encontraremos en el templo?

—No lo sé —Alan se vio sorprendido—. Imagino que Licht derrumbará las otras dos columnas y todo terminará ahí. Sería la destrucción total del rechazo de los homosexuales por la Iglesia.

—¿No te parece muy sencillo?

—Sí, pero no veo nada más. Licht era muy sabio, pero quizás solo quería mostrarnos todo lo que encontró.

—No puede ser solo eso, Alan. Debe haber algo más.

—Todo lo sabremos en unos minutos. Si es que nuestras deducciones son correctas.

Alan terminó de un tajo la conversación. Pero Linda seguía con una duda desde el día anterior.

—¿Cómo engrana todo este asunto con tu trabajo, Alan? —el médico volteó a mirarla—. Es decir, todo esto de los griegos, la homosexualidad, tu trabajo, tienen algo en común, ¿o me equivoco?

—Creí que nunca la preguntarías —el médico organizó sus ideas—. Pero, tienes razón. Desde que encontramos el pasaje del Catecismo, el tema me ha estado dando vueltas en la cabeza. Con solo leer esa palabra tan maltratada, tan vilipendiada, miles de conexiones se realizaron automáticamente en mi cabeza. La homosexualidad. No creo que sea una gran coincidencia con mi trabajo, pues casi todos los científicos de todas las ramas han tratado de encontrar una respuesta válida a ese comportamiento tan particular, que es más común de lo que parece.

—¿De todas las ramas?

—El amor entre personas del mismo sexo se ha visto de forma extraña para la humanidad, claro que con la excepción de los antiguos griegos, los egipcios y otras culturas milenarias. El hecho de que la gran mayoría de la gente tenga un deseo definidamente heterosexual por medio del cual engendra otros seres humanos, ha conllevado a que se vea al homosexualismo como algo fuera de lo normal. Y la ciencia, que nos da respuestas de casi todas las realidades que nos rodean, no ha sido ajena a investigar sobre el tema. La medicina, la psicología, la filosofía, la genética, la biología, la química y la neurología han tratado de hallar la respuesta, la fuente universal de la homosexualidad. Pero nadie, en toda la historia, ha dado con el asunto. Hay muchas teorías acerca de su origen, pero todas tienen falencias bastante grandes y, por lo tanto, no sabemos mucho todavía.

—O sea que tú has investigado también.

—Como dije, ningún científico puede evitar estudiar el tema. Pero lo mío fue más por casualidad. Hace unos años, en el instituto estábamos realizando algunos experimentos de un proyecto financiado por una empresa de alimentos dietéticos. Querían saber cómo trabajaba el cerebro humano a la hora de elegir las cosas que vamos a comer. Para no aburrirte mucho, basta contarte que encontramos que la mayoría de las personas tiene una gran dificultad para resistirse a consumir alimentos no saludables —Linda parecía cada vez más sorprendida con las anécdotas del médico—. Sí, es cierto. Cuando consumimos grandes cantidades de azúcar y grasa, nuestro cerebro activa la dopamina, una hormona neurotransmisora que genera una sensación de placer extremo, adictivo. Es la misma sustancia que gobierna a los drogadictos y a los alcohólicos.

—¿Cómo?

—Bueno, eso lo descubrimos después, pero en definitiva, siempre que con tus sentidos percibas un alimento con alto contenido de grasa o azúcar, tu deseo de saborearlo será muchísimo más grande que si te ofrecen una lechuga. El cerebro está condicionado para que sintamos una gran debilidad por todos los alimentos que no son tan saludables. A la empresa que nos contrató no le gustaron mucho los resultados, pero fueron valiosos para nosotros y para el mundo, pues de ahí se desprendieron otros temas y se generaron respuestas a otros problemas.

—Como la homosexualidad...

—Pero indirectamente. Primero dimos con la adicción a las drogas y el alcohol, que se da por altísimas concentraciones de dopamina en el cerebro que llegan a tomar el control total de tu comportamiento. Hicimos varios experimentos para sustentar nuestros estudios y un día encontramos unos resultados extraños en una de las personas que participaban en los ensayos. Los resultados del escáner cerebral y de otras técnicas de lectura del cerebro nos dejaron muchas dudas, pues algo funcionaba de forma distinta. Después de muchas interpretaciones y de evaluar teorías, no dimos con nada. Hablamos con el tipo y, entre todo lo que le preguntamos, resultó contestando en una pregunta que era homosexual. A todos los científicos no les pareció algo especial, pero yo quedé con una duda tremenda.

—¿Qué hiciste?

—Me puse a estudiar su zona emotiva y sexual del cerebro, y gran sorpresa me llevé cuando descubrí que esta era la zona que se estaba comportando de forma diferente. Estuve días, meses, semanas, estudiando el caso y después de mucho tiempo obtuve el aval del instituto, del director King, para seguir con la investigación. Obtuve unos resultados esperanzadores, pero meses después sucedió lo de mi madre y me vi obligado a parar por un tiempo. Cuando volví a trabajar, el director había cancelado el proyecto y cerró toda la financiación para el caso. Así terminó todo.

—Es increíble. Lástima que no hubieras seguido investigando.

—Nunca dije que le hice caso a King.

—¿Cómo?

—Como lo oyes. Me obsesioné tanto con el tema, que no podía dejarlo perder. Había dinero, conocimiento y un tema inquietante de por medio. El director nunca lo supo, pero sacaba recursos de cada uno de los proyectos que manejaba para financiar este, y me dediqué a estudiar sin descanso. Leí y analicé todas las teorías científicas sobre la homosexualidad y me encontré con muchas preguntas, con múltiples dudas, que tal vez podía despejar.

—¿Qué encontraste?

—El tema ha sido ampliamente estudiado. Pero como te comenté, nadie ha dado con el meollo del asunto. Por lo menos han definido de cierta forma a la homosexualidad. Científicamente, se dice que es una orientación sexual permanente e *involuntaria* por las personas del mismo sexo.

—¿Involuntaria?

—Sí, ser homosexual no se elige, es algo que está programado en tu cuerpo. Así como a mí no me gusta la leche y odio las aceitunas, cosas que no elijo, hay personas que sienten atracción por las del mismo sexo. No lo eligen, son así.

—¿Y qué me dices de los tipos que violan niños, Alan? No me digas que ellos no eligen ser así. Estás justificando un crimen atroz...

—Tenemos que aclarar algo. Esas personas que violan niños son unos pervertidos, unos depravados. Son personas que tienen perturbaciones muy profundas en sus vidas y se desquitan con esas acciones atroces. No son homosexuales, son criminales depravados. Yo hablo, y la ciencia también, de los hombres y mujeres que sienten, sin ninguna influencia externa, el deseo de compartir sus vidas con personas del mismo sexo. Además, también hay hombres violadores de niñas, y viceversa.

—Pero en fin, las relaciones sexuales de los *gais* no son nada naturales...

—Sé para dónde vas, Linda. Existen muchos estudios sobre el tema y te los resumiré: así como los heterosexuales tienen formas de alcanzar la satisfacción sexual, los homosexuales también. Y contrario a lo que piensas, la mayor parte de sus prácticas sexuales tienen que ver con la masturbación y la felación, seguido por la estimulación interfemoral. Similar a nosotros, los heterosexuales. Aproximadamente, solo el cinco por ciento de los homosexuales tiene relaciones anales. Es la forma menos habitual de goce sexual entre ellos.

—No me impresionas.

—En fin, volviendo al tema, la homosexualidad ha sido estudiada por muchas ramas de la ciencia. Se puede decir que tres son las que más han trabajado en busca de explicaciones. La genética ha sido una de las mayores fuentes de estudios y teorías acerca del tema. Algunos de ellos, como los del señor Kallman, parecieran demostrar que el ADN y los genes tienen mucho que ver con esa orientación sexual. Este tipo hizo experimentos con gemelos que se creían homosexuales y encontró que en un noventa por ciento de los casos, los dos hermanos desarrollaban un comportamiento homosexual. Es un resultado sorprendente, pero no es universal, es decir, la genética no siempre es la causa de este asunto.

—¿Quién más ha investigado?

—Las causas también se han atribuido a las hormonas y a una supuesta condición intersexual del ser humano. La primera no ha ahondado mucho en el tema y ha encontrado más problemas que respuestas. Y la intersexualidad no tiene fundamentos claros, pues basa sus ideas en la genética.

—Nada alentador, Alan.

—Sí. Y aunque las teorías más fuertes están en la parte psicológica y psiquiátrica, tampoco han dado con la raíz de ese comportamiento.

—Suena interesante —dijo la agente—. Pero, en definitiva, es un problema, una rareza que la sociedad no ha podido ver como algo normal. Y como tus amigos científicos no han dado con el asunto, puede ser que en verdad no exista una explicación razonable de ese comportamiento.

—¿Un castigo divino? —dijo el médico con algo de rabia.

—No lo sé. En el mundo vemos cosas tan insólitas, que a veces cuesta creer que el hombre sea capaz de hacerlas. Asesinatos, violaciones, depravaciones. Si la ciencia no ha encontrado la respuesta a la orientación homosexual, tal vez es que no se encuentra en su campo de investigación.

—¿Y en dónde más puede estar? No me digas que la Iglesia debe mandar en estos asuntos. Durante siglos creímos que la Tierra era el centro del universo, pero hasta hace muy poco conocimos que no es así. Nadie se imaginaría que podríamos ir a la Luna y a otros planetas, que nos transportaríamos por los cielos, que lograríamos clonar seres vivos y que descifraríamos el genoma humano —Alan tomó un respiro—. La religión debería simplemente servir para que seamos mejores personas, no para poner barreras a nuestro pensamiento.

—¡Pero con tanto avance tecnológico no dan respuesta aún! ¿Por qué?

—Porque es un comportamiento, algo intangible, algo que no puedes encerrar en un tubo de ensayo para analizarlo. Además, los grupos religiosos se han apoderado durante mucho tiempo de las acciones de los hombres, justificándolas o rechazándolas, según les parezca. Nunca se pensó que toda acción humana, todos nuestros comportamientos, tenían una base científica, alguna causa razonable.

—¿La tienen?

—¡Por supuesto! La ciencia ha encontrado la razón de ser de nuestras acciones, de nuestras costumbres, ¡de todo lo que somos, por Dios! La psicología y la psiquiatría han dado muchas luces sobre el comportamiento humano, pero más desde una visión externa del hombre como ser influenciado por su medio ambiente —hizo una pausa—. En cambio...

—En cambio, ¿qué?

—El cerebro es otra cosa. La neurociencia ha logrado vislumbrar la forma como trabaja el cerebro humano. Y si conoces cómo funciona el computador central de una máquina, cómo se dan las órdenes al sistema óseo y muscular, por qué hacemos lo que hacemos, es porque conoces el funcionamiento básico del ser humano. Es una visión mucho más completa, más precisa. De adentro hacia afuera.

—La máquina más poderosa del universo —dijo Linda.

Alan cerró la boca, pero sintió un poco de alegría al escuchar esa hermosa frase.

54

El resto del trayecto lo pasaron en silencio, pues Linda no quería calentar el ánimo del médico, que había dado señales de comenzar a enfurecerse cuando la conversación la llevó a criticar a la ciencia. Tres calles antes de arribar al sitio indicado pudieron observar, sin ningún esfuerzo, la torre principal de la Catedral de San Clemente. Parecía un edificio largo y muy delgado, lleno de ventanales grises por los que difícilmente podría sacarse un brazo para saludar. La adrenalina empezó a fluir con rapidez a través del cuerpo del médico, como si una presencia extraña y peligrosa, pero también enigmática, lo esperara en el interior de aquel lugar. En menos de treinta segundos alcanzaron la parte frontal del templo y la agente estacionó con cuidado junto a la acera.

Antes de bajarse del automóvil, Alan cerró los ojos y repasó una pequeña oración que su madre le había enseñado para calmarse cuando sintiera alguna amenaza. Cuando terminó, su cerebro se despejó y sintió una armonía triunfal que le gobernaba el pecho. Bajó sin decir palabra, casi al mismo tiempo que lo hizo la agente Brown. El médico se quedó petrificado sobre el césped verdoso que cubría los alrededores del templo griego y paseó su mirada por toda la hermosa estructura de color marrón con acabados góticos. Linda hizo una seña a los policías que se habían colocado detrás de ellos y la pareja de uniformados asintió levemente, acto que demostraba que vigilarían con detalle a cualquier persona extraña que se acercara al lugar. Se acomodó al lado de Alan y compartieron la experiencia visual.

Una enorme cúpula sobresalía en todo el centro del templo, como un gran meteorito de color aguamarina que había bajado de los cielos para clavarse con gran precisión sobre el tejado que protegía al templo, no solo de los embates del clima, sino que resguardaba la intimidad y la ritualidad necesarias en un recinto sagrado. Estaba adornada en la punta por una cruz dorada, perfectamente tallada en oro, según dedujo el médico. A un lado de la cúpula se alzaba la gran torre que ya habían divisado unos minutos antes, pero esta vez se veía más imponente y amenazadora. Además, pudieron darse cuenta de que también tenía en la parte superior una cruz, más pequeña, pero del mismo material de la que estaba sobre la cúpula. Dos puertas gigantes, que se encontraban abiertas, daban acceso al centro religioso. Alan se dirigió a la entrada y Linda lo siguió sin decir palabra.

Atravesaron con poca lentitud el camino bordeado por arbustos y piedras que guiaba a los fieles a las puertas del templo. Varios jardines de flores moradas y violetas adornaban el espacio abierto que quedaba entre la iglesia y la calle. Alan respiró con soltura y el aroma fresco de las flores perfumó sus vías respiratorias, pero también le recordó el olor del lugar donde su madre dormía eternamente. Antes de ingresar al templo dirigió sus ojos hacia el cielo y pudo reconocer un símbolo familiar, pero extraño para muchos, que estaba grabado en la piedra café que soportaba la estructura monumental.

—Mira —le dijo a Linda mientras señalaba con su índice derecho.

—Lo he visto en alguna parte.

—Seguro. En el Vaticano, en algunas ropas clericales, en iglesias. Esto es asombroso.

—¿Qué es?

Alan se quedó anonadado observando el símbolo.

—Un crismón —dijo al fin—. Es un símbolo para representar a Cristo.

—¡Claro! ¡La figurita de la izquierda es un pez!

—No exactamente —corrigió Alan—. Las dos pequeñas figuras de los lados son letras griegas minúsculas —hizo una pausa intencional—: alfa y omega.

—El principio y el final —Linda estaba asombrada.

—Jesucristo —completó el médico—. En el alfabeto preferido de Licht.

—Y, ¿qué es lo del centro?

—Bueno, también son letras griegas, pero superpuestas.

—Explícame...

—Cristo en griego se escribe Χριστος . Chi, Rho, Iota, Sigma, Tau, Ómicron, Sigma. Si tomas las dos primeras letras y las pones una sobre otra, obtienes este símbolo tan apropiado. Chi y Rho. Que parece una cruz y un bastón, como el de Moisés o el del Papa.

—Otra vez Grecia metida en nuestra cultura.

—Afortunadamente —dijo Downey.

Cuando llegaron al borde de la entrada, Alan sintió un frío intenso acompañado de una soledad mortuoria y un silencio aterrador. Se escuchaba el sonido de música gregoriana en todo el espacio encerrado por las altas paredes y el techo abovedado, pero no se podía dilucidar claramente si había algún grupo musical dentro del templo o la fuente era otra. Mientras caminaban por el corredor principal de la iglesia, el médico escudriñó cada uno de los adornos, las estatuas, las imágenes y las obras de arte que se repartían todo el gran piso. El suelo de mármol y los zapatos de la agente producían un sonido rítmico y profundo que los podía delatar a muchas millas de distancia. Algunas lámparas inmensas de color dorado y terminaciones cristalinas colgaban del techo finamente tallado en piedra con adornos ondulantes y enredados. Las pinturas medievales en cada una de las paredes laterales retrataban a Jesús en distintas circunstancias, ya fuera con sus apóstoles, en la crucifixión, en su nacimiento o simplemente solitario, pintado con colores y de facciones algo cuadradas. Las columnas de tremendo grosor que soportaban el techo estaban adornadas con algunos caracteres griegos que el médico no reconoció, pues se trataba de un griego de miles de años de antigüedad. Alan pudo ver que unos parlantes diminutos se escondían entre las columnas y el techo, fuentes ininterrumpidas de la música relajante.

Parecía que el sitio estaba solitario, pues ni siquiera un feligrés se encontraba hablando mentalmente con los dioses. Los pasos de la pareja eran el único susurro que conmovía las moléculas de aire, ya casi inmóviles y a punto de volverse líquido, gracias al abandono total en que había caído el recinto. Siguieron caminando, adentrándose cada vez más en las entrañas del templo griego, mirando con curiosidad cada uno de los rincones, siempre ocupados con alguna representación religiosa. Finalmente llegaron al altar principal, desde donde observaron con reverencia a un Jesucristo totalmente blanco gobernando la pared central, que estaba crucificado y con la mirada clavada en el suelo, casi mirando de frente a Alan Downey. El médico lo miró fijamente y quedó casi hechizado durante varios segundos.

—Alan… Alan —el médico se despabiló con la voz de Linda—. ¿Por dónde es?

—¿Por dónde es qué?

—Los muertos —Alan frunció el ceño—. Alan, la pista de Licht —Linda sacó el papel y leyó en voz alta:

En el templo inspirado por Saulo,
las almas descansan en su morada final.
En polvo se han convertido,
y bajo piedras duermen en paz.

—Oh, tienes razón. Estaba un poco perdido —entrecerró los ojos y pensó un momento—. No tengo la menor idea. Debemos conseguir al encargado de este lugar.

Alan volteó a mirar para todos lados y no vio ninguna puerta secreta o pared falsa que pudiera indicarle el camino hacia alguna oficina donde se resguardara el sacerdote. Linda lo miraba tratando de leer sus pensamientos, pero no logró nada concreto.

—¿Hola? ¿Hay alguien aquí? —Alan levantó la voz. Nada pasó. Vio una campanita de plata que había sobre la mesa del altar y después de mirar a Linda la tomó y la agitó en cinco oportunidades. Un sonido chirriante resonó en el templo. Pero no sucedió nada.

—Seguramente es un anciano. No debe ser muy rápido —dijo Linda. Alan celebró gustoso el comentario.

Pasó un minuto más y Linda ya empezaba a desesperarse. Algo pasó por su cabeza, pero lo rechazó de inmediato. Sesenta segundos más hicieron que la idea regresara y se confesó ante el cielo antes de hacer lo que tenía en mente.

—Que Dios me perdone —dijo la agente. Puso dos dedos en su boca y un chiflido estridente casi derrumba los antiguos techos. Fue estruendoso, que incluso el médico, que no era muy religioso pero sí muy respetuoso, se alejó de la mujer unos tres metros, tratando de aparentar que no la conocía. Alan la miró con total extrañeza, como diciéndole "¿Qué demonios estás haciendo?".

La medida fue extrema, pero muy efectiva.

—¡Qué ruido es ese! ¡Esta es la casa de Dios, por favor! —un anciano apareció mágicamente por detrás de una de las columnas que descansaban a los lados de Jesucristo crucificado—. Paciencia, paciencia muchachos.

El hombre, envuelto en un traje negro que iba desde el cuello hasta los tobillos, parecía un mago de la época medieval. Traía en su cabeza un gorro casi cúbico del mismo color, que llevaba pegado un velo oscuro que cubría toda la parte trasera de su cuerpo. Llevaba un bastón metálico que resonaba contra el piso y que se asemejaba bastante a la letra Rho del símbolo griego de Cristo. De su cuello colgaba un gran medallón dorado con las mismas letras que estaban grabadas en la entrada de la Catedral de San Clemente. Pero lo más llamativo eran sus pequeños anteojos con marco de plástico de alta gama y su barba blanca que le llegaba hasta el estómago.

—Disculpe, padre —dijo Linda—. Solo queríamos hablar con alguien.

—Ustedes los jóvenes no utilizan los mejores medios para conseguir lo que quieren. Solo les interesa el resultado —Alan se sintió regañado, aunque pensó que el religioso se había equivocado en algo. No eran muy jóvenes ya.

—Discúlpenos, padre, pensábamos que no había nadie en el templo —Alan logró calmar los ánimos del religioso con su voz segura y sincera.

—¿Vienen a confesarse? —dijo el anciano mirando con dureza a la agente.

—No exactamente —contestó Downey—. Queremos visitar el lugar donde se encuentran los muertos, aquí en la catedral —Alan rodeó el techo con su mirada, tratando de encontrar el sitio indicado.

—Las personas que han muerto están en el cielo, hijo. Esta sólo es la casa de nuestro señor Jesucristo, donde podemos conectarnos con él, en cierto modo.

—Creo que me expliqué mal, padre. Aquí en el templo debe existir un lugar donde se guarden los restos mortales de algunos humanos, ¿o no? —al médico se le dificultaba hablar en el idioma de otra profesión.

—Claro que sí —Linda y Alan se miraron con felicidad—. Hay una cripta donde descansan algunos de los hombres y mujeres más importantes para la iglesia ortodoxa griega de este país. Pero hace muchos siglos que nadie es enterrado ahí.

—¿No hay nada más? —preguntó Linda.

—¿Por qué tanto interés en las tumbas? ¿Qué buscan?

—Estamos buscando los restos de mi padre —dijo Alan. Otra vez había mentido con gran habilidad, sin darse cuenta. Sin embargo, en su cuello se formó un nudo terrible y el pecho le palpitaba fuertemente—. Murió hace pocos años y nunca supe lo que pasó con su cuerpo. He investigado un poco y todos los datos indican que debe estar en esta iglesia.

—Es importante para él, padre —el anciano suavizó los gestos contra Linda—. Desde que mi suegro desapareció, nuestra vida familiar no ha sido tan feliz como quisiera Dios —Alan no la miró, pero su nerviosismo crecía exponencialmente.

—Bueno, en el sótano hay una sala inmensa donde descansan miles y miles de almas humanas. Pero no son cuerpos...

—¿Entonces? —dijo Alan.

—Son polvo. Abajo hay tumbas diminutas donde se guardan las cenizas de cuerpos que fueron cremados. Pero debo advertirte que son miles de tumbas y no sé cómo encontrarás a tu padre.

En polvo se han convertido y bajo piedras duermen en paz.

—Las lápidas tienen el nombre —dijo Linda, como diciendo algo muy obvio.

—No, hija. Todas las lápidas allá abajo son iguales —el médico se tomó la cabeza en un gesto de preocupación y la agente vio desvanecerse todo el caso—. Todas están marcadas con el crismón, porque al final todos somos hijos de Dios, sin nombres ni fechas mortales.

—¿Qué hacemos? —Linda se dirigió al médico.

—Es imposible encontrar la tumba.

—Claro que... —el anciano los interrumpió—. Hay un dato que solo posee la persona encargada de organizar el funeral del difunto, ya sea un familiar o un amigo. Cuando las cenizas se meten en las pequeñas tumbas, se le asigna un número que es secreto. Eso nos ayuda a ubicarla en caso de que necesitemos sacar algo. Pero supongo que por tu situación, no conoces el número...

—Claro que puedo conocerlo... —dijo el médico con calma.

—¡La pista! —gritó Linda.

—¿Pista? No entiendo —dijo el sacerdote.

—Creo que el número que necesitamos nos lo entregaron en forma de pista, padre. Cosas de la vida —intervino Alan levantando las cejas, alzando los hombros y torciendo la boca.

El anciano de la extensa barba los llevó a la parte trasera del altar, casi en el mismo punto donde se encontraban los talones del enorme Jesucristo crucificado. El sacerdote ortodoxo sacó una pequeña llave dorada que llevaba en uno de los bolsillos, que a primera vista no existían, y la introdujo en una rendija diminuta y camuflada que estaba clavada en una pared cubierta por un tapete con adornos rojos y amarillentos. La giró media vuelta y un sendero oscuro apareció a la vista de los tres aventureros. El camino comenzaba con unos escalones que se dirigían hacia abajo, mucho más allá del nivel de la calle.

El religioso dio el primer paso y puso su pie derecho en el escalón inicial, que parecía tallado directamente en la piedra que descansaba en el suelo de la ciudad, soportando edificios, carreteras, montañas, automóviles y cada día más y más humanos. A la agente le pareció aterrador el ingreso por ese camino estrecho y pedregoso que solo tenía un metro cincuenta de altura y pocos centímetros de ancho. El anciano puso su dedo sobre la pared de piedra y automáticamente se encendieron cientos de bombillos que estaban empotrados en el techo semiesférico de la ruta hacia el descanso eterno. Alan no se imaginaba cómo podían realizar un acto fúnebre en aquel lugar, cuando decenas de personas bajaban por aquel camino a dar la despedida final a una caja con una mezcla extraña de cenizas y polvo. Y tampoco sabía cómo iba a meter su metro ochenta y cinco centímetros de esqueleto y músculos sin maltratarlos.

Linda siguió al sacerdote, pues prefería tener la seguridad total de que tanto su parte posterior como frontal estaban resguardadas por dos hombres confiables. El médico entró con gran dificultad, agachándose en exceso, con el cuello y el tronco doblados hacia la izquierda, mientras con las palmas de las manos se sostenía de las paredes húmedas y con múltiples nacimientos de musgo. Sintió en carne propia lo que habría sentido Arne Saknussemm y el profesor Lidenbrock. La escalera daba vueltas, como un caracol, y el radio de aquellos giros se hacía cada vez más extenso. Los sonidos de las gotas de agua que se filtraban por las paredes y caían sobre los escalones, formando pequeños charcos y uno que otro hilo de agua, le aportaban más terror a aquel lugar. El aire empezó a escasear en los pulmones de la agente, que sentía que las paredes se hacían más estrechas y estaban a punto de colapsar sobre su pobre humanidad. No tuvo más remedio que llevar su brazo izquierdo hacia atrás y pedir que el médico la tomara con firmeza, pues necesitaba sentirse acompañada en esa travesía. Alan no tuvo el mayor inconveniente en apretar la mano tersa y delgada de Linda y por un momento imaginó que no lo hacía por colaboración, sino que eran una pareja de novios consolidada. La agente apretó un poco, acto que el neurólogo consideró como un signo de alta confianza. No se percató de que Linda lo había hecho porque uno de los escalones estaba muy deformado por la vejez y el agua, y tropezó con prontitud. Su cara casi va a parar contra una de las paredes, pero la agente Brown logró controlar el cuerpo del médico y lo sujetó con firmeza para ayudarlo a recobrar el camino.

—Gracias —dijo Downey en un susurro. Después le sonrió a la mujer que le seguía agarrando la mano. Linda le devolvió el gesto.

El sendero parecía no tener final, pero a Alan no le importó, pues ya se estaba acostumbrando al aire enrarecido y a la temporal flexión de su tronco. De repente, una pared de piedra apareció al final del último escalón visible y el sacerdote se detuvo en seco, como sorprendido de haber llegado tan rápido al final del camino. Linda paró tres escalones más arriba y el médico se quedó detrás de ella mirando incómodamente al sacerdote por debajo del brazo de la agente. El anciano sacó otra llave, pero esta vez era bastante grande y brillaba como el acero, la introdujo en un orificio que no parecía elaborado por la mano del hombre y le dio tres vueltas completas al seguro. Una ráfaga de aire salió del otro lado de la puerta pesada de piedra y golpeó con fuerza el cuerpo y la cara de los tres visitantes. El sacerdote empujó la puerta, que parecía bastante grande como para que un hombre de esa edad la moviera, y logró moverla con increíble facilidad. El rozamiento de los mecanismos de apertura produjo un sonido gutural que llevó al médico a pensar que se encontraban buscando un tesoro perdido en una cueva de una isla virgen.

El acceso se abrió completamente y el sacerdote ingresó a ese lugar desconocido para la pareja de investigadores. Todo se veía oscuro desde la entrada, una gran mancha negra gobernaba todo el espacio contenido en la sala y los ojos no podían ver a más de un metro de distancia. Linda entró con prudencia, tratando de no perder de vista al anciano, pero cuando colocó sus pies en el suelo de la sala sintió una extraña sensación. El piso no era plano y parecía una mezcla de musgo, piedras, tierra y agua, según dedujo del tacto que le transmitían sus pies. El médico descansó al meterse en el salón y enseguida sintió la misma irregularidad del terreno circundante. Un aroma a vegetación mezclado con el olor característico de la humedad no le dieron muchos motivos para seguir a Alan Downey.

El sacerdote oprimió unos botones que estaban empotrados en una de las paredes de piedra y la luz empezó a iluminar la gran sala. El médico quedó boquiabierto al ver la magnitud de aquel lugar. La agente no sabía hacia dónde dirigir su mirada, pues todo el salón era una expresión de la grandeza de la capacidad del ser humano. Miles y miles de filas interminables de delgadas paredes que conformaban un laberinto perfectamente simétrico estaban construidas sobre el suelo del salón. Cada una tenía tres metros de altura y estaba adornada con decenas de diminutas lápidas que tenían el mismo símbolo grabado. El techo se encontraba a unos siete metros de distancia del suelo y estaba soportado por unas inmensas vigas de acero que atravesaban de lado a lado la sala. Alan concluyó que aquel lugar debía ser un hueco natural que había sido utilizado eficazmente para construir un camposanto que sería resguardado por una catedral que descansaba plácida en la parte superior. Seguramente estarían ahora en el nivel más profundo que había en la ciudad, por debajo del metro y las redes de agua.

—Ahí lo tienen —dijo el sacerdote abriendo los brazos—. El sitio donde descansan las cenizas de nuestros difuntos.

—Impresionante —contestó el médico.

—Síganme —el sacerdote siguió caminando junto a la pared. Unos metros más adelante se encontraron con una pequeña oficina repleta de carpetas y archivos estrictamente organizados—. Aquí se guardan los registros de cada una de las personas que descansan en este lugar. Las tenemos organizadas por el número que tiene asignada la tumba. Son muchas, ¿no?

—Pues necesitaremos el número —dijo Linda dirigiéndose a Downey. Sacó lo hoja con las pistas de Licht y leyó el segundo párrafo de la clave:

Una de ellas contiene la verdad.
Solo recuerda que Sócrates condenado fue,
y repítete tres veces esta pregunta,
¿por cuántos jueces crees que no ganó la salvación?

El sacerdote puso cara de sorpresa.

—No se preocupe, padre. Es la pista que nos dieron para hallar la tumba —Alan detalló con precisión cada uno de los gestos que realizó el religioso.

—Pues el que escribió eso parece que no quería que nadie la encontrara —el sacerdote miró a la agente y después al médico, tratando de buscar una explicación más detallada sin tener que formular preguntas.

—Era un hombre algo celoso con la información familiar —fue lo único que se le ocurrió responder a Alan.

—Y según eso —el hombre barbado señaló el papel que Linda sostenía en sus delgadas manos—, ¿cuál es el número que buscan?

Alan miró a la agente y ella se limitó a encoger los hombros y a cerrar sus labios. Al parecer ambos estaban pensando lo mismo.

—Sócrates. ¿Recuerdas la historia, Linda?

—Me contaste lo del juicio, donde había cientos de jueces escuchándolo defenderse de las acusaciones de... ¿cómo se llamaba?

—Melito —interrumpió el sacerdote. Alan asintió.

—Después de que el sabio habló, los jueces realizaron una votación para decidir si absolver o condenar a Sócrates —Linda parecía entusiasmada con el recuento del relato. El médico sonrió al percatarse de que tenía gran vocación para ser profesor de historia.

—Fueron doscientos ochenta y un votos en contra de Sócrates y doscientos setenta y cinco a favor —Downey tenía esos datos tan claros como el agua.

—Ya lo tienen —dijo el sacerdote.

—No lo sé, padre —Alan trató de pensar por unos segundos—. No puede ser tan fácil. No, no puede ser.

—Pero, hijo, esa fue la cantidad de jueces que condenaron a Sócrates y por ellos no ganó la salvación.

—No estoy seguro.

El sacerdote sacó una de las carpetas que estaban metidas en los estantes y comenzó a buscar la tumba con el número indicado. Con uno de sus dedos blancos y arrugados señalo la parte media de una página amarillenta y polvorienta. Leyó en voz alta.

—Giorgios Stadoppoulos. Mil ochocientos veinte, mil ochocientos sesenta y dos.

—Muchos siglos atrás, padre —dijo decepcionado el médico.

—Tienes razón. Estas fechas son precisas, inalterables.

Por unos minutos los tres se quedaron en profundo silencio. Linda decidió tomar asiento en una pequeña silla que estaba medio escondida en un rincón de la oficina. Alan seguía caminando de un lado para el otro mientras revolvía sus neuronas en busca de la clave. Y el sacerdote los contemplaba a los dos con la esperanza de que se largaran lo más pronto posible para poder dedicarse a asuntos más importantes. Linda rompió el aire con su voz.

—Debemos poner atención a las palabras. Han sido muy importantes en todo lo que hemos descubierto. Aquí dice que debemos repetirnos tres veces la pregunta, es decir, que la pensemos muy bien.

—Sí, por eso le dije al padre que no podía ser tan sencilla la respuesta.

—¿Por cuántos jueces no ganó la salvación? —susurró el sacerdote mientras miraba al techo.

—¡Lo tengo! —un alarido terrible emanó de la gruesa garganta de Alan—. Claro, eso debe ser. Un juego de números, muy tonto —Linda se acomodó para escucharlo, lo mismo que el sacerdote ortodoxo—. Doscientos ochenta y uno fueron los jueces que votaron en contra, pero el número no es tan grande si lo comparamos con los votos favorables. Te pueden meter diez goles en un partido de fútbol, pero si haces nueve, la catástrofe no es tan grande.

—La diferencia... —dijo en tono apagado el religioso.

—¡Correcto! La diferencia de los votos malos y buenos fue de seis. ¡Por seis votos fue que Sócrates no ganó la salvación! —las expresiones de júbilo y éxito inundaron la pequeña sala.

—Pero, hijo. No tenemos tumbas de un solo número. Ni siquiera de dos. Todas son de tres dígitos o más —las bocas se cerraron y los labios de la supuesta pareja de esposos se desdibujaron totalmente. El brillo de los ojos desapareció para darle paso a la eterna inquietud y angustia. Alan cogió la hoja y leyó cinco veces seguidas el párrafo de Licht. Cada vez que repasaba una línea, el cuerpo le temblaba y la rasquiña en su cabeza se exacerbaba sin límites. No pudo evitar que el nerviosismo tensara sus músculos y, sin darse, cuenta arrugó el papel hasta dejarlo inservible. Admiraba a las personas sabias e inteligentes, pero cuando se enfrentaba a un obstáculo artificial o humano que no podía descifrar durante largo rato, se sentía inferior, abatido por la ignorancia. Afortunadamente, Sócrates le había enseñado, desde la eternidad, que reconocer la ignorancia era el tesoro más precioso que un ser humano podía encontrar.

De repente una luz titiló en su cabeza.

—Tiene doble sentido —les hablaba a las paredes—. No solo nos advierte que lo pensemos muy bien, sino que hagamos una operación.

—No te entiendo, Alan.

—Repite tres veces la pregunta. Ya conocemos el amor de Licht por los números y las letras griegas. Es sencillo, solo debemos multiplicar tres veces la respuesta que obtenemos de la pregunta.

—Dieciocho —respondió Linda—. Pero son dos cifras y no hay tumbas con esa identificación.

—Pues entonces debe ser tres veces seis. Seis, seis, seis —Alan echó una mirada al sacerdote, que no dudó en buscar con rapidez el número. Retiró de la pequeña biblioteca otro de los grandes libros empastados y encontró el registro.

—Seiscientos sesenta y seis. Morirati Orfepros. Mil setecientos treinta y uno. Mil setecientos setenta y siete.

—Pero eso es de hace siglos también —Linda no podía creerlo.

—¿Qué estamos olvidando? —se preguntó el médico a sí mismo.

Alan se sentó sobre el suelo y cerró los ojos para concentrarse con mayor efectividad. Tan cerca y tan lejos. Imaginó a Sócrates con una túnica blanca, su cabello y su barba espesa del mismo color, de pie, en medio de un gran salón sin techo que estaba rodeado de graderías altas y rígidas colmadas de cientos de hombres con atuendos similares al del orador y con rasgos físicos parecidos. El sabio levantaba los brazos y hablaba con gran soltura, sin ayuda de libretos ni pantallas, haciendo que las caras de los que lo escuchaban se sorprendieran ante la gran elocuencia y contundencia con que adornaba sus palabras. Cuando por fin calló, los hombres empezaron a dialogar entre ellos, algunos con voces graves, otros con profundos susurros, otros no dijeron nada. Uno de los jueces, al parecer el más experimentado, se puso de pie y procedió a realizar la votación. Muchos levantaron su brazo para apoyar el castigo para el sabio. Otros tantos lo hicieron para admirar su trabajo. Alan imaginó que estaba presente en aquel lugar, encargado de escrutar los votos y, para su sorpresa, el anciano había sido condenado. Mentalmente dividió en dos al gran auditorio y puso de un lado a los verdugos y del otro a los justos. Separó a seis de los que votaron en contra y los colocó en medio del salón.

—No son seis —dijo con disimulo.

—¿Cómo? —la agente y el sacerdote hablaron en coro.

—Piénsenlo bien. Si sacamos a los seis jueces de más del grupo de los que votaron en contra, ambos bandos quedan empatados. Doscientos setenta y cinco cada uno. Esos seis los repartimos entre los dos. Tres para cada uno.

—O sea...

—La diferencia no son seis votos, son tres. Si tres jueces del equipo condenatorio hubieran votado a favor de Sócrates, el escrutinio hubiera quedado empatado. Doscientos setenta y ocho cada grupo. Así, el sabio no hubiera sido condenado.

—Claro, tienes razón, hijo —el sacerdote estaba impresionado.

—Por solo tres, por un maldito trío de ignorantes se sacrificó al hombre más sabio de la historia —la reflexión del médico penetró el alma del religioso.

—¡Tres, tres, tres! —gritó Linda. El hombre barbado corrió por el libro indicado. Lo tiró sobre la mesa y buscó el número. No tardó en encontrarlo.

—Tres, tres, tres —leyó mentalmente el nombre y las fechas, pero no dijo una palabra—. Lo siento, hijo, pero no creo que sea tu padre.

—¿Por qué? —exclamaron en coro.

—Porque es una mujer.

—No puede ser —dijo Alan ya derrotado.

—Pero creo que estuviste muy cerca.

—"Cerca" no sirve, padre. Tiene que ser correcto.

—¿Quién es la difunta, padre? —quiso saber Linda.

—Se llama Sofía e'Ágape. Murió hace solo cuatro años.

—¿Cómo dijo? —el alma volvió al cuerpo de Downey.

—Que murió hace cuatro años.

—No, eso no. El nombre.

—Sofía e'Ágape.

—Creo que lo encontramos, padre —dijo el médico.

55

La sabiduría es amor.

No podía ser una coincidencia que el nombre de la difunta tuviera un significado tan profundo en la lengua de la cultura preferida por Licht. *Sophía* era la palabra que describía con precisión la labor de Sócrates, y *ágape* se conocía en la actualidad como una comida entre cristianos, un banquete ritual y amistoso. Pero aquella palabra tenía un origen griego algo desconocido, excepto para personas como el médico, que simplemente traducía *amor*. Sofía e'Ágape. Fácilmente podría ser un sinónimo perfecto de filosofía, aquel sistema de pensamiento creado por los antiguos griegos.

El sacerdote de la barba larga los llevó hacia el lugar donde se encontraba la pequeña tumba identificada secretamente con el número trescientos treinta y tres. Los tres caminaron en completo silencio por aquel laberinto de paredes de mármol y pisos de roca húmeda e irregular. Alan trató de explicarse cómo es que Licht había hecho para meter unas cenizas, seguramente falsas, dentro de aquella catedral ortodoxa, pero no tardó en encontrar una posible respuesta. Aunque era católico, no le habría resultado complicado entablar amistad o diálogos profesionales con los religiosos de aquel lugar y muy probablemente tendría alguna que otra ventaja sobre la demás gente para motivar ciertas acciones. La relación entre colegas traía muchos beneficios.

La agente miró hacia el techo y vio cómo miles de hilos vegetales pendían sin peligro de la parte baja del templo. Algunas gotas de agua viajaban sin peligro desde el techo elevado hacia el suelo que sostenía las paredes sepulcrales. El sacerdote se detuvo en una esquina, en el lugar donde terminaba una de las paredes, como si estuvieran dentro de un carro esperando a que no viniera otro por la calle perpendicular a ellos. Miró a ambos lados y giró a la derecha. Tres paredes más adelante el anciano se detuvo en seco y comenzó a contar las tumbas que se encontraban en la pared, utilizando el dedo índice para no perder la cuenta. Tuvo que agacharse para alcanzar las lápidas de la parte baja y puso su dedo sobre una de las losas que tenía grabado, como todas, el crismón griego.

—Es esta, hijo —pronunció sin quitar el dedo de encima.

—¿Está seguro? —preguntó Linda.

—No hay duda.

Habían encontrado el lugar indicado, pero debían comprobar si estaban en lo cierto. El problema es que no sabían qué hacer. Alan palpó con su mano derecha cada una de las lápidas que estaban por encima de la que presuntamente guardaba los secretos de la sabiduría. Estaban heladas. Después cerró su mano y con los nudillos golpeó con extrema suavidad las piedras que sellaban el paso al escape del polvo mortal. Un sonido hondo y profundo calmó las ansias de Downey. El sacerdote seguía agachado, comprobando por tercera vez que la lápida fuera la correcta. Linda aprovechó para mirar a Alan en tono interrogante, quien con un gesto de los ojos le dijo mucho más que si hubiera utilizado mil palabras.

—Disculpe padre —Linda posó una mano sobre la espalda del anciano. El viejo se levantó despacio sin dejar de mirarla—. Tengo algo que decirle.

—Claro, ¿qué pasa? —Linda le señaló con la boca al hombre alto que contemplaba con tristeza la tumba correcta. Parecía abatido y triste. El sacerdote lo entendió de inmediato —. Oh, qué duro debe ser para él. Es un sentimiento terrible.

—Lo imagino. Yo creo que deberíamos dejarlo a solas un momento, ¿no le parece?

—Sí, por supuesto. Vamos, hija.

Linda se apartó junto al sacerdote, pero antes de perderse entre las callejuelas del laberinto le lanzó una mirada de complicidad al médico y le hizo un guiño de aprobación. Alan tomó un poco de aire y pidió perdón al cielo, que no podía observar en ese momento, antes de hacer lo que tenía presente en su mente. Se apartó un poco de la pared y planeó muy bien el movimiento antes de dar la estocada final. Hizo varios ademanes, como si fuera un jugador de fútbol que estaba a punto de cobrar un tiro libre muy peligroso. Por un momento pensó que no estaba bien lo que quería hacer, pero el fin, en este caso, justificaba los medios. Acomodó el zapato nuevo de tal forma que el golpe fuera certero. Al fin se decidió y descargó todo su peso en la planta de su pie derecho, que se clavó sobre la lápida blancuzca.

Una grieta atravesó la piedra, que quedó muy débil ante la acción de la enorme fuerza muscular del médico. Una pequeña estela de polvo salió por un pequeño hueco que había quedado en la piedra agrietada. No había elección.

Alan descargó otra patada, esta vez de menor magnitud, pero suficiente para que la mitad de la lápida se rompiera y cayera dentro de la tumba. Un olor desagradable emanó del lugar junto con una extraña nube de polvo amarillento y gris. El médico se agachó y con su mano quitó los pedazos flojos y los metió dentro del hueco mortuorio, con la creciente expectativa del tesoro escondido. No podía identificar claramente lo que había en el interior, pues la oscuridad era total. No quiso dilatar más el asunto y metió con dificultad una mano para palpar el contenido de la tumba.

No lo podía creer.

Había otra lápida, justo detrás de la que acababa de romper.

Retiró los pedazos restantes de la losa frontal y se encontró con el nuevo obstáculo que acababa de hallar. Un rayo de nerviosismo mezclado con felicidad corrió por su espina dorsal. Limpió la lápida gris que estaba cubierta por el polvo del descuido y pudo reconocer que no era de piedra sino de un material mucho más blando y liviano. No supo cuál era, pero no le importó, pues el símbolo que estaba grabado sobre la lápida solo le confirmaba que sus deducciones y análisis habían sido correctos. Era el mismo símbolo que había visto el día anterior en la portada del disco que extrajeron del Centro de Documentos Digitales y que aún no sabía qué significaba, solo que estaba bellamente diseñado, dibujado con una simetría única y admirable.

Empujó con sus dedos la pequeña pared grabada con el símbolo extraño, la cual cedió fácilmente al escrutinio digital del neurólogo. Pequeños pedazos de material se desmoronaron de la estructura blanda y el símbolo tuvo que ser destruido para poder adentrarse en el fondo de la gruta. Sacó los destrozos hacia el suelo húmedo del cementerio griego. La oscuridad dentro de la tumba se hizo más profunda, pero por lo menos no se veía otro escollo en el camino. Eso le preocupó un poco, pues necesitaba encontrar algo.

Decidió meter su brazo hasta donde fuera necesario. Tuvo que agacharse un poco más y colocarse de lado contra la pared, de tal forma que el cuerpo le permitiera ingresar su extremidad con más facilidad. Mientras adentraba su brazo tocaba con sus dedos cada una de las paredes de la gruta, pero solo se encontró con un fango baboso, producto del choque inevitable de polvo y humedad. La muñeca desapareció de su vista, luego la mitad de su antebrazo y finalmente se detuvo cuando su codo quedó en el borde de la entrada a la tumba. Así de profunda era la gruta mortuoria. Empezó a escudriñar con sus dedos cada uno de los espacios, encontrándose con una montaña de polvo seco y fino. Tal vez la tumba sí era legítima y no le gustó estar escarbando en los restos de un ser humano. Revolvió los restos y no encontró nada especial. "Maldita sea", pensó. Escarbó durante cinco minutos y no dio con nada. Parecía el final de todo.

Sacó el brazo de la tumba y se arrodilló sobre el suelo rocoso de la iglesia. ¿Alguien habría hurtado el tesoro y arreglado la tumba? Pero, ¿quién sabía del lugar? Puso las manos sobre los muslos y miró al suelo en ademán de derrota. Solo vio desolación, agua, musgo, rocas y polvo esparcido junto a los pedazos de la lápida blanda. Algo se le ocurrió, era la única posibilidad. Tomó los pedazos más grandes de la lápida del extraño símbolo, que se hallaban sobre el suelo, y los despedazó dejándolos en su mínima expresión. Muy pronto encontró algo interesante. Un diminuto rollo de papel, al parecer papiro, se encontraba adherido a un trozo de material grisáceo. Licht había escondido el mensaje dentro de la lápida de protección. El rollo estaba muy bien atado con una cuerda dorada de infinita finura que brillaba con un resplandor creciente en aquella oscuridad tenebrosa.

Lo metió en el bolsillo del pantalón y salió apresurado del lugar.

Corrió como un loco en medio de la catedral ortodoxa de San Clemente. Todavía no había nadie en el templo, lo que aprovechó para aumentar la velocidad mientras agarraba de la mano a Linda para que no se rezagara. Después de haber hallado el rollo se encontró con el sacerdote y con su supuesta esposa, y agradeció con el alma la colaboración incondicional del anciano. Le dijo que en un futuro sería gratificado por la vida. El viejo agradeció las palabras del médico y después los condujo de vuelta por el camino estrecho hacia el nivel donde se encontraba la vida humana normal. Ahora escapaban, nuevamente, antes de que el sacerdote se diera cuenta del sacrilegio que acababan de cometer. Que Alan acababa de cometer.

Llegaron a la salida para ver la bendita luz del sol otra vez, pasaron por debajo del crismón que estaba grabado sobre la puerta y cruzaron los jardines principales de la catedral griega. Los policías que los esperaban en la acera se alertaron al ver a sus protegidos acercándose a una velocidad sorprendente. Estuvieron a punto de sacar sus armas, pero Linda les hizo un gesto policial desde lejos ordenándoles que las guardaran y que a cambio se alistaran para salir de allí con prontitud.

Los hombres subieron al carro y lo encendieron, esperando que la pareja hiciera lo mismo con el que estaba estacionado justo delante de ellos. Cinco segundos después los dos automóviles se movilizaban velozmente por las calles de la ciudad.

—¿Lo lograste? —le preguntó Linda con algo de agitación.

—Creo que sí. Había un rollo pequeño de papel dentro del mismo símbolo que estaba dibujado sobre la tapa del disco de ayer.

—No lo puedo creer.

—Pues sí. Aquí está —Alan sacó el pequeño rollo de su bolsillo y se lo mostró a la agente.

—Ábrelo, Alan. Debemos apurarnos.

De pronto el radio del auto cobró vida.

—*Agente Brown* —Linda miró por el espejo retrovisor y comprobó que era la voz de uno de los policías que los cuidaban—. *Mientras estaban dentro de la catedral, recibimos una llamada que puede interesarle...*

—Siga —dijo la agente al tiempo que miró con preocupación a Downey. "Que no sea lo que estoy pensando". Desafortunadamente, atinó.

—*Encontraron a un hombre asesinado en su propia casa. El tipo se llama David Herny, es lo único que sabemos...*

—Por Dios, ¿lo conoces? —le preguntó a Alan. Negó silenciosamente con la cabeza.

—*Tenía un disparo en la frente, pero también le cercenaron el pene.*

La pesadilla seguía creciendo y al parecer no se iba a detener.

Tenían que apresurarse. Y ojalá Licht terminara pronto con sus secretos.

56

Decidieron que lo mejor era abrir el mensaje antes de visitar a una persona por la que ya no había nada que hacer. David Herny. Alan nunca había escuchado ese nombre, pero seguramente, como pasó con Licht y Sheffer, se trataría de un hombre homosexual con algún prestigio intelectual. La única inquietud del médico consistía en saber en qué personaje histórico se había inspirado el asesino esta vez para acabar con el tal Herny. ¿Tal vez en Sappho, una mujer? ¿El general griego Epaminondas? ¿O se saldría del mundo griego para revivir a Calígula? ¿Miguel Ángel? No conocía a más hombres o mujeres influyentes que compartieran el amor por las personas de su mismo sexo, aunque sabía que eran bastantes.

Desató el cordón dorado que envolvía al pequeño rollo de papel. No fue difícil. Con sus manos temblorosas desenrolló el papiro que estaba medio arrugado por la acción inclemente de la humedad del templo griego. Afortunadamente, Licht había protegido bien el mensaje dentro de la lápida blanda de la diminuta tumba. Un sonido carrasposo y grave que producía el roce del papel hizo que el médico fuera más cuidadoso y redujera el afán que tenía por leer el mensaje. Las letras y las frases fueron apareciendo poco a poco, hasta que con sus manos en ambos extremos de la hoja pudo observar todo el escrito.

Se dispuso a leer en voz alta:

Ya han visto cómo se derrumbaron las dos primeras columnas que sostienen el rechazo contra nosotros. Y ahora les mostraré cómo acabar con las dos restantes. Saulo de Tarso, el gran apóstol del cristianismo, fue el autor de esta pareja de pasajes. Uno lo dirigió a los corintios y otro a su amigo Timoteo.

Era lo que ambos esperaban. Licht derrumbaría por completo el rechazo de la Iglesia Católica hacia la homosexualidad. Más información, pero nada que pudiera ayudarlos en el caso que ya completaba tres cadáveres.

—Lo dicho —dijo Linda—. Sigue:

En la carta a los corintios, en el pasaje indicado por el Catecismo, se utiliza la palabra afeminados. Esa es una mala traducción contemporánea, pues cuando los griegos escribieron la Septuaginta tradujeron con rigor el texto de Pablo, y dicha palabra la escribieron como malakoi, que significa suave, libertino, débil, indisciplinado. Hace referencia a una dudosa moralidad, a un comportamiento indisciplinado.

En Timoteo, la palabra griega correspondiente se escribió como arsenokoitai, de arseno, varón, hombre, y de koitai, alcoba, cama. Literalmente, un hombre penetrador. Es extraño que esta palabra no haga referencia a las mujeres y solo ataque a los hombres. Pero la explicación es sencilla: mujer en hebreo se escribe naqeba, es decir, la portadora del orificio. Un tanto machista. Para ellos la mujer era la persona que portaba el orificio por el cual se realizaba el sexo normal y por donde nacían los hijos. Los demás tipos de penetración eran impuros para ellos, por lo que en el pasaje se refieren a los hombres que hacen sexo anal, ya sea con otros hombres o con mujeres.

Alan sonrió. Le volvió a comentar a Linda algunos datos de sus investigaciones pasadas. Entre otras, que el sexo anal era la forma menos frecuente de goce entre los homosexuales, acto que particularmente rechazaba el pasaje. Incluso, las parejas heterosexuales practicaban con muchísima más frecuencia este tipo de actos, lo cual también se consideraría impuro para Pablo y para el cristianismo.

El médico siguió leyendo:

Una vez más se demuestra, como en las dos primeras bases, que Pablo no quería rechazar la homosexualidad sino los actos extraños, homosexuales y heterosexuales, que tenían los pueblos gentiles. Todo por diferenciarse de ellos, y de esa forma, ganar la salvación del cielo.

Esto es todo lo que tengo que decir acerca del rechazo de la iglesia hacia nosotros. Solo me queda dejar una enseñanza: no deben interpretar los textos sagrados al pie de la letra, pues su significado es simbólico y está influenciado por siglos y siglos de culturas. Si los interpretamos tal como los leemos, como hace la propia iglesia, entonces los católicos, así como rechazan la homosexualidad, también deberían practicar el levirato, tal como aparece en Gen 38, 1-11 y Mc 12, 18-22. No creo que alguna persona esté dispuesta a compartir esta costumbre. Del mismo modo deberían estar de acuerdo con el divorcio, como se sustenta en Dt 24, 1-4. Y aunque pienso que muchas veces

Alan pensó que eso era todo y sintió un terror momentáneo. Pero volteó la hoja y se alegró de ver más letras en el reverso:

Un balde de agua fría acompañado de una descarga de voltaje recorrió el cuerpo de la agente Brown. Estuvo a punto de chocar con el auto que iba delante de ellos sobre la avenida principal de la ciudad.

—¿Cómo? Eso no lo puedo creer...

—Yo le creo a Licht. Además, Sócrates fue homosexual y no por eso dejó de ser el hombre más sabio de la humanidad. La condición sexual no puede quitarle importancia a un personaje, Linda. Si David y Agustín lo fueron, ¡pues ya está! Eso no afecta sus aportes a la humanidad, cualesquiera que hayan sido.

Linda no supo qué decir. El médico prosiguió:

Sócrates buscó a la sabiduría,
no solo en la filosofía, sino en las letras,
en las esculturas y fuera de la Hélade,
como vivo ejemplo de universalidad.

Por eso, en el lugar sagrado de las musas,
la efigie de Leucipo un secreto espera escuchar,
tres pilares la adoran,
para explicar su belleza particular.

Una nueva pista. El camino no acababa.

—¿A dónde tenemos que ir? —preguntó Linda.

—Pues es más sencillo de lo que pensaba. A un museo. Los museos deben su nombre a las musas, aquellas diosas que inspiraban a las artes en la Antigua Grecia.

—Pero hay un barrio lleno de museos...

—Pero sólo en uno hay esculturas griegas.

—Vamos entonces —Linda calló por un instante y recordó algo—. Podemos pasar por la casa de Herny. Está en el camino hacia el barrio de los museos.

—La inquietud ya no cabe en mi cabeza.

Linda pisó el acelerador y esquivó a una docena de automóviles.

57

Aunque el barrio parecía desolado y la única presencia amenazante la componían los cientos de árboles erguidos sobre las aceras, no fue difícil para Linda y su pareja distinguir el sitio donde se llevaba a cabo la inspección policial. Una enorme casa blanca estaba rodeada totalmente por una cinta de color amarillo y por algunos vehículos verdes y blancos de distintos tamaños y funciones. Los hombres iban y venían, corriendo o trotando por el jardín frontal de la casa, concentrándose con especial atención en la pequeña choza que servía de garaje familiar. Alan notó, con bastante extrañeza, que no había un solo chismoso que estuviera hurgando en las labores policiales. Ya estaban acostumbrados a los crímenes o sencillamente ya a nadie le importaba la vida de los demás.

Estacionaron en la acera opuesta a la entrada de la casa y bajaron con premura. El sol de la mañana ahora brillaba con más fuerza y el calor comenzaba a convertirse en un enemigo del trabajo. El médico agradeció que su atuendo estuviera acorde con el clima y no pudo explicarse cómo había hecho durante todos esos años para aguantarse el saco y la corbata. Ahora se sentía más joven y dinámico, aunque con el hombro izquierdo vendado y el brazo del mismo lado, casi inerte. Linda cruzó una de las cintas e inmediatamente otro policía, uniformado, fue a su encuentro. Alan la siguió sin chistar.

—Disculpe, señorita. No puede entrar así...

—Agente Brown, homicidios —nuevamente mostró su placa. Alan volvió a echarle un vistazo.

—Lo siento, agente, no la reconocí. Síganme.

El policía cruzó el jardín, seguido por la pareja, y se dirigió al garaje ubicado al lado derecho de la casa. La puerta lateral estaba abierta, pero nada podía verse, pues un plástico negro aseguraba que ningún fisgón metiera sus narices. El uniformado retiró el velo con su brazo y permitió que la agente y su compañero entraran primero. El espectáculo era igual de aterrador al de las fotos de Licht, pero este era en vivo y en directo. En el centro del garaje estaba un hombre moreno sobre una silla de madera, amarrado en sus manos y pies. Desde el lugar donde estaban solo podían ver la espalda y las manos atadas de la víctima, pero afortunadamente, pensó el médico, no se veía lo peor. El uniformado caminó hacia el asesinado y Linda lo siguió, pero Downey prefirió quedarse de pie y observar desde ahí.

Cuando llegaron junto al cadáver, la agente reconoció enseguida el disparo que había ingresado al cerebro. Los labios de Herny estaban empapados en sangre, tremendamente oscura, y tenía media cara rasguñada por lo que al parecer sería el cemento que cubría el garaje. Sus pantalones estaban desgarrados por todas partes, cubiertos por una masa coagulada de un flujo sanguíneo que debió ser caudaloso. Levemente se podía ver el lugar correcto de la incisión que había practicado el asesino con cero anestesia. El piso circundante estaba manchado con un charco oscuro y pegajoso que casi invadía todo el lugar.

—¿Cómo ocurrió? —preguntó Linda sin quitar los ojos de Herny.

—Al parecer le dispararon cuando estaba entrando a la casa. Encontramos muestras de sangre, que corresponden a él, en las escaleras de la entrada. Después lo arrastraron hasta aquí, donde se concluyó el asesinato.

—¿No lo envenenaron? —preguntó sorprendida mientras se acercaban de nuevo junto al médico neurólogo.

—No, nada. Tomamos varias muestras, pero el análisis no arrojó nada extraño. El tipo murió casi instantáneamente con el disparo.

—¿Quién lo encontró? —quiso saber Alan.

—Su esposa. Le pareció extraño que su esposo no llegara a la casa, aunque acostumbraba a hacerlo muy tarde. Vio el auto aparcado en el jardín y bajó a revisar. Se encontró con lo que ven...

—¿Es casado? —dijo Linda.

—Sí, dejó dos hijos. Trece y nueve años —Linda miró interrogante a Alan.

—¿Qué? Podía ser bisexual... —Alan quiso saber algo—. ¿Y a qué se dedicaba?

—No lo sabemos con certeza. El tipo no tiene estudios profesionales, aunque al parecer le iba bastante bien. ¡Miren qué casita! Al parecer trabajaba en una universidad como profesor en la facultad de microbiología, pero no sabemos qué hacía exactamente.

—Lo extraño es que no fue envenenado —Linda se dirigió a ambos hombres—. Solo tiene un disparo en medio de la frente... Muchos han muerto así, ¿o me equivoco?

—No, es algo muy común —contestó Alan.

—¿Común? —contestó el policía—. Aunque alguna vez le escuché a un detective de Londres que no hay nada menos natural que el lugar común, a mí me parece que esto es más extraño de lo que parece...

—¿A qué se refiere? —preguntó la agente.

—David Herny no solo estaba como lo ven aquí. Cuando su esposa lo encontró, tenía clavadas con agujas sobre su pecho algunas fotografías. Rotas, pero son claras. La mujer se las quitó con la esperanza de salvar su vida, pero pronto se dio cuenta del hueco de la cabeza y el de la entrepierna.

—Muéstremelas, oficial —el policía se retiró hacia un pequeño escritorio improvisado sobre el que trabajaba un policía judicial que se estaba encargando del levantamiento. Cogió unos papeles manchados de rojo y los acercó a la pareja.

—Aquí tienen. Las conozco, pero no entiendo qué significan.

De inmediato Alan reconoció las dos fotografías, que más bien eran reproducciones pequeñas de pinturas famosas. Enseguida recordó que el autor de esas pinturas había sido, tal vez, el hombre más ingenioso, versátil e inteligente de la historia humana. Pero no solo eso. El asesino se había salido del mundo griego para revivir a uno de los personajes más influyentes del planeta, que así como Sócrates y Alejandro Magno estaba programado cerebralmente para amar a las personas de su mismo sexo. Mucho se había hablado y estudiado sobre la sexualidad de aquel personaje, y siempre había salido a la luz un joven llamado Jacopo Saltarelli, que se supone había tenido una relación amorosa con el genio y artista.

Downey entendió velozmente que el autor de esas pinturas no había muerto en alguna situación extraña, no había sido asesinado ni torturado. Murió naturalmente, pero el asesino de David Herny había hallado la manera de inventar una forma de rememorar a ese personaje. Linda se quedó estupefacta con las fotos rotas en sus manos, pues ella también reconoció al creador de aquellas obras de arte.

—La última cena. La Mona Lisa —dijo en un susurro.

—Leonardo da Vinci —completó Downey.

—¿Era homosexual? —preguntó la agente.

—No está comprobado totalmente, pero los indicios son muy dicientes.

—Por Dios, es increíble.

—Sí, el hombre más ingenioso, el inventor por excelencia, un genio en todo el sentido de la palabra, el más grande creador de la humanidad, era homosexual —dijo el médico.

Salieron preocupados de la casa de Herny. El asesino seguía con su plan malvado de acabar con intelectuales que eran homosexuales. Lo curioso es que Herny tuviera una familia aparentemente bien conformada, un hogar sin problemas y lleno de cariño. Pero no era extraño que pudiera tener una doble vida, pensó Linda.

Subieron al carro, acto emulado por sus dos escoltas, y arrancaron con un rumbo bien definido. El Museo de Arte Antiguo era la siguiente parada en busca del tesoro impredecible. Ya Licht había derrumbado las cuatro columnas del rechazo de la iglesia hacia la homosexualidad, pero según él, el camino todavía no estaba completo. ¿Qué podía faltar? ¿Qué secreto más importante habría descubierto el sacerdote?

Ojalá lo encontraran pronto.

Mejor aún que les sirviera para hallar al asesino.

58

El genio del Renacimiento. Pintor, escultor, ingeniero, arquitecto, científico. Exitoso en todos los campos. Ahora la excesiva especialización gobernaba la educación y las formas de vida de la organización humana. Y Alan era un claro ejemplo: un médico, especializado en neurología, detallista del cerebro. Qué inmensa admiración sentía por Leonardo, un hombre diestro en todas las ramas del conocimiento, amante de la verdad y del trabajo fuerte. Seguramente, si hubiera vivido en la época actual lo tratarían de mediocre y utópico, por el simple hecho de dedicar su vida al estudio de múltiples disciplinas.

Sus dos obras artísticas más importantes habían sido utilizadas por el asesino para identificar plenamente a quien, según el mismo criminal, debió morir de forma violenta, gracias a su condición sexual. El mural pintado en el Monasterio de Santa Maria delle Grazie era considerado la obra maestra de la pintura mundial, gracias a su increíble simbolismo lleno de más enigmas que de certezas. El momento en que Jesucristo revelaba que sería engañado por uno de sus apóstoles era tal vez la pintura más reproducida sobre la faz de la Tierra. Y qué decir de *La Gioconda*, con su sonrisa misteriosa acompañada de una maestría excelsa que demostraba la inmensa habilidad de Leonardo para el arte.

Linda estornudó mientras conducía el automóvil a cien kilómetros por hora sobre la autopista que lindaba con las casas campestres y los edificios anaranjados que invadían las faldas de las monumentales montañas orientales. Dos segundos después volvió a hacerlo. El médico esperó que lo hiciera por tercera vez para que la tripleta de deseos quedara completa, pero se quedó con las ganas. Seguramente la agente sufriría una gripa leve muy pronto. Alan recordó sus primeras clases en la facultad de medicina, cuando uno de sus profesores de farmacología le contó que la influenza recibía ese nombre tan especial gracias al papa Benedicto XIV, quien dijo que esa enfermedad era originada por la *influencia* de los astros.

Pero lo que ahora preocupaba a la agente no era su estado de salud sino el éxito en su trabajo. En menos de treinta y seis horas ya tenía tres muertos sobre el expediente de su primer caso oficial y lo único que poseía para inclinar la balanza a su favor era un montón de papel con explicaciones extrañas de un sacerdote homosexual. No es que le pareciera banal lo que Licht planteaba en sus conclusiones, pero al final de cuentas, no era información que le sirviera para lograr sus objetivos laborales. Lo único que la motivaba para seguir adelante era la inevitable opción de que no tenía más opciones.

El trayecto estuvo gobernado por el silencio que creó la agente para poder reflexionar acerca de todos los problemas que tenía encima. Una agente de homicidios que no había sido capaz de detener el accionar criminal de un loco desquiciado. Pensó que el departamento debía cambiar de nombre, pues con el actual solo se aceptaba que las muertes violentas nunca más podrían ser evitadas. Su corazón temblaba con la esperanza perdida de que no apareciera otro muerto que le quitara no solo la paciencia, sino también el cargo. Se detuvo bruscamente frente al semáforo que daba paso a una de las entradas principales del barrio de los museos. Alan casi se rompe la columna cervical, con la consecuente lesión medular, pero el apoyacabeza hizo una tarea impecable.

La luz cambió a verde y Linda arrancó sin chistar. No sabía con exactitud en dónde quedaba el sitio de las efigies, pero tampoco tenía las ganas suficientes como para preguntarle a Alan, así que mantuvo el carro sobre la calle por la que ingresó al sector y esperó que el médico le diera las indicaciones. Cruzó tres calles hasta que al fin oyó la voz de su copiloto.

—Gira a la derecha —dijo tajantemente. Linda obedeció. El médico notó la preocupación de la agente—. ¿Qué te sucede? ¿Estás preocupada?

—Me siento inútil, incapaz. A veces pienso que esto no es lo mío...

—No te preocupes. Te aseguro que agarraremos al asesino.

—¿Cómo? ¿Con las explicaciones de Licht?

—Tal vez, ¿por qué no? Creíamos que la búsqueda terminaría con las cuatro columnas derrumbadas, pero hay algo más...

—Más basura...

—Gira a la izquierda. No, escúchame Linda. Las dificultades te hacen luchar más fuerte, hacen que tu potencial emane de tu cabeza. Las crisis son grandes bendiciones, pues de ellas nace el progreso. Sé que tienes, o tenemos, un asunto complicado entre manos, pero debes tener la confianza de que lo vas a lograr. Todo lo que plasmes constantemente en tu cerebro, sin duda se hará realidad.

—Pura filosofía...

—La filosofía no es idealista, simplemente nos parece utópica porque no la entendemos debidamente.

—Tú no entiendes. Esto es más que un simple caso de asesinato, no se trata de encontrar al asesino, se trata de mostrar que puedo hacer mi trabajo correctamente; es orgullo, Alan. Esto es lo que escogí para mi vida y no puede ser que ahora me dé cuenta que no sirvo para esto.

—Tranquilízate. Toma por la próxima calle a la derecha. Estoy seguro que lo lograrás. Escucha a tu corazón, no a tu cabeza, y sabrás la respuesta.

Linda sentía en su pecho una muy débil luz de esperanza.

Alan le indicó con un movimiento de la mano que debía ingresar por las rejas negras que estaban abiertas permanentemente para invitar sin descanso a los turistas desorientados. La agente obedeció y metió el vehículo por el pequeño camino real que conducía a una majestuosa mansión colonial que databa del siglo catorce. En letras grabadas en una gran piedra de color marrón se podía leer con facilidad el nombre con que habían bautizado aquella edificación: Museo de Arte Antiguo. Un sitio por el que Alan había caminado y viajado por múltiples culturas y civilizaciones. Lo conocía bien, pues su interés por la historia griega lo llevó alguna vez a tener que pisar aquel piso brillante digno de la realeza.

Algunos niños y jóvenes bajaban de varios buses que estaban estacionados en la zona amarilla destinada al resguardo seguro de los automotores visitantes. Todos los estudiantes vestían con los mismos colores, tenían casi la misma estatura y por supuesto compartían el mismo peinado alborotado y el desinterés por el conocimiento. Reían, gritaban, corrían y saltaban mientras sus profesores trataban de organizarlos para poder ingresar en orden a uno de los sitios más místicos de la ciudad. Cuando por fin lograron acomodarlos en filas algo rectas, los hicieron ingresar con cierta incomodidad por la puerta enorme, como de una basílica, y se perdieron de la vista del médico.

Linda estacionó junto a uno de los buses blancos y esperó un momento mientras sus escoltas se ubicaban justo al lado. Apagó el motor, cerró los ojos y se sumió en una actitud meditadora. Alan notó los movimientos pero prefirió no decir una sola palabra, pues la mujer necesitaba un momento de reflexión y una bocanada de aire fresco que le relajara el cerebro. Cuando abrió los ojos de nuevo se alegró de haber eliminado un poco la ansiedad y el afán aterrador que la perseguía desde el día anterior.

—Que sea lo que Dios quiera —expresó y bajó del auto.

—Amén —dijo el médico en un susurro.

El cielo seguía bellamente despejado y el sol trataba de ocultarse detrás de los techos del gran edificio de tres pisos extremadamente altos, que se extendían como un trío de campos de fútbol, uno sobre el otro. Los inmensos ventanales adornados con bordes en piedra tallada con motivos medievales aportaban elegancia y belleza a la fachada de la mansión. Linda contó sin éxito los escalones que conducían a la entrada principal y no le cayó en gracia que tuvieran que subir esa empinada y extensa cadena de cemento y piedras. Pensó que cada segundo, ahora, era de un valor incalculable, pues cada movimiento de las manecillas del reloj era una oportunidad más para que el asesino convirtiera a otra persona en un cadáver. Y uno muy especial. Al mal paso darle prisa, pensó, y se lanzó con firmeza hacia las escaleras de la entrada.

Downey la seguía algo más distante que de costumbre, pues sentía que no era el momento apropiado para charlar amenamente. Linda concluyó que el caso estaba saliéndose de sus manos y que se estaba convirtiendo en un asunto de una magnitud sin precedentes, por lo que lo más sensato sería olvidarse del hermetismo de Bazzani y valerse de los medios de comunicación y de otras fuerzas del Estado, una vez salieran de aquel museo, para atacar de frente y con todos los recursos disponibles al criminal que asechaba en la ciudad. Licht, seguramente, seguiría con su juego absurdo de ponerlos a recorrer bibliotecas, tumbas, iglesias y museos para encontrar datos que tal vez fueran importantes para los estudiosos de los libros sagrados y la fe, e incluso para algunos grupos defensores de los homosexuales, pero que no le aportaban nada al esclarecimiento del caso. Que era lo más importante en ese momento.

Cuando llegaron al nivel de la entrada, Linda quedó sorprendida al ver la imponencia del lugar, pues pudo escrutar con su mirada el corredor principal de la mansión. Una fila interminable de lámparas que parecían miles de racimos de plátano ardiente decoraba el techo de piedra marrón y al mismo tiempo invadían de luz, en las noches, las piezas que dormían eternamente. La entrada estaba bloqueada por varios sistemas de seguridad, algunos guardias y guías del museo. La pareja se acercó a una mujer que vestía elegantemente y portaba una sonrisa ficticia e imborrable que brindaba a todo extraño que se acercaba a visitar el sitio.

Saludaron brevemente y, sin recibir respuesta, la mujer les señaló con los labios el sitio donde se adquirían las entradas. Obedecieron y se acercaron a una ventanilla atravesada por barrotes, donde desde el otro lado los miraba un hombre obeso. Alan revisó sus bolsillos y recordó cómo había escapado de su apartamento la noche anterior. No tenía documentos ni billetes. Nada. Linda sacó un billete morado con visos dorados de su blusa y lo entregó al hombre encargado. Con sus dedos en V le ordenó la cantidad de boletos que requería. Los cogió y le entregó uno a Downey.

En la entrada le entregaron los pedazos de papel a un hombre blanco, bastante grande, e ingresaron a aquel sitio que olía a nuevo. Los sonidos de los jóvenes se oían a lo lejos, gracias a que la amplitud de los techos y los salones hacía que las ondas sonoras viajaran por todo el espacio y se reprodujeran con celeridad. Cientos de arcos gigantescos franqueaban las entradas a cada una de las salas de exposición, donde había desde momias, armas, herramientas y pinturas hasta textos antiguos y figuras de cera.

Empezaron a caminar sin rumbo conocido, tratando de inferir el lugar donde se encontraba la efigie señalada por Licht. Pasaron junto a la entrada de una sala que, por todos los indicios, parecía contener miles de objetos del antiguo Egipto, incluyendo un monumento enorme del faraón Ramsés II. Se toparon también con objetos del Imperio Romano, de Persia, de los vikingos, de Mongolia y hasta reliquias de pueblos indígenas de América y África. Alan recordó que en el segundo piso estaba ubicada una gran sala que albergaba todo tipo de arte de la Antigua Grecia. Pero antes de subir por las escaleras reales se toparon con una mujer simpática que por el vestido y la actitud parecía ser una guía del museo. Querían ir a la fija, así que Alan se adelantó, con su cara amable, y entabló conversación.

—Hola, ¿cómo estás? Estoy algo perdido.

—Bien, gracias. ¿En qué le puedo ayudar? —contestó la mujer.

—Busco una efigie de un filósofo griego.

—Sí, hay varias esculturas de personajes griegos. ¿Cuál busca, señor?

—Leucipo.

—¿Está seguro?

—Sí, completamente.

—Pues, lamento decirle que no tenemos imágenes o representaciones de él.

—¿Cómo?

La guía le repitió la respuesta. Alan le dijo que debía existir un error, pues era muy improbable que no existiera ningún tributo al hombre que vivió por allá en el siglo V antes de Cristo, cuando Grecia empezaba a crecer como la espuma. Fue el fundador de una brillante teoría según la cual todas y cada una de las cosas del universo está compuesta por las mismas partículas infinitesimales e indivisibles llamadas átomos. Y lo hizo casi mil quinientos años antes de que la teoría atómica y sus modelos surgieran con elocuencia en el mundo científico. Tal era la genialidad griega. Lo único en que no acertó es que fueran indivisibles, pues la ciencia ya había obtenido las subpartículas atómicas con gran dificultad. Pero en definitiva, su previsión fue tremendamente genial. Lo que no era tan estupendo era que no encontraran una efigie de Leucipo en aquel museo.

—Pero si el tipo era filósofo y científico, ¿qué tiene que ver con Licht? —preguntó Linda, olvidando de paso su ansiedad.

—Esa es una excelente pregunta —contestó el médico.

—No les entiendo —dijo la guía.

—Usted sabe que los antiguos griegos deben su gran éxito intelectual al amor que profesaban por los jóvenes —la mujer asentía con las frases de Alan—. Un amor que iba más allá de lo físico, que trascendía al campo mental, al cultivo de la mente. Para ellos no era extraño el que dos hombres o dos mujeres se amaran, dado que así podían aprender mucho de la vida. La homosexualidad era normal...

—Claro, tiene razón.

—Pues bien, estamos buscando una figura o efigie que esté relacionada con este tema y con el nombre de Leucipo. ¿Sabe de alguna?

—Si gusta podemos ir al salón dedicado a la Antigua Grecia.

No dudaron en seguir a la mujer.

59

Tenía que darse prisa si quería conseguir su objetivo. La información que había adquirido el día anterior le fue de mucha utilidad para encontrar algunos nombres ilustres que bien podían convertirse en sus próximas víctimas. Infortunadamente, el tiempo había jugado en su contra y tuvo que pasar toda la noche sin dormir, recopilando datos y filtrándolos según los criterios que le había mencionado el doctor Freddie King. Las conversaciones nocturnas que acostumbraba a tener con Licht le suministraron pistas algo nubladas, pero nunca pudo deducir quiénes eran los hombres o mujeres que compartían un ideal de vida con el sacerdote muerto. La situación lo apremiaba ahora y en cuestión de un día, gracias a la colaboración del director del Instituto de Neurología, había llegado a cuatro nombres que se ajustaban perfectamente al perfil requerido para morir. Debía tener cuidado de no encontrarse con los hombres de verde y blanco, pues estarían alerta ante cualquier extraño que anduviera indagando por cuestiones puramente policiales. Además, sobre él recaían gran parte de las miradas inquisidoras de la justicia.

Los nervios empezaron a apoderarse de su cuerpo, una sensación desconocida para él, y lograron que perdiera por un momento la concentración que tenía en la carretera. Sus manos estaban tensas, casi fusionadas con el cuero del volante, y su corazón bombeaba cada vez con mayor fuerza y velocidad. La respiración tenía el ritmo de su pulso cardíaco, haciendo que una gota helada de sudor viajara desde su cabeza hasta la mejilla derecha. Se limpió con la manga negra de su vestido y hundió el acelerador hasta que el motor indicó que no podía subir más las revoluciones.

Cuando estaba a punto de llegar a la entrada de la mansión sus ansias se desvanecieron casi por completo, pues la situación era en cierto modo favorable para él. Estacionó a veinte metros de la puerta de rejas negras, detrás de otro automóvil que pertenecía a una de las casas aledañas. Apagó el motor y se quedó mirando el lugar, en busca de algo extraño que le brindara pistas sobre los movimientos de personas y equipos. Dos carros idénticos, con franjas verdes y blancas, hacían guardia y también bloqueaban el acceso a lo que parecía un bosque esplendoroso y mágico que ocultaba una casa enorme bañada de lujos y excentricidades. Varias cintas de color amarillo aislaban el sitio de la visita de extraños, pero al mismo tiempo servían de publicidad implícita que inducían a pensar que algo no tan bueno había ocurrido allá adentro. El alma de Andrés Sheffer seguramente estaría en el cielo. Nada había aparecido en las noticias, aunque el hombre era muy famoso en la ciudad y en el mundo, por lo que tal vez no había partido de este mundo.

Pero una camioneta que llegó al lugar le quitó la idea de la cabeza.

Tres uniformados aparecieron como por arte de magia y salieron al encuentro del vehículo. Se saludaron amablemente con el conductor y su acompañante, y un minuto después dejaron que ingresaran. Las cosas no eran nada buenas. El vehículo blanco y azul llevaba un símbolo inconfundible que solo aparecía en casos extremos. De muerte. Era el escuadrón de criminalística de la policía nacional. Un trabajo en el que la jornada laboral se compartía con personas calladas, frías y tiesas. Muertos. Asesinados por manos humanas.

Lo más sensato era salir de allí.

Cogió los papeles que tenía esparcidos sobre el asiento del pasajero y escogió una foto. La tiró a la parte trasera, pues ya no la necesitaba. Después buscó una entre las otras tres que le quedaban. Comparó las direcciones e identificó la más cercana. Era el próximo que debía visitar.

Tenía que asegurarse de cumplir con su objetivo.

Así que salió a toda velocidad a conocer al personaje de la foto.

60

El segundo piso estaba casi totalmente dedicado a la Antigua Grecia. Decenas de salas estaban repletas de esculturas, pinturas, artefactos, vestimentas y códigos. Alan estaba impresionado con el cambio que había sufrido el lugar desde que había ido por última vez, unos cuatro años atrás. En ese entonces, el desorden y la falta de piezas era el común en el museo, pero al parecer alguien se había puesto en la tarea de rendirle honor a la cultura universal. Los tres iban caminando por el corredor principal, admirando cada una de las representaciones del mundo helénico. La guía los condujo a una de las salas, que a primera vista parecía dedicada a la escultura de figuras humanas. Pasaron debajo del arco principal y se detuvieron a observarlas.

—Esta es la sala de la sabiduría —dijo la mujer—. Aquí están las representaciones de los filósofos más célebres de la Antigua Grecia. Sócrates —señalaba con la mano mientras nombraba a los hombres—, Platón, Aristóteles, Pitágoras, Heráclito, Parménides, Demócrito y Empédocles.

—¿Por qué no está Leucipo? —preguntó Downey—. Es el fundador de la teoría atomista de la materia...

—No lo sé, señor, las piezas del museo y la distribución de las mismas es decidida por el curador y su junta académica. Yo solo me encargo de mostrarles a los visitantes y enseñarles parte de la historia.

—¿Está segura de que no hay una efigie de Leucipo? —inquirió Linda.

—Absolutamente.

—¿Hay más salas con esculturas? —dijo Alan.

—Sí, hay cinco más. ¿Quieren verlas?

—Son bastantes. No tenemos mucho tiempo.

—Pero no tenemos otra opción, Alan.

—Vamos —dijo resignado el médico.

Habían visitado dos de las cinco salas restantes sin éxito. Tenían otras esculturas e imágenes de personajes griegos de la antigüedad. Pero nada que les indicara algo sobre Leucipo. ¿Qué estaban pasando por alto? ¿Sería en otro museo? Alan estaba casi seguro de que el único que albergaba figuras de la Antigua Grecia era el Museo de Arte Antiguo. No, no podían estar equivocados. Pero ya no le importaba tanto si encontraban o no lo que Licht quería que encontraran. Lo hacía más por apoyar a Linda, por ayudarle con sus conocimientos a resolver un caso que parecía bastante enredado. Así que decidió terminar con todo lo más pronto posible.

Ingresaron a la tercera sala que había sido indicada por la guía. Era bastante amplia, casi como las demás, y aunque el sol entraba campante por las ventanas, algunas lámparas que colgaban del techo estaban encendidas para darle más brillo al lugar. Pero había un ambiente diferente, el aire parecía más limpio y refrescante, los pisos tenían un diseño hermoso e intrigante y las paredes no solo soportaban los techos y dividían los salones, sino que decoraban con elegancia todas las piezas del salón.

En todos lados había pinturas que conmemoraban hechos mitológicos y reales de la Antigua Grecia, pero algo diferente había en el centro del salón. Cuatro esculturas inmensas gobernaban la sala y parecían ser el foco de simbolismo de aquel lugar. Eran las únicas figuras de piedra tallada que se encontraban allí. Alan se acercó a la más grande y no pudo evitar que la respiración se le mermara y la felicidad comenzara a brotar de su piel.

Estaba ubicada en todo el centro geométrico del salón y tenía un tamaño descomunal. El médico calculó en su mente que tendría unos cuatro metros de ancho. Una gran cama antigua, tallada perfectamente en piedra, con una sábana ligera y desordenada, cubría las piernas de lo que parecía una mujer recostada sobre los brazos de un anciano cansado y abatido. Parecía que la mujer estaba agonizando, a punto de dar su último aliento en su lecho caótico. El anciano trataba de calmarle el dolor con su mirada tranquila y con sus manos que sostenían el cuerpo desnudo y frío, mientras permanecía sentado en el borde de la cama, sin ninguna esperanza en su corazón. El viejo tenía el aspecto común de un griego antiguo: barba espesa y bien peinada, una túnica que le cubría casi todo el cuerpo y facciones rectas y perfectas que lo hacían ver más imponente. Los brazos de la mujer caían desgonzados sobre los costados, mostrando las palmas de las manos al cielo, y la cabeza echada hacia atrás, con la boca medio abierta, lo que hacía pensar que estaba a punto de abandonar un sufrimiento mortal para descansar en paz.

—¿Qué pasa, Alan? —Linda notó el extraño comportamiento del médico.

—Lo encontramos, Linda, lo encontramos.

—¿El viejo es Leucipo? —preguntó mientras señalaba la escultura.

—No, ella, o mejor dicho él —respondió mientras con sus manos acarició las piernas de la mujer moribunda.

—¿Cómo? Es una mujer, mira los senos...

—Disculpen los interrumpo —dijo la guía—. Pero esa figura es la de Hermafroditos, uno de los personajes más famosos de la mitología griega. No es Leucipo, señor.

—¡Claro, Licht tenía razón! —Alan no reparó en el comentario de la mujer—. Los antiguos griegos tenían una noción sorprendente de la naturaleza doble a nivel sexual del ser humano y de la vida. Para ellos el hombre, es decir, la humanidad, era una combinación perfecta entre lo masculino y lo femenino. Incluso Freud, siglos después, descubrió que durante los primeros años, en la niñez, el ser humano es bisexual. A partir de ahí desarrolló la teoría del complejo de Edipo para explicar el origen de la homosexualidad...

—Eso es inaudito, Alan.

—No, es cierto. Y aquí está la representación simbólica de lo que los griegos siempre quisieron: la unión entre lo masculino y lo femenino —la guía lo miraba estupefacta—. Hermafroditos simplemente es la fusión de los nombres de sus padres: Afrodita y Hermes. Originalmente, Hermafroditos era un hombre muy bello. Un día, mientras se bañaba en el río, desnudo, fue espiado por la ninfa Salmacis, que se enamoró profundamente del joven. Tan grande fue su encanto que quiso estar con él por siempre. Así que se lanzó hacia el hombre y lo abrazó con tal fuerza y deseo que ambos se fusionaron para formar una sola persona. Una persona que quedó con los dos sexos. Como puedes ver, tiene facciones masculinas y pene —dijo, rodeando la escultura para admirarla con detalle—, pero también caderas anchas, cabello lacio y largo y senos pequeños.

—Por eso es que ahora se le dice hermafrodita a la persona, animal o planta que por defecto o evolución tiene los dos sexos —confirmó la guía.

—Y Leucipo, ¿qué tiene que ver aquí? —preguntó la agente.

—No lo sé —respondió la otra mujer—. Creo que están confundidos...

—No, en absoluto. En Creta, la isla griega, solían rendirle culto a una divinidad particular. Era una niña común y corriente. Lo curioso es que su madre no quería tener mujeres como descendencia, así que les suplicó a los dioses que la convirtieran en hombre. Su petición se hizo realidad y Leto, la madre de Apolo, le colocó genitales masculinos, convirtiendo a la niña en un ser con ambos sexos.

—Es casi la misma historia de Hermafroditos... —dijo la guía.

—Sí, pero este personaje se conocía como Leucippus —dijo mientras señalaba de nuevo a la efigie moribunda.

—Genial. Pero, ¿quién es el anciano que la acompaña? —preguntó Linda.

—Lo ignoro.

—Creo que aquí sí los puedo ayudar. El hombre que tiene en sus brazos a Hermafroditos, o Leucippus, es el filósofo y científico Teofrasto. La razón es sencilla: Teofrasto fue la persona que utilizó por primera vez la palabra hermafrodita para referirse a los seres que comparten ambos sexos. Él investigó mucho sobre flores y plantas, por lo que encontró en el personaje mitológico una palabra apropiada para identificar a cierto tipo de organismos vegetales.

—Increíble —susurró Downey.

—Esta escultura de Hermafroditos es la más bella que existe en el mundo. Supera con creces a las efigies de Uffizi en Florencia, a la del Louvre y a la de Villa Borghese en Roma.

—¿Qué más dice la pista, Linda? —preguntó el médico apresurado. Linda sacó el papel y lo leyó mentalmente.

—La efigie, un secreto espera escuchar. Y que tres pilares la adoran para explicar su belleza particular. No entiendo, Alan. ¿Qué espera escuchar?

El médico recorrió la escultura con sus ojos y se paseó por todos los lados tratando de encontrar lo que creía que Licht quería decir. Se detuvo detrás de la enorme figura y quedó oculto de la vista de las dos mujeres. Examinó la espalda del anciano, su cabeza y sus brazos. Sabía que ahí no había nada. Se fijó en la mujer-hombre representada por Leucippus, y admiró la destreza del escultor al moldear la figura humana con tal perfección. Recorrió con su vista el brazo derecho flácido y los senos débiles. Pero eso no era lo que le interesaba. Se fijó en la cabeza de aquel personaje y vio algo que le animó el cerebro. Leucippus mantenía ladeada la cabeza un poco hacia la izquierda, dejando hacia el cielo su oído derecho. No era sólido como en las demás esculturas, sino que poseía una oquedad perfectamente construida que semejaba con rigor el aparato auditivo humano. No había duda, ahí estaba el secreto.

Esta vez el médico haría algo que, aunque obligatorio y necesario, sería una falta gravísima contra sus principios y valores. Sentía un profundo respeto por el arte y la cultura, y consideraba que la admiración y la ritualidad eran las actitudes más apropiadas cuando se enfrentaba con alguna de ellas. Pero de nuevo, el fin justificaba los medios. Aunque los medios no le gustaran demasiado. Dio tres pasos hacia atrás y se alistó en posición de arranque, como un atleta de cien metros que espera escuchar el disparo de largada. Inició la carrera, dio dos zancadas y, ayudado solo por su brazo derecho y sus pies, se encaramó en la cama de piedra junto al abatido Teofrasto.

—¿Qué está haciendo? ¡Bájese de ahí! —la guía estaba asustada.

—No se preocupe, no me demoraré. Solo quiero revisar algo, no voy a dañar nada…

—Señor, tendré que llamar a los guardias…

—No se preocupe, es un asunto de seguridad —Linda le mostró la placa de policía—. Por favor, cálmese. Estamos buscando una pista de un homicidio. Cálmese, todo va a salir bien…

—¿Que me calme? Están locos… voy a llamar a Seguridad…

—¡Miren! —el grito de Alan retumbó en el segundo piso. Estaba agachado sobre el cuerpo de Leucippus, con su mano derecha sobre la oreja de piedra. Su dedo índice estaba casi totalmente dentro del oído artificial, en un acto que un espectador desprevenido podría considerar como depravado y absurdo. La guía se detuvo, impresionada con lo que estaba viendo. Linda sintió una leve esperanza en su pecho y se quedó expectante para ver qué había en el interior del agujero.

Alan arrastró con dificultad su dedo y por fin logró sacarlo. Un pequeño rollo de papel estaba alineado axialmente con su índice. Levantó la mirada y dirigió sus ojos hacia las dos mujeres, que permanecían inmutables ante tal descubrimiento. El médico sonrió con gran entusiasmo.

—No lo puedo creer —dijo en un susurro la guía del museo.

—Increíble —reafirmó Linda.

Las mujeres se acercaron a la escultura y esperaron a que el hombre bajara con el tesoro. Downey bajó de un salto leve, pues el hombro izquierdo aún le dolía. La ropa deportiva le sirvió bastante para amortiguar la llegada al suelo. Ellas llegaron a su encuentro. Sus cuarenta y tres años no habían llegado en vano, pues casi se desgarra el muslo izquierdo. Además, no midió bien la longitud del pequeño salto y casi se estrella con la estatua que estaba ubicada a uno de los costados de la efigie de Leucippus y Teofrasto.

Se sirvió de uno de los bordes de la escultura para apoyar su mano derecha, levantarse lentamente y evitar una lesión muscular. Mientras su cuerpo se reincorporaba a la posición normal, iba registrando con sus ojos la placa de identificación, los pies, la cintura, el torso, los brazos y la cabeza de un hombre tallado en piedra café. Cuando por fin quedó erguido, igual que la escultura, se quedó meditabundo y congelado. Miró de frente al hombre de piedra y luego leyó la placa que inclinada yacía sobre sus pies.

Platón

428 a.C.-347 a.C.

Discípulo de Sócrates y maestro de Aristóteles. Uno de los filósofos
más influyentes de la historia. Se le atribuye la creación de las bases
del Estado y por ende de la política. Escribió sobre física, cosmología y ética.
Sus teorías sobre el alma pueden considerarse las precursoras de la psicología.

Downey creyó entenderlo todo. Miles de ideas cruzaron su cerebro en menos de dos segundos. Las piezas empezaron a encajar con una armonía impensable, los impulsos eléctricos fueron gigantescos en sus neuronas y la razón y el conocimiento brotaron con una euforia incontenible. Cuando una causa explica todas las consecuencias, te has encontrado con la raíz del problema. Y el médico creyó haber encontrado la causa primera.

Por su mente cruzaron Licht, Sócrates, Sheffer, letras griegas, Alejandro Magno. Le arrancó a Linda de las manos la hoja con las pistas de Licht y leyó con atención.

—¿Qué pasa, Alan? Abre el mensaje y larguémonos de aquí.

—No, hay algo más. El primer párrafo es una pista también...

—Estás loco, vámonos.

—Sócrates —dijo sin ponerle atención y mirando sin parpadear a Platón—. Sócrates buscó la sabiduría con los poetas, con los artistas, con los extranjeros. No se quedó en la filosofía. El conocimiento es universal.

"Este tipo se enloqueció", pensó la guía.

—¿De qué hablas?

Alan giró su cuerpo y contempló las otras dos estatuas que estaban ubicadas simétricamente rodeando a Leucippus y Teofrasto. Los tres pilares. Tres hombres. Tres cerebros que explicaban la belleza de Leucippus, en cierto modo. Siguió maquinando en su cerebro y empezó a armar todo el asunto. No tenía la menor duda, era lo más creíble.

—¡Di algo, por favor!

—Soy un imbécil —reconoció el médico.

—¿Qué pasa?

—Sheffer no fue asesinado por ser homosexual.

—¿Qué? —fue lo único que Linda pudo decir.

—¿Recuerdas las palabras de Licht? Con solo derrumbar las cuatro bases religiosas no estaría satisfecho. Por eso dejó la iglesia, en sentido figurado, para buscar respuestas en otros campos.

Tuve que dejar los hábitos y el monasterio.

—La ciencia...

—¿Cómo no lo vimos antes? Era muy sencillo. Cuando Licht derrumbó las bases del rechazo a la homosexualidad se encontró con otro problema. Y estaba escrito en el mismo pasaje del catecismo —la guía los miraba con extrañeza.

—¿Dónde?

Su origen psíquico permanece en gran medida inexplicado.

—Entonces debió dedicarse a resolver ese enigma. Salió en busca de las respuestas de la ciencia, en particular de la psiquiatría...

—Andrés Sheffer, el psicoanalista más importante... —Linda se alegró un poco.

—Exacto. Seguramente Licht lo buscó para que trabajaran en el asunto. Y por colaborar con un tema tan espinoso fue asesinado, igual que el sacerdote.

—Suena muy convincente, Alan, pero no es seguro. No podemos dar eso por una verdad absoluta.

—Sócrates buscó la sabiduría en varios campos de la ciencia y el arte. Licht hizo lo mismo, e irónicamente murió como él. Si nuestro razonamiento es correcto, tenemos que encontrar que las otras dos esculturas, los otros dos pilares, corresponden a científicos griegos con alguna especialidad.

En la búsqueda de la verdad también he seguido de cerca a las mentes más grandes y abiertas del mundo, en las cuales he encontrado la más enérgica colaboración y humanidad.

—Explícate...

—Mira. Platón —señalo al viejo con el dedo— es el padre de la psicología. La ciencia de la que Sheffer era un maestro. Leucippus representa la unión armónica entre lo masculino y lo femenino, la eterna amistad de la humanidad, el amor como fuente de vida y alegría. Está moribunda, quizás representando lo que la humanidad ha hecho con los homosexuales, y Teofrasto la trata de consolar, como Licht quería hacer.

Ambas mujeres contemplaron la escultura central.

—Estos tres pilares quieren explicar, con la ciencia, el porqué de la belleza de Leucippus, por qué la homosexualidad no es una maldición, una tara.

—¿Estoy entendiendo bien? ¿Quieres decir que cada uno de estos tres hombres representa un campo de la ciencia que Licht utilizó para explicar la homosexualidad?

—Correcto. Platón representa a la psicología, a Sheffer. Ahora debemos revisar la siguiente escultura y creo que ya debemos saber la respuesta. ¿Recuerdas lo que hacía Herny?

—Trabajaba en una universidad, en la facultad de microbiología...

Mientras hablaban se iban acercando con nerviosismo hacia la segunda escultura.

—Bueno, comprobemos.

Linda se acercó casi corriendo a la efigie y comenzó a leer con rapidez. El hombre tallado en la piedra era muy parecido al primero, a Platón, pero su postura era más imponente y rígida. Cuando Alan vio el nombre en letras doradas comprobó que su máquina encefálica había trabajado a la perfección. Ya no le cabía la menor duda, Licht era muy sabio.

Aristóteles

384 a.C.-322 a.C.

Discípulo de Platón. El pensador más influyente de la civilización occidental.

Creador de la lógica, estudioso de la anatomía, la astronomía, la política,

la botánica y la zoología. Es considerado el primer biólogo de la historia.

El padre de la biología. El campo de acción de Herny.

—Tienes razón. Psicología, ahora biología. Sheffer y Herny.

—Aristóteles, el maestro de Alejandro Magno —dijo Downey.

—O sea que el siguiente...

Ambos se miraron a los ojos y acto seguido dirigieron sus vistas hacia la última escultura, ubicada al otro lado del salón. El corazón le quedó en la boca a Linda. No lo podía creer. Estaban a punto de descubrir quién sería la siguiente víctima, la última. La oportunidad final que tenían para atrapar al asesino. Alan solo esperaba que no fuera Alcmeón de Crotona, aquel filósofo griego que había hecho algunos estudios sobre el cerebro. Volvieron a mirarse y salieron corriendo hacia la escultura de un hombre de espesa barba y largos bigotes. Estaba sentado, con las manos sobre los muslos y mirando al infinito. El médico no reconoció al tipo, no porque nunca lo hubiera visto, sino porque todos parecían iguales. Cuando llegaron junto al hombre de piedra ninguno de los dos quiso leer la placa. Alan solo se atrevió a leer el nombre, pero cuando lo hizo no pudo saber qué había hecho ese tipo por la ciencia.

Así que tomó aire y leyó en voz alta:

Empédocles

490 a.C.- 430 a.C.

Filósofo y político. Definió los cuatro elementos fundamentales.

Astrónomo, poeta y científico. Estableció las primeras teorías sobre la herencia,

por lo que se le considera como el artífice de la genética.

—Dios mío... la genética... —dijo Linda.

—Pensaba que el padre de esa ciencia era Mendel —dijo Downey.

—Efectivamente, Mendel realizó los avances más importantes, pero Empédocles fue el que por primera vez propuso que las personas son producto de la unión de las características físicas del padre y la madre. Además, dijo que la herencia de tales rasgos continúa generación tras generación —la guía estaba menos asustada y comenzaba a colaborar—. Cuatro siglos antes de Cristo.

—¿Sabes quién puede ser? —preguntó la agente.

—Solo se me ocurre un nombre.

—¿Quién?

—Francis Nestop, el genetista más aclamado del país.

Linda agarró la mano de Alan y salieron corriendo a intentar salvar una vida.

61

Encendió el vehículo a toda velocidad y arrancó con tal ansiedad, que no se dio cuenta que casi deja al médico en el estacionamiento del museo. Alan tuvo que subirse y cerrar la puerta cuando el automóvil ya andaba a veinte kilómetros por hora. Se recostó en la silla y trató de recobrar su frecuencia respiratoria y el pulso mientras se ponía el cinturón de seguridad. El carro de los escoltas los seguía con gran pericia y no se despegaba un metro de la parte trasera del coche de la pareja investigadora. Linda tomó el radioteléfono y habló con la operadora de la policía.

—Operadora, necesito la dirección de un civil identificado como Francis Nestop. Repito. Francis Nestop. Es urgente, posible víctima de homicidio…

—*Entiendo, agente. ¿Necesita refuerzos?*

—Sí, todos los que consiga… envíelos a ese lugar.

—*Haré lo posible, agente.*

La mujer que hablaba al otro lado de la línea estuvo callada durante diez segundos, pero cuando recobró la voz le entregó la dirección a Linda. No era muy lejos, pero tampoco era a la vuelta de la esquina. La ocasión lo ameritaba, así que la agente Brown oprimió un botón negro que estaba instalado junto al velocímetro y la sirena comenzó a emitir un ruido ensordecedor y alarmante que inundó de emergencia todas las vías por donde pasaban. Incrementó la velocidad y unas gotas de sudor empañaron su frente delicada y suave.

—Necesito algo más, operadora…

—*Siga, agente.*

—Hoy hubo un homicidio. David Herny. Necesito saber la profesión del sujeto.

—*Un momento, agente* —hubo de nuevo una pausa casi eterna. Linda sostenía con su mano derecha el radio, mientras evadía peligrosamente los autos en la avenida principal—. *David Herny, profesor de la Universidad Jesuita, de la facultad de microbiología. Biólogo destacado…*

—Tenías razón —le dijo la agente a Downey.

—*Especializado en endocrinología, miembro de diversas asociaciones académicas y científicas del país y el mundo.*

—Gracias —Linda colgó.

Alan había dado con el asunto. Platón, Sheffer. Aristóteles, Herny. Empédocles, ojalá que fuera Nestop. Era el candidato indicado. Licht se las había arreglado muy bien para esconder en el museo unas pistas tan grandes, pero más difíciles de descifrar. Al principio le había parecido extraño a Linda que un arreglo de esculturas dentro de un museo les diera la clave para vislumbrar la salida y desenredar las pistas del sacerdote, pues no se explicaba cómo había hecho el anciano para asegurar que las efigies no se movieran del sitio. Antes de salir del museo encontraron la respuesta. Al parecer, según les dijo la guía, un religioso bonachón y de edad avanzada hacía parte de la junta académica que gobernaba el museo. Era imposible olvidar a un hombre de fe dedicado a cuestiones tan terrenales y opuestas como la historia, el arte y la salvación humana por medio del arrepentimiento. Según la mujer, era muy admirado por los colegas de la junta, los cuales en su mayoría eran historiadores eminentes.

—La endocrinología. La ciencia de las hormonas —dijo Alan.

—Licht también buscó en esa ciencia. Pero me dijiste que no había resultados halagadores en esa rama del conocimiento...

—Es cierto, pero quizás hayan encontrado algo. No lo sé.

—Ya me hablaste de las teorías genéticas y hormonales. ¿Qué otras existen, Alan? —Linda quería saber más.

—Bueno, déjame pensar. También existen estudios sobre la intersexualidad de algunos seres humanos. Ahora que conocimos a Leucippus lo recordé. Algunos expertos piensan que los homosexuales son personas que poseen los dos sexos, pero en distintas expresiones. Como si hubiera una extraña transición en un solo cuerpo...

—Creo que no te entiendo bien...

—No me expliqué bien. Por ejemplo, ellos dicen que un hombre homosexual es una persona que tiene, evidentemente, genitales de hombre, pero posee una disposición genética de mujer, lo cual podría explicar la atracción hacia los hombres.

—Parece razonable...

—Pero no lo es tanto. Los estudios genéticos que te expliqué antes no han dado mucho resultado. Y esta teoría de la intersexualidad no es muy aceptada. Yo me inclino más por la psicología...

—Sheffer...

—Sí. Hay muchos avances en este campo, aunque tienen un gran problemilla.

—¿Cuál es?

—Déjame explicarte primero las teorías psicológicas. Sigmund Freud, el creador del psicoanálisis, fue quien definió con mayor precisión las causas de la homosexualidad, según su especialidad. Se basó en lo que denominó el complejo de Edipo, aquel personaje de la mitología griega. Este complejo, por el cual todos los seres humanos atravesamos en diferentes grados, sería el responsable de que los hombres sientan alguna represión de los deseos sexuales hacia la madre por determinadas circunstancias y se identifiquen plenamente con la figura paterna. Así huyen del conflicto edípico evitando el contacto sexual con mujeres. Esto tiene mucho sentido y explica el homosexualismo masculino y femenino, este último mediante el complejo de Electra, que es similar pero con cambio de género.

—Suena interesante...

—Pero más interesante fueron otros hallazgos de Freud. Encontró, como te conté antes, que *todo* ser humano tiene una disposición psíquica bisexual en los primeros años de vida, que después se va cerrando y definiendo con la experiencia y el paso del tiempo. Es más, un científico de apellido Kinsey estableció experimentalmente que el 37 % de los humanos tenemos un orgasmo homosexual en la adolescencia y que el 13 % de la totalidad de la humanidad tiene impulsos homosexuales, aunque su orientación sexual sea definidamente heterosexual.

—Pareciera que todo lo que dices es una locura, pero no me cabe la menor duda que debes tener razón.

—Y aunque la psicología nos brinda las respuestas más cercanas, no son válidas, no explican todos los casos, no son universales. Hay una pregunta que no ha podido responder esta rama de la ciencia y es la siguiente: ¿qué conflicto interior lleva a algunas personas a optar por una conducta abiertamente homosexual, elegida como forma preferida de relaciones? No han podido responder esto con claridad. Y, además, los psicólogos han creado terapias para tratar a los homosexuales, lo cual simplemente es una aceptación tácita de que este comportamiento es una enfermedad, lo cual es inadmisible...

—¿Por qué inadmisible?

—Porque debe tener una explicación científica apropiada. Que varias ciencias hayan investigado sin obtener resultados positivos no quiere decir que no exista una causa tangible, razonable.

—¿Necesariamente?

—Sí, lo que creo es que no se ha utilizado la herramienta correcta para explicar la homosexualidad —Linda no dijo nada. Esperó que Downey siguiera—. La neurociencia debe ser la clave. En los estudios y experimentos que realicé encontré cosas realmente diferentes, interesantes, algo que tal vez nunca nadie se había imaginado. Cuando encontramos en aquel paciente homosexual que su cerebro funcionaba en algunos aspectos de forma diferente, pensamos que una luz había nacido en la oscuridad.

—¿Y ¿qué pasó?

—Pues como te conté, no terminé de investigar, aunque le dediqué horas sin autorización del instituto. Pero creo que los resultados parciales servirán bastante para encontrar la respuesta que Licht tanto buscó...

—¿Pudo él saber lo que estabas haciendo?

—No, no lo creo. Trabajé en el más absoluto hermetismo. Los únicos que sabíamos del proyecto eran mi secretaria, un asistente de laboratorio y el paciente que nos sirvió para realizar los experimentos. Ni siquiera King sabía lo que hacíamos.

—¿Y por qué crees que te mandó el mensaje antes de morir?

—Espero que cuando esto termine pueda responder esa pregunta.

Alan cerró los ojos y trató de pensar un poco. No pudo explicarse, por enésima vez, por qué el sacerdote se había atrevido a enviarle esa carta desde el más allá. Tal vez Linda tuviera razón y, de cierto modo muy extraño, Licht se enteró del trabajo de Downey y también encontró razones para confiar en la ciencia del cerebro. Lo inexplicable era cómo había logrado enterarse de las labores del médico. No, tenía que ser algo más, concluyó.

La agente seguía volando por las avenidas y ya se acercaban al lugar donde Nestop trabajaba. Se metió a una calle angosta y pedregosa y recordó algo importante. De inmediato sacó a Alan de sus cavilaciones.

—Alan, lee el mensaje.

—Lo había olvidado.

Sacó el rollo de papel que tenía en el bolsillo de la sudadera y lo abrió con lentitud. Sintió un nerviosismo leve pero frío y aterrador.

Has llegado al final del camino. Solo un paso queda para encontrar el conocimiento que nos hará libres y felices para siempre. Sigue la pista y hallarás la verdad. Confía en tus instintos y hazle caso a tu corazón, él sabe a dónde debes dirigirte.

La verdad que está escondida,
en el panteón Helénico debes buscar.
Dos orquídeas, unidas por amor,
como Aquiles y Patroclo, son el símbolo final.

Alan entendió el símbolo de Licht.

El dibujo que estaba grabado en la carátula del disco y en la lápida de la catedral representaba a dos flores, dos orquídeas que se entrelazaban de forma perfecta y armónica para construir un símbolo sin igual. Y que al parecer Licht había creado. No entendió la razón de que hubiera utilizado esa particular flor, tan bella como la vida misma, para marcar el camino hacia la verdad y el conocimiento. Pero eso no le importaba tanto en ese momento. Por ahora debían salvar una vida amenazada por una mente perversa y decidida.

Linda pisó el acelerador y se acercaron mucho más a lo desconocido.

62

Revisó de nuevo los papeles y los dejó en la silla trasera. Echó una mirada rápida al edificio que tenía en frente y se preguntó cuál sería la oficina del hombre. Sabía que estaba ubicada en el segundo piso, pero este era tan grande que adivinar el sitio era una tarea casi imposible. Afortunadamente tenía el número mágico que identificaba el portón. El temor empezó a inundar sus piernas, así que cerró los ojos y respiró profundamente varias veces. Se bajó del auto y miró a ambos lados de la calle, esperando que los conductores matutinos le permitieran pasar al otro lado. Había meditado mucho sobre lo que iba a hacer cuando se encontrara cara a cara con el genetista, pero ahora casi todo se había borrado de su memoria y solo le quedaba dejarse guiar por el instinto. Que era muy bueno.

El sol le pegaba directamente en la cabeza y una gota de sudor viajó desde su sien hasta la quijada. Se limpió con la manga de su traje y cruzó trotando la calle, donde el asfalto estaba a punto de hervir gracias a la temperatura del aire. Subió a la acera y se encontró de frente con la entrada principal, una puerta enorme de madera antigua bordeada por arreglos en mármol del Renacimiento. Un suspiro de preparación endureció sus músculos y le brindó motivación para llevar a cabo la tarea salvadora.

Empujó la puerta y un aire helado le golpeó el rostro.

La sotana se elevó como una capa de superhéroe. El obispo Lars Manning entró al solitario vestíbulo y se dirigió a las escaleras principales.

63

Linda apagó la sirena cuando estaban a cinco calles de llegar al edificio. La calma y la prudencia eran primordiales en aquellos momentos cruciales, cuando se jugaban las últimas cartas para ganar la partida. Alan permaneció callado durante gran parte del camino, cavilando sobre la última pista de Licht. Era la más enigmática que habían enfrentado. Solo sabía que el sacerdote había creado un símbolo propio, dos orquídeas, que marcaban el camino hacia la verdad universal. ¿Qué razones había tenido para escoger tal representación? Las tendría, pero eso no era tan relevante en ese momento. Dos orquídeas, como Aquiles y Patroclo.

El hombre más fuerte y más rápido de la mitología griega. Aquiles era uno de los protagonistas de *La Ilíada* y héroe de la guerra de Troya. Nació mortal, pero su madre, Tetis, trató de convertirlo en dios bañándolo en el río Estigia, que hacía invulnerable a quien se sumergiera en sus aguas. Tetis lo metió al río, tomándolo de su pie, por lo que su talón no se mojó. Aquiles mantuvo una relación muy cercana con Patroclo, su gran amigo y compañero inseparable, tanto que se decía que parecían dos gotas de agua. Obviamente, ambos participaron en Troya, con la desgracia de que Patroclo fue asesinado por Héctor, el príncipe de aquella ciudad. Era tan grande el amor que sentía Aquiles por su compañero, que la furia se apoderó de su cerebro y no descansó hasta que mató al príncipe. Después realizó unos funerales hermosos para despedir a su inseparable amigo y siguió luchando hasta que una flecha de Paris le atravesó el talón.

El amor por los jóvenes y el compañerismo habían sido la clave para que la Antigua Grecia ganara la guerra, para que creara múltiples conocimientos, para que el mundo creciera. Dos orquídeas, la unión armónica entre dos almas iguales. Sócrates y Platón. Alejandro y Hefestión.

Por lo menos eso estaba algo claro. Lo que menos entendía era el sitio donde debían buscar, el panteón helénico. Un monumento dedicado a los muertos, un cementerio. Griego. No sabía a qué lugar hacía referencia Licht, pero tal vez tendría algo de tiempo para dedicarse más tarde a resolver el enigma.

La agente frenó y estacionó el vehículo. Estaban a una cuadra del edificio. Alistó dos revólveres automáticos y los metió entre la blusa y la falda. Alan se asustó al ver esos dos artefactos de alta tecnología y por un momento prefirió quedarse en el auto. Pero descendió y siguió a la agente Brown. Los escoltas los siguieron muy cerca, con sus armas igualmente preparadas ante cualquier emergencia. Cuando se acercaron a la entrada franqueada por una gran puerta de madera, Linda reconoció que los refuerzos no habían llegado. Solo unos cuantos carros estacionados al frente del edificio acompañaban a los policías. Linda hizo un gesto extraño a sus colegas, los cuales asintieron sin chistar y mandaron sus manos a los revólveres. La agente empujó la puerta y entró en primer lugar, seguida por los dos policías guardianes. Alan se mantuvo atrás, según le indicaron.

La oficina quedaba en el segundo piso, así que se apresuraron a registrar el lugar.

64

Tres golpes en la puerta alertaron al científico. Su próximo paciente había llegado. Se levantó del escritorio y miró por la ventana que daba al callejón trasero del edificio. Nada interesante. Se dirigió a la puerta y giró el pomo. La cara que vio le resultó familiar.

—Buenos días —dijo el médico—. Sigue por favor.

El hombre se limitó a sonreír. Cerró la puerta y dejó que Francis Nestop se volteara para regresar a su escritorio.

—¿Qué se te ofrece hoy? —dijo el genetista.

—Nada especial.

Un golpe metálico y seco fue suficiente para dejar inconsciente al hombre. Con el revólver en la mano miró al tipo que ahora yacía en el suelo en un profundo sueño. De la nuca salía un pequeño hilo de sangre que no representaba el menor riesgo de muerte. Lo necesitaba así, vivo pero dormido, para terminar el ciclo de expiación de la inmoralidad humana. Tomó el asiento que estaba detrás del escritorio y lo ubicó en medio de la oficina. Con gran esfuerzo sentó a Nestop sobre la silla y comenzó a amarrarlo.

Anudó las muñecas y luego el torso. La felicidad no cabía en su cuerpo. El último paso hacia el gran final. Todo el mundo conocería su hazaña, que serviría de alerta para todos los pecadores. Sacó otro pedazo de soga de su chaqueta y se agachó para atarle los tobillos a las patas de la silla. Se detuvo de repente. Unos pasos al otro lado de la puerta, en el corredor, lo tensionaron aún más. El piso de madera crujía con cada pisada, lenta y precavida. Los pasos se detuvieron justo al frente de la puerta del consultorio de Nestop.

Dos golpes retumbaron en la puerta. El hombre se puso de pie y activó un plan de contingencia que no tenía planeado.

65

Llegaron al segundo piso y con gran rapidez identificaron el camino que debían seguir. Con un absoluto hermetismo caminaron pegados a las paredes y se dirigieron hacia la oficina del genetista Francis Nestop. Los corredores estaban desolados. Pasaron al lado de una puerta por la que salía un sonido estridente y pesado, pero melodioso y atractivo. Alguien estaba escuchando heavy metal a todo volumen. Pasaron de largo pero Linda oyó un susurro. Miró hacia atrás y vio a Alan cantando suavemente la canción que retumbaba detrás de esa puerta.

See the cheeps are gathering, set the trap, hypnotize, now you follow.

Los tres policías se miraron y no pudieron comprender tal ironía. Un hombre cantando alegremente en medio de aquella situación. El médico notó la cara de sus escoltas y cerró la boca. Con la mano pidió excusas.

Estaban a cinco metros de llegar a la puerta, cuando un sonido muy conocido los despertó.

Un disparo proveniente del lugar a donde se dirigían.

Linda no vaciló. Sacó su arma y corrió junto a sus dos compañeros hacia la oficina de Nestop.

Con una patada certera derrumbó la puerta de la oficina. Estaba preparada para disparar en menos de un segundo, pero no tuvo motivos para hacerlo. Escuchó el crujir de unos vidrios cuando ingresó al consultorio y apuntó hacia una ventana rota que daba al callejón trasero. Los dos escoltas ingresaron detrás de ella y empezaron a registrar el lugar con sus ojos y con el revólver siempre mirando al frente. Alan entró cauteloso detrás de ellos y se quedó mirando el espectáculo.

—¡Alto! ¡No se mueva! —gritó Linda.

Apuntó hacia un hombre que yacía en el suelo boca abajo. Con una seña ordenó a los dos policías que registraran al hombre que estaba en la silla, al otro lado de la oficina. Con su pie volteó el cuerpo y de inmediato reconoció la cara.

—Sabía que usted era el asesino... —le dijo la agente al hombre.

—No, se fue —dijo agonizando mientras con su mano sostenía la hemorragia del abdomen. Con esa misma mano sangrada señaló la ventana—. Se fue...

El obispo Lars Manning expulsó una bocanada de sangre y sus ojos se cerraron.

Linda corrió a la ventana y vio a un hombre encapuchado que corría hacia un automóvil estacionado en el callejón. Llevaba un revólver en su mano y parecía herido por la forma en que caminaba. Apuntó y disparó tres veces. Todos los proyectiles cayeron sobre el carro. El hombre subió al vehículo y encendió el motor.

—¡Se escapa! ¡Llamen ambulancias y refuerzos! —dijo Linda dirigiéndose a los dos policías. No había tiempo. Puso los pies sobre el borde de la ventana y saltó a la calle. Lo hizo con gran pericia, como aprendió en la academia. Alan corrió hacia la ventana y vio el cuerpo sin vida de Lars Manning y al gran Francis Nestop, algo más viejo, amarrado contra una silla, sin lesiones aparentes. Tenía que ir con Linda. Se acercó a la ventana y respiró. Solo era un piso de altura. Miró su hombro izquierdo vendado. Después a los cuerpos. No lo pensó y saltó. Cayó sobre su brazo derecho y sintió un crujido terrible que le atravesó el brazo. Su experiencia médica le indicó que se había fracturado el cúbito.

Cuando se levantó con dificultad, vio que el automóvil del homicida salía disparado hacia la calle. Linda disparó cinco veces más, pero solo rompió vidrios y una que otra lata del coche. La mujer corrió hacia la calle y en menos de diez segundos llegó al auto y lo encendió. Alan subió enseguida y arrancaron para atrapar al asesino.

66

No lo podía creer. El maldito obispo Manning le había frustrado el plan. Tuvo que asesinarlo, ya que el viejo intentó atacarlo apenas ingresó a la oficina. Después escuchó que alguien se acercaba y tuvo que escapar por la ventana. Y ahora lo perseguían sin tregua. Lo que había empezado como un día profetizado se había convertido en un gran problema.

Pero todavía tenía chances de escapar.

67

Linda pisó el acelerador a fondo. Sus aptitudes de buena piloto salieron a flote. Esquivó tres automóviles y se puso a diez metros del auto asesino. Sacó su arma por la ventana y disparó tres veces. El tipo logró mover el carro de tal forma que ninguna bala fue importante para detenerlo.

El tipo giró a la derecha y se metió a una avenida invadida de restaurantes y tiendas callejeras. La calle estaba atestada de vehículos y el trancón era monumental. No había otra opción. Si quería escapar debía utilizar todos los recursos posibles. Montó el coche a la acera y aceleró. Los transeúntes se tiraban adentro de los locales comerciales y otros se lanzaron a la avenida trancada, mientras el asesino derribaba mesas llenas de artesanías, comida y ropa. Linda no podía perder a su presa y aprovechó el caos generado por el asesino para seguir el mismo camino y continuar la persecución. El asesino salió a una calle más despejada, con la parte frontal del carro medio destruida, una pendiente peligrosa que bajaba hasta la avenida principal de la ciudad. Las sirenas de los policías empezaron a sonar a lo lejos. Los refuerzos estaban cerca.

La velocidad se incrementaba a cada segundo, pues la fuerza descubierta por Newton hacía que la aceleración tuviera una nefasta influencia en los cuerpos mecánicos. Eran casi cincuenta grados de pendiente que bajaban por uno de los sectores más lujosos de la ciudad. El asesino tenía la vía casi despejada, solo interrumpida por uno que otro vehículo que bajaba en la misma dirección. No fue difícil esquivar los coches, aún con la gran rapidez con que viajaba. De pronto, a una cuadra del final de la pendiente apareció un semáforo en rojo. Linda pisó con suavidad el freno esperando que el asesino hiciera lo mismo, pero solo observó una respuesta totalmente opuesta: el lunático oprimió el acelerador y cruzó la calle sin ningún cuidado. La agente fue más cautelosa y se detuvo parcialmente en el cruce antes de pasar al otro lado. Nadie venía por esos lados, así que siguió a la caza del homicida.

Lo que menos quería la agente, ocurrió. El tipo no era ningún estúpido. Salió a la avenida principal, una vía de diez carriles de ancho que superaba por mucho a una pista aeroportuaria. Junto a la avenida, separando los carriles de ida y venida, pasaba el río lechoso que bañaba a la gran ciudad, encerrado en un enorme canal artificial de concreto que tenía unos cinco metros de profundidad. La persecución sería más difícil, pues la gran afluencia de vehículos hacía necesaria una mayor previsión y cuidado para no herir a ningún inocente. El asesino se metió por el carril central, alcanzando los ciento veinte kilómetros por hora en su velocímetro. Linda aceleró y logró ubicarse tres carros detrás del homicida. Esquivó un auto rojo, colocándose al lado derecho del coche que transportaba al objetivo de su primer trabajo. Sacó el revólver y disparó cuatro veces. El vidrio trasero estalló y una de las copas que cubría el rin derecho voló por los aires. De inmediato, Linda se dio cuenta de algo. Cuatro kilómetros más adelante el maniático no tendría escapatoria. Así que tomó el radio en sus manos, mientras el médico mantenía su brazo derecho inmóvil contra el pecho y se aguantaba las ganas de gritar, y dio instrucciones a los refuerzos. Debían bloquear la única salida posible que tenía la avenida.

Los disparos alertaron a los conductores que iban por la avenida, quienes se apartaron del camino del asesino y le dejaron el camino libre para que acelerara y pudiera escabullirse con facilidad. Linda no lo perdió de vista y exigió el motor al máximo hasta que alcanzó a tocar la parte trasera del auto del matón. Este se desestabilizó un poco, pero con una maniobra que demostró gran pericia logró volver a emprender la huida. La agente sacó de nuevo su brazo izquierdo por la ventana y disparó contra las llantas, pero solo pudo hacer algunos agujeros en las latas. Sin embargo, una sonrisa se dibujó en su rostro. Divisó a poca distancia la entrada del túnel que conectaba esta parte de la ciudad con una de las salidas terrestres hacia los pueblos de la sabana septentrional. Era una lombriz hueca, como solían llamarlo, que en cinco kilómetros completamente rectos de asfalto era una de las obras de ingeniería más grandes del mundo.

Tres autos de policía junto a un bus negro blindado aguardaban con las sirenas encendidas en la entrada de la lombriz. En ese punto el río disminuía su cauce y pasaba por debajo del túnel, donde se juntaban de nuevo los carriles de ambos sentidos. Dentro de la lombriz, los carriles estaban separados por una diminuta hilera de rejillas que servían más como advertencia que como orden y seguridad. Algunos hombres de uniforme estaban resguardados detrás de los autos, apuntando con armas enormes y peligrosas. La trampa estaba tendida. Era el fin del camino.

El asesino se acercaba cada vez más a la entrada y parecía que no quería disminuir la velocidad. Los policías cargaron los fusiles y apuntaron. Cien metros. Linda seguía muy de cerca a su presa y mantenía toda la esperanza en sus compañeros. Alan se retorcía de dolor en el asiento de al lado. La agente vio cómo una tonalidad púrpura y verdosa invadía el brazo del médico. Cincuenta metros. Un disparo resonó en la vía. El vidrio panorámico del auto del asesino voló en mil pedazos. Un policía había hecho una advertencia. Veinte metros. Tres disparos más rebotaron en el capó. Diez metros. Una ráfaga cosió el auto que parecía invencible. No había escapatoria. No quedaba mucho camino.

Linda sonrió al ver que el hombre estaba atrapado.

Pero no esperaba lo que sus ojos contemplaron.

El auto giró súbitamente a la izquierda, rompiendo con ligereza las rejas de separación de los carriles. Los policías no lo podían creer. La maniobra era digna de un maniático temerario. Se metió de frente en el carril por donde los carros venían en sentido contrario. Linda aceleró y mantuvo su vía, ingresando con extrema rapidez al túnel misterioso. Se acercó al carril izquierdo, que colindaba con las rejillas que limitaban el acceso de algún desquiciado, como el asesino, que quisiera ingresar por el sentido contrario. El homicida iba a gran velocidad. Los automóviles que venían contra él no lo podían creer. Esquivaban con dificultad al lunático, frenaban sin compasión. Un auto se estrelló contra la pared de la lombriz y una cadena de choques se produjo en el lugar. Linda alcanzó al auto y volvió a disparar. Esta vez estuvo a punto de darle al asesino. El tipo sacó una pistola automática y la vació contra el carro de policía, aunque algunos proyectiles sacaron chispas de las barandas de separación. Alan se agachó con gran dolor y pensó que el fin de su vida estaba muy cerca. Otro coche trató de evadir al loco que iba en contravía y voló por los aires, volcándose en la mitad de la lombriz de asfalto y concreto.

La velocidad era tan alta, que pronto vieron la salida del túnel. El asesino aceleró y Linda trató de reconocer sus facciones sobre la máscara que llevaba encima, pero le fue absolutamente imposible. Observó que el tipo buscaba algo con su brazo derecho y al parecer no tardó en encontrarlo. De pronto les apuntó, mientras conducía peligrosamente, con una ametralladora de última generación. Linda olió el peligro y trató de detenerse. Pero era muy tarde. Una descarga infinita de plomo llovió sobre el auto de policía. Era como una granizada tremenda de pelotitas de acero que rápidamente dejó lleno de huecos el coche verde y blanco. Las llantas se estallaron, los vidrios explotaron, las latas se abrieron y la agente recibió tres disparos en sus piernas y uno en su brazo, lo cual le hizo perder el control del vehículo. El auto de policía siguió despedazado hacia una columna en la salida del túnel. La embistió por un costado y el coche salió girando como un trompo muy deformado y arrojando chispas. Cuando se detuvo, Linda pudo alzar la mirada y vio cómo su presa salía del túnel y se dirigía sin restricciones hacia la libertad.

La decepción cayó sobre su espalda.

Algunos autos de policía venían detrás, pero seguramente no alcanzarían al asesino.

Se quedó mirando cómo se alejaba su objetivo. El coche cruzó otro semáforo en rojo y la fortuna, o Dios, pensó Linda, apareció para ayudarles. Un camión de carga bajaba perpendicularmente hacia la avenida principal y no vio al automóvil que había cometido una grave infracción. Lo arrastró unos cinco metros, doblándolo con sutileza, hasta que logró detenerse. El coche salió disparado hacia el borde de la avenida y cayó con estrépito al río, que volvía a aparecer otra vez pero con un caudal mínimo, revolcándose sobre la pared de concreto del canal, hasta que finalmente cayó sobre las aguas duras que no amortiguaban nada. El caudal era tan pequeño que apenas mojaba el concreto del canal. Linda pudo sonreír y con gran dificultad movió las latas retorcidas y pudo bajarse del coche. Después ayudó al médico y salieron a correr, aunque la pierna izquierda de Linda estaba sangrando por tres orificios pequeños. El caos vehicular fue extraordinario. Todo quedó bloqueado, llegaron decenas de carros de policía, bomberos, ambulancias y un helicóptero. La pareja se acercó al borde del canal y vio el auto despedazado. Por fin lo habían agarrado.

68

La puerta del chofer se abrió y el hombre encapuchado salió cojeando. Su pantalón estaba bañado en sangre. Trató de correr, pero no pudo, y con dificultad trotó hacia un tubo de cañería que llevaba aguas negras hasta el río. Un disparo hizo que se detuviera. Una mujer le apuntaba desde la cima del canal. Linda Brown. Con agilidad sacó un revólver que guardaba en la cintura, pero un nuevo disparo le atravesó el hombro. Y otro más, esta vez de otro policía, le perforó el abdomen. El hombre se resistió y cayó sentado sobre la pared del canal, mientras la sangre salía de su cuerpo para mezclarse con las aguas del río.

Linda y cuatro policías más junto con Alan bajaron al río. Se acercaron al cuerpo del hombre encapuchado que seguía vivo, pues su pecho se movía a un ritmo espasmódico. Su respiración lograba oírse con dificultad. La agente alejó el arma que yacía en el piso con su pie y le apuntó con su propia arma. Los uniformados lo revisaron y sacaron tres armas más de su pantalón. Y también vieron algo extraño. Una protuberancia que resaltaba con ironía. Alan lo supo de inmediato. Seguramente el tipo había sufrido un golpe tremendo en el choque que lesionó su columna vertebral y la médula, con la respectiva activación involuntaria de algunos nervios. Una de las posibles consecuencias físicas de estas lesiones, que ahora sufría el asesino, era un priapismo pronunciado que logró incomodar a Linda.

—Maldito infeliz —dijo Linda y le asestó una patada mortal sobre el montículo, que lo hacía ver más odioso y con el cual había identificado perversamente el asesinato de sus víctimas. El hombre se retorció de dolor y se desplomó en el suelo.

De pronto, Linda reconoció algo muy familiar.

Debajo de la capucha pudo ver el cuello del asesino.

La manzana de Adán se movía irregularmente.

No lo podía creer.

La agente le retiró la máscara y comprobó lo que había sospechado. La nariz inigualable, pero sangrante, y la garganta móvil lo delataban. Charles Bazzani la miró con un odio infinito.

—Muy bien... agente. Lo... logró.

—¡Es un hijo de puta! —exclamó la agente Brown. Los policías estaban igual de asombrados. Lo agarró del saco—. ¿Por qué? ¿Por qué lo hizo?

—No podía dejar que... esos malditos apoyaran algo... tan inmoral, tan... sucio —escupió una estela de sangre—. Son... Eran unos... estúpidos.

—No entiendo, Bazzani —dijo el médico—. ¿Por qué los asesinó? ¿Qué le hicieron?

—Mira quién... habla. Otro hijo de... puta científico. Cuando tenía siete años... mi padre murió y mi... madre consiguió otro... hombre. El infeliz... me violó... ¿Entiende?... ¡Me violó!... y desde ese maldito... día tengo este... hipo infernal... que me dañó la vida... Todo por un maldito... depravado. No podía dejar... que esos maniáticos... defendieran tales conductas.

—Usted lo ha dicho, era un depravado, no un homosexual...

—Ahora entiendo por qué me puso en este caso. Y por qué no quería que los medios se enteraran de los asesinatos. Quería libertad para actuar... —Linda lo golpeó nuevamente con su pie.

Bazzani no pudo evitar las carcajadas.

—Fue una bendición... que Nestop fuera... mi médico de cabecera. Dios quería que... yo supiera... lo que estaban haciendo. Nestop... estaba ayudándome a... encontrar una cura... a esta desgracia que no... deja que termine... las frases. Él mismo me... contó los trabajos que... estaba adelantando con Licht... y otros científicos.

—Licht buscaba una respuesta de la ciencia para la homosexualidad... —confirmó el médico.

—Todo esto es... muy irónico... Downey. Usted logró atraparme... gracias a los mensajes de Licht, un sacerdote. Parece que Dios... sí hace justicia... le ha dado un poco... a usted.

—No le entiendo...

El capitán volvió a reír.

—No se haga... el imbécil. Su instituto... investigó también sobre... los malditos homosexuales... hace cinco años...

—¿Cómo lo sabe?

—Tengo mis contactos... Pero parece que el doctor King... no tomó en serio las... amenazas que le hice... si seguía investigando...

—¿Amenazó a King?

—Me sorprende que no... lo sepa... pues gracias a mí... la investigación se... canceló. Por eso tuve que... actuar. Y obviamente empecé... por el director del... proyecto...

—O sea que usted...

Las carcajadas produjeron terror en Alan. Un miedo sin igual invadió su cuerpo. Tuvo ganas de acabar con el capitán, pero lo único que salió de su alma fueron tres lágrimas que bañaron su cara. Olvidó por completo el dolor del brazo y cayó de rodillas, inconsolable.

—Sí, Downey... lo de su madre... no fue un... accidente. Era una... advertencia.

Las lágrimas inundaron sus mejillas. Su testarudez, su amor a la ciencia, su razón y la ambición de King habían terminado por acabar con el ser más querido del médico.

El lugar se atestó de policías y paramédicos. Algunos hombres esposaron al asesino y se lo llevaron sin compasión. Linda se quedó petrificada mirando cómo su primer caso, planeado para que un novato fracasara, había terminado con un resultado inesperado. El criminal capturado, pero su compañero, el guía que la condujo al triunfo, había caído en un dolor infinito. La verdad a veces huele mal, pero es mejor soportar ese aroma que vivir eternamente dopado con una fragancia falsa y, en definitiva, temporal.

Los paramédicos se llevaron a Linda, que aún sangraba, y también al médico, que parecía un zombi con el brazo derecho quebrado y el hombro izquierdo maltrecho. Cuando entró en la ambulancia, Alan sintió un olor a flores, como a orquídeas, y cayó en un profundo sueño.

69

Sábado, 20 de marzo

Su corazón aún estaba golpeado, pero ya la calma había llegado a su cerebro. Se vistió con gran dificultad, pues el yeso le dejaba inmovilizado su brazo hábil. Al final se colocó el cabestrillo sobre el que apoyaba el brazo para evitar el cansancio y se calzó los zapatos, sin cordones, que estaban debajo de la cama. Una leve corriente de aire entró al cuarto y sintió un escalofrío espantoso en su brazo derecho. Le habían hecho dos incisiones, desde la muñeca hasta el codo, para restaurar sus huesos. El cúbito y el radio no tenían reparación, así que fue necesario implantarle pedazos platino para sustituirlos. Su brazo ahora se parecía al de *Terminator*.

Iría al hospital de la policía, donde Linda se recuperaba de las heridas producidas por el asesino. Estaba en terapia intensiva para volver a sus funciones habituales. Allí también se encontraba Francis Nestop, una vida y una mente que Alan se sentía orgulloso de haber salvado. En parte eso lo reconfortaba. Y mucho más que el asesino estuviera tras las rejas con múltiples muertes por las cuales responder. Entre ellas la de su madre y la de un expolicía que los investigadores encontraron en una bodega abandonada en las afueras de la ciudad.

Bajó al primer piso y salió del edificio para tomar un taxi. Tomó el primero que pasó. Se recostó en la silla trasera y empezó a pensar en todas las aventuras que había vivido en esa semana. Quedó sin empleo, sin auto y con una gran tristeza por lo de su madre. Pero conoció a una mujer extraordinaria, salvó una vida, desafió su propio conocimiento y salió de su rutina durante dos días. Respiró hondo y siguió dejando que su cerebro vagara sin rumbo, mientras admiraba el cielo y los edificios, en una paz casi total. Recordó a Manning. Siempre había creído que era el mayor sospechoso, pero resultó ser un defensor implacable del trabajo de Licht, a tal punto que fue el único jerarca de la iglesia que recibió al sacerdote en un hogar religioso. No gustaba mucho de los científicos, por lo que debatía diariamente con James sobre los trabajos que realizaba. Conoció una parte de sus descubrimientos y debido a ello logró deducir quiénes estaban asesorando al jovial anciano.

Volvió a pensar en su madre. Era inaudito que hubiera desaparecido, en parte, por culpa suya. La mujer que había logrado convertirlo en todo lo que era hoy, ya no estaba para compartir sus triunfos.

De pronto, sus neuronas se encontraron casualmente y produjeron una explosión de luz incandescente en su cabeza. Pero no tenía sentido. No, eso no podía ser cierto. La duda no dejaba de rondarle los pensamientos y recordó la frase del último mensaje de Licht:

Confía en tus instintos y hazle caso a tu corazón, él sabe a dónde debes dirigirte.

Enseguida le dijo al taxista que cambiara de ruta.

Pronto llegaron al primer túnel, que daba comienzo a un camino oscuro y largo que lo llevaría a las afueras de la ciudad. Alan seguía pensando en lo que había decidido. No encontraba razones, pero dentro de su ser algo le decía que nada perdía con comprobarlo. La luz volvió a iluminar sus ojos para pronto desvanecerse. Un nuevo túnel comenzaba. Linda debía estar angustiada, esperando con expectativa la visita del médico y contando los segundos que cada vez más le confirmaban que iba a pasar otro día a solas. Las horas se le harían mucho más largas, lo cual, sin duda, extendería su impaciencia para que llegara el lunes y recibir un reconocimiento merecido. Y tal vez un ascenso, ya que no había jefe de homicidios.

Entraron al tercer túnel. Alan cerró los ojos y aprovechó la oscuridad para conseguir un sueño profundo. Cuando despertó, ya el auto había salido del último túnel y se dirigía raudo hacia los pueblos cercanos. Las montañas verdes y los prados llenos de árboles, caballos y ganado hicieron que recordara su país natal. Tal vez regresaría para darle un nuevo rumbo a su vida. Abrió un poco la ventana y respiró profundamente. Una sonrisa iluminó su cara.

El taxista disminuyó la velocidad lentamente y se detuvo en la entrada principal. Un arco inmenso en ladrillo le daba la bienvenida a su destino implacable. El médico bajó del auto y entró al sitio. Recordaba con exactitud el lugar. Mientras caminaba por entre las flores y las losas seguía pensando en lo absurdas y extrañas que resultaban sus deducciones. Por lo menos aprovecharía para visitar aquel lugar sagrado. La mañana empezó a llenarse de nubes grises que opacaron los rayos del sol y algunos ruidos del cielo presagiaban una gran lluvia. Aunque no era agorero, no le gustó ese repentino cambio de clima.

Dio tres pasos más sobre la hierba hasta que estuvo al frente de la piedra. La tumba estaba podada y con algunos arreglos florales. Parecían recientes. Enseguida detalló la lápida para encontrarse con lo que ya sabía. Helena Russell. Y las fechas del nacimiento y la partida dolorosa. Alguien la había visitado, quizás una amiga o un familiar lejano. Cerró los ojos y oró con una fe y un misticismo inmensos, como nunca lo había hecho. Tuvo que santiguarse con la mano izquierda, por fuerza mayor.

Abrió lentamente los ojos y vio algo diminuto pero familiar. Su garganta se endureció y un vacío inmenso surgió en su pecho.

Dos pequeñas orquídeas grabadas en la parte baja de la lápida y unidas como Aquiles y Patroclo.

No estaba loco, sus razonamientos eran correctos. El panteón Helénico. No hacía referencia a la civilización griega, sino al nombre de su madre. Una nueva jugada de Licht. Pero, ¿por qué habría utilizado la tumba de su madre para esconder la verdad? Tal vez nadie se imaginaría tal cosa.

Pensó que tal vez tendría que cavar, pero recordó la pista de la catedral. Se agachó y empujó la losa con su brazo izquierdo. Sintió un corrientazo en el hombro herido. Se movió levemente. Utilizó todo el peso de su cuerpo y se recostó. La lápida cayó sobre el pasto verdoso. Pudo comprobar que era un cascarón de mármol de un grosor importante. Se arrodilló en la tierra y metió el brazo en el hueco que apareció. Pronto su mano acarició una cosa de gran tamaño, con una textura suave.

La agarró y haló.

Sacó un libro de hojas amarillentas y con una cubierta en cuero caoba que olía a perfume. Lo puso sobre el suelo y arrodillado lo contempló con admiración. Las dos orquídeas también estaban grabadas en el cuero, formando un relieve precioso y elegante, un símbolo guardián del conocimiento.

Hojeó las páginas y pronto reconoció el contenido. Tenía textos escritos a mano por diferentes personas y otros mecanografiados en tinta negra que describían las teorías que Downey conocía sobre el origen de la homosexualidad. Psicología, genética, biología. Todo estaba muy bien explicado, incluso con gráficas y datos exactos, mas no concluyentes. Las caligrafías debían ser de Sheffer, Herny y Nestop, entre otros. Siguió pasando las páginas hasta que llegó a la última parte, el capítulo final. Reconoció algunos dibujos y datos. Había copias de experimentos e investigaciones de un campo hermoso de la medicina: la neurociencia. El cerebro.

Pero lo más extraño era que casi todas las hojas de ese capítulo tenían impresas unas letras en el extremo superior derecho: INNF. Alan reconoció enseguida todos los datos, conclusiones, diagramas, textos y recomendaciones. El anciano resultó ser muy listo. Una oleada de nerviosismo le congeló el pecho y el aire empezaba a escasearle en los pulmones. Su cerebro necesitaba sangre y oxígeno para funcionar correctamente. Tomó aire sin darse cuenta y siguió pasando las páginas, esta vez de una en una. Al parecer quedaban pocas para el final.

De repente, en una hoja amarillenta, apareció lo que parecía la caligrafía de Licht. Debido a que el proyecto en el instituto se había cancelado, leyó, tuvo que recurrir a otros científicos en el exterior, para finiquitar el asunto y obtener resultados. Buscó fuera de su país, como Sócrates. Había entregado los resultados de Downey a un neurocientífico de apellido Young, quien los desarrolló más y encontró lo que tanto buscaban. Resultados que obtuvo por medio del paciente que Alan utilizó en los experimentos. Un enviado y amigo del sacerdote.

Gracias a los trabajos de Alan, Young pudo descubrir una hormona neurotransmisora que funciona en el cerebro de todo ser humano. Exactamente es producida por el hipotálamo. La oxitocina. A partir de este adelanto realizó varios experimentos en los que concluyó que esta hormona cerebral era la encargada de manejar los orgasmos, disminuir el estrés, hacer que la leche subiera a los senos de las mujeres embarazadas, estimular la circulación del esperma, ayudar a contraer la pelvis femenina y estimular a los bebés a succionar del pezón materno.

Y algo increíble: aumentaba la fiabilidad hacia otras personas.

Mucho se había hablado y escrito sobre las feromonas y su papel en la atracción entre humanos. Pero ahora se encontraba que el amor, que el deseo de estar con otra persona, que la *involuntaria* afinidad con algunos seres no provenía de los olores ni mucho menos de mandatos divinos. El amor se basaba en simples reacciones químicas, en hormonas cerebrales que condicionan al ser humano a sentir alegría con otros seres y con ciertas actividades. Sencillamente, unos seres humanos nacían con el deseo de estar con personas del sexo opuesto, y otros tantos nacían con una afinidad diferente pero natural y explicable. El neurocientífico encontró una zona en el cerebro donde residía la euforia y donde se hallaba un sentimiento casi inexplicable: la empatía.

Los resultados eran abrumadores, tanto que los comprobaron hasta en los animales. Encontraron un elefante en un zoológico de Poznan, Polonia, que demostraba una afectuosidad única hacia los machos de su especie. Un animal, que no decidía por voluntad propia lo que hacía. Su cerebro manejaba sus gustos y sus costumbres. Y también vieron el mismo comportamiento en un pingüino alemán. Alan estaba estupefacto, pero su cerebro logró que una leve sonrisa inundara de júbilo su gran cuerpo. Recordó que el cerebro tenía una influencia tan grande en las relaciones entre humanos, que cuando se producían los orgasmos, la máquina más poderosa del universo desactivaba muchas de sus áreas, incluidas la emoción.

Él no elige lo que hace, había dicho el antiguo profesor de Alan.

Lo habían descubierto. Y él había aportado bastante a esclarecer el asunto. Pasó la última página y encontró una nota final que le produjo un terror inmenso. Estaba escrita a mano, con unas letras hermosas que no dudó en reconocer. Seguía sin entender. Era un mensaje de su madre, escrito pocas semanas antes de morir.

Estaba dirigido a él. ¿Por qué Licht lo tenía?

En pocas palabras decía que lo amaba con toda el alma y que estaba orgullosa de ser la madre de un ser tan espectacular. Pero que tenía un dolor en el pecho que no la dejaba vivir tranquila. No le había contado nada porque no sabía cómo iba a reaccionar. Antes de Arthur, había tenido otro esposo, el cual era de aquella ciudad hermosa donde ahora vivían, pero que la dejó por otra mujer. Se divorció y viajó a Colombia. Fruto de ese primer amor había tenido un hijo, el medio hermano de Alan.

El sacerdote James Licht.

El médico no pudo evitar el llanto y la agonía. Recordó que su madre lo había concebido cuando ya estaba a punto de llegar a la cuarta década de vida, con el riesgo que eso implicaba. Y entendió la confianza del viejo bonachón.

En ti puedo confiar ciegamente.

Pero la impresión fue mayor con el resto del mensaje. Helena deseaba tener a sus dos hijos juntos, así que arregló con James para que le consiguiera un trabajo honorable a Alan en la ciudad donde vivía. Ya tenía varios amigos científicos y no fue difícil recomendar a su hermano para que fuera tenido en cuenta en el instituto. Los planes fueron ejecutados con certeza extrema. Helena tuvo a sus dos hijos muy cerca, trabajando en lo que ambos más amaban.

Unas pequeñas gotas de lluvia empezaron a caer sobre el libro y el cuerpo del médico. El olor a campo inundó el lugar. La lluvia se hizo más fuerte, pero Alan siguió inmóvil, congelado, abatido, triste, pero también calmado.

Entonces recordó lo que había investigado el día anterior.

Teofrasto, el griego que había visto en el museo cargando a Hermafroditos, fue un gran estudioso de las plantas. Fue quien descubrió una hermosa flor, un tributo a la belleza de la vida. La llamó *orchis*, que en griego significa testículo, gracias a la forma de sus tubérculos. La orquídea. El símbolo de Licht.

Dos orquídeas. Un símbolo hermoso lleno de significado.

Representaba la unión de la masculinidad, gracias a su etimología, de dos seres enlazados por el amor y la armonía. Pero al mismo tiempo representaba la belleza femenina en todo su esplendor. La mujer es como una flor. Dos mujeres unidas por el cariño y la comprensión. Un símbolo que reunía lo masculino y lo femenino, tal y como deseaban los griegos.

Entonces Alan pensó algo más.

Buscar la comunión entre las hermanas que algún día estuvieron juntas pero hoy son falsas enemigas es mi propósito principal.

Dos orquídeas.

Licht y Downey. James y Alan.

La religión y la ciencia.

Dos hermanas, dos hermanos, que nunca debieron separarse, que estaban destinados a trabajar juntos, a hacer más llevadera la vida en el planeta. No eran enemigos, eran complementos. Alan recordó una frase de uno de sus científicos favoritos.

El hombre encuentra a Dios detrás de cada puerta que la ciencia logra abrir.

Y recordó algo más. La orquídea era la flor nacional de Colombia.

Sus lágrimas se mezclaron con el agua que bajaba de los cielos para mojar su cara y refrescar la tierra. Cerró el libro y lo colocó en su regazo. Lo sostuvo con su brazo izquierdo con firmeza y cerró los ojos. Respiró y los volvió a abrir. El sol empezaba a alumbrar de nuevo y el rocío brillaba por todas partes, generando un hermoso espectáculo de luz que agradó al médico.

Se levantó y limpió sus lágrimas con el abrigo húmedo.

Se sintió orgulloso de haber colaborado con la verdad. Una verdad que cambiaría al mundo.

Miró al cielo y sintió paz y regocijo.

Su camino hacia la inmortalidad apenas comenzaba.

Este libro fue impreso el 15 de
marzo de 2019 en los talleres
de Nomos Impresores,
diagonal 18 Bis # 41-17,
Bogotá, D.C.

www.ingramcontent.com/pod-product-compliance
Lightning Source LLC
Chambersburg PA
CBHW020317160726
47992CB00004B/1580